Berni Mayer

Das vorläufige Ende der Zeit

Berni Mayer

Das vorläufige Ende der Zeit

Roman

DUMONT

Für Ludwig & Olivia

Den jüdischen Friedhof in Słubice
und Zeitreisen gibt es wirklich,
der Rest ist frei erfunden.

Prolog

Horatio Beeltz steht auf dem alten Grenzmarkt und überlegt, sich die Haare schneiden zu lassen. Oder sich neue Zähne zu kaufen. Ein exotisches Instrument wie die chinesische Guzheng zu erlernen oder ein Studium der Perimortalen Wissenschaft zu beginnen. Irgendwas zu unternehmen gegen diese grauenhafte Langeweile.

Letzte Woche hat er das Licht in seinem Büro in der Kantstraße gelöscht und beschlossen, auf Wanderung zu gehen. Hat seinen alten Ulster aus schwerem schwarzen Tweed herausgesucht und einen Spazierstock mit Gargoyle-Knauf und ist losgelaufen. Nach hundert Kilometern hat ihm der untere Rücken wehgetan, und zwar so richtig. Was ungewöhnlich ist. Als Haltbarer kennt er eigentlich keine gesundheitlichen Beschwerden. Er ist vielmehr die personifizierte Gesundheit. Natürlich hat er alle paar Jahre mal Schnupfen oder leichtes Fieber, und er hat sich sogar schon mal das linke Schlüsselbein gebrochen, wenn er es richtig in Erinnerung hat. Aber Krebs, Multiple Sklerose, Aneurysmen oder andere schwere Krankheiten sind ausgeschlossen. Denkt er. Oder er hat sie bisher nur nicht bemerkt, weil sein Körper womöglich nur leichtes Fieber angezeigt hat, wo andere schon in die Grube gefahren wären.

Er hat Ärzte immer gescheut, aus Angst aufzufliegen. Auch die Kosmologen haben ihm eingebläut, möglichst nicht zum Arzt zu gehen. Vielleicht ist es ja in Wirklichkeit die tödlichste Ebola, wenn er einen leichten Hustenreiz verspürt, und wenn ihm vom Wandern der Rücken wehtut, springen ihm in Wirklichkeit sämtliche Bandscheiben aus der Wirbelsäule. Er will es gar nicht wissen.

Horatio Beeltz hat ursprünglich vorgehabt, von Berlin bis ans Kaspische Meer zu wandern, von dort aus nach Kasachstan, in die Hungersteppe, einer seiner liebsten Orte. Wenn er die Saiga-Antilopen mit ihren langen gewundenen Hörnern und der rüsselartigen Spaltschnauze in der Ferne traben sieht, kommt er sich vor wie auf einem fremden Planeten, auf dem er sich nicht wie ein Fremder fühlt. Denn er ist genauso aus der Zeit gefallen wie die Saiga-Antilopen, die es schon seit dem Paläolithikum gibt und die in ihrer Unsterblichkeit nur niemandem so richtig aufgefallen sind. Zumindest bis zu dem Zeitpunkt, als ein seltsames Bakterium vor ein paar Jahren fast ihre gesamte Population auszurotten drohte. Pasteurella multocida – ein bakteriell bedingtes Massensterben, an dem er sich nicht ganz unschuldig fühlt, denn es wäre nicht das erste Mal, dass er von seinen vielen Reisen seltsame Bakterienarten oder exotische Viren unbeabsichtigt irgendwo eingeschleppt hat. Vielleicht kommt er auch deshalb immer wieder zurück zu den Saigas. Aus schlechtem Gewissen. Weil es ihn beruhigt, sie immer noch traben zu sehen. Die riesigen Hörner der Männchen, die grotesken, aber extrem feinen Nasen, die mit so vielen Haaren und Schleimdrüsen besetzt sind, dass sie nicht nur kilometerweit riechen können, sondern im Sommer durch die Nasenschleimhaut ihr eigenes Blut abkühlen und im Winter damit die kalte Atemluft vorwärmen.

Er hat die Route von Berlin aus über Frankfurt an der Oder geplant, weil er Frankfurt kennt und gut leiden kann, er hat dort länger gelebt und gearbeitet. Hat mal an der Universität gelehrt, als Assistent von Wünsch, der ihn auch in die Loge *Zum Aufrichtigen Herzen* eingeführt hat, deren Mitglied er heute noch ist, auch wenn er sich regelmäßig als sein eigener Nachfahre ausgeben muss.

Trotz oder gerade wegen der relativen Bedeutungslosigkeit der Stadt ist er immer gern in Frankfurt gewesen. Die krummen Uferbänke, die in den Flusslauf hineinwachsen wie aufsässiges Unkraut, die vielen Halbinseln und Arme der Alten Oder – es ist, als hätte sich der Fluss immer gegen die Zeit gewehrt.

Es ist nicht so, dass nie etwas los gewesen wäre in Frankfurt an der Oder. Das Feuer der Hussiten, die Eröffnung der alten Universität, der kurze Ärger mit Luther, die Schlacht gegen die Schweden, Purmanns Bluttransfusion, die Nazis, die Abtrennung der Dammvorstadt, ein paar ehrgeizige Bauprojekte zur DDR-Zeit. Aber alles war schnell wieder vorbei, und dann ist Frankfurt an der Oder wieder in Bedeutungslosigkeit versunken. Die Stadt ist wie eine Schlafsüchtige, denkt er. Eine, die man immer wieder zu wecken versucht, nur um sie ein paar Minuten später wieder in tiefem Schlaf vorzufinden. Irgendwann gibt man das Wecken auf.

Horatio Beeltz peilt jetzt doch das kleine Zelt mit dem Frisör an. Seine Haare wachsen langsam, aber sie wachsen. Danach will er einen Kaffee trinken, und vielleicht sucht er sich drüben in Frankfurt ein Hotel. Und wenn er schon kurz hier haltmacht, dann will er auch den jüdischen Friedhof in Słubice besuchen. Nicht lang bevor die Juden preußische Staatsbürger werden durften, hat man dort den Junggesellen Salman Prausnitz beerdigt, einen guten Freund. Mit dem er das erste Mal im Leben Absinth probiert hat. Das Zeug war damals ganz neu aus Frankreich gekommen. Leider hat sich Prausnitz damit in einen so schlimmen Zustand gesoffen, dass er aus dem Fenster seines Stadthauses in der Rosenstraße gefallen ist und sich das Genick gebrochen hat.

Nachdem er die zwei Kilometer vom Polenmarkt vorbei am alten Stadion bis zum Friedhof gewandert ist, stutzt er. Der Eingang ist verschwunden, die Einfahrt auch, der Friedhof ist abgeriegelt, und überall stehen Bäume, ein Wald ist entstanden. Über das aufgebogene Zaungitter an der Westseite verschafft er sich Zutritt, der offensichtlich nicht gewünscht ist.

Als er eine Weile unentschlossen im Friedhofswald umhergewandert ist und keinen einzigen Grabstein mehr da vorgefunden hat, wo er einst stand – schon gar nicht den von Prausnitz –, und jetzt am erhöhten Kopfende steht, wo einst die Selbstmörder lagen, fällt ihm etwas auf. Erst kann er es nicht genau benennen, doch dann wird es deutlicher.

Da ist etwas. Etwas Neues. Beeltz war unzählige Male auf diesem Friedhof, aber so etwas hat er selbst im Ansatz noch nie hier bemerkt. Es befindet sich zwischen Beile, Frau des Kalman, und Esther, Tochter des Schlomo Pollack. Nicht mehr als ein kaum sichtbarer Lichtfaden, als hätte man zu lang in die Sonne geschaut. Und da ist ein Geruch. Müsste er ihn beschreiben, würde er sagen: ein bisschen nach Zitrone und ein wenig nach kandierten Walnüssen. Der typische Geruch einer temporalen Fraktur, nach Dr. Rosens Theorie zumindest. Er will es nicht ganz glauben, doch all die Indizien sind vorhanden – es ist ein Riss. Was soll es sonst sein?

Horatio Beeltz' Hand umklammert den Knauf seines Spazierstocks so fest, dass ihm die Handfläche schmerzt. Wenn Anna jetzt nur hier wäre. Er hat ihr ja gesagt, dass er irgendwann einen findet. Einen, den die anderen übersehen haben. Die feine Genfer Wurmloch-Gesellschaft und die allwissenden Kosmologen. Wenn es das ist, was er glaubt, braucht er die jetzt nicht mehr. Ach, er hat sie vermutlich nie gebraucht. Dann ist jetzt seine Zeit. Die Hungersteppe und die Saigas müssen warten.

1

Mi-Ra macht die Augen auf, weil sie jemand stößt.

»Entschuldigung.«

Es ist der Rucksack eines jungen Mannes, der sie am Ellenbogen getroffen hat. Der Mann ist groß, bärtig, aber jung und wirkt auf eine nicht unsympathische Surfer-Art leicht verwildert. Mit zwanzig hätte er ihr gefallen. Er setzt sich einfach neben sie, stellt den Rucksack zwischen seine Beine. Vermutlich hat er gefragt, ob hier noch frei ist, vielleicht auch nicht. Sie war gerade nicht hier, hat nichts gehört, war unter Wasser.

Der Regionalzug nach Frankfurt an der Oder ist voll, der Mann braucht einen Sitzplatz, es ist okay für sie. Sie macht sich ein bisschen kleiner, als sie ohnehin ist, lächelt kurz und schmal, dreht den Kopf wieder zum Fenster. Sie haben an irgendeinem namenlosen Bahnhof gehalten, zumindest kann sie kein Schild sehen, ihr Wagen steht am Ende des Bahnsteigs – sie müssen immer noch irgendwo in Berlin sein, es ist noch nicht genug Zeit seit dem Hauptbahnhof vergangen.

Es ist ein guter Job, eine gute Reise, sagt sie sich, aber eigentlich weiß sie auch: In Wirklichkeit ist sie noch nicht wieder bereit für die Arbeit. Für die Welt hier unten.

Sie wünscht sich auf den Berg, in ihr Exil hoch über dem Alpensee, zurück in das Zen-Kloster, in das sie zweimal im Jahr reist, um sich zu reinigen, auch wenn das bedeutet, Janni bei ihrem Ex zu lassen. Wo sie arbeitet, für die Gemeinschaft kocht, Gemüse schneidet, Kräuter erntet, die Tiere füttert und die Gruppenräume säubert. Meditativ die Toiletten putzt. Hauptsache Ruhe vor den brüllenden Erwartungen anderer Menschen.

Mi-Ra schließt erneut die Augen, spürt, wie der Zug sich in Bewegung setzt, wie die Fliehkraft sie in den Sitz drückt, wie die Räder des Zugs sich mit den Gleisen verbinden und mit zunehmender Geschwindigkeit nahezu eins mit ihnen werden. Sie spürt alles. Die ganze Zeit. Sie kann ihre Sensoren nicht ausschalten, außer wenn sie schläft. Es ist ein Overkill an Achtsamkeit, scherzt sie manchmal. Es ist definitiv mehr Fluch als Segen.

Sie denkt an stundenlange Wanderungen durch die marsartige Landschaft auf der Südflanke. An die schwarzen, abgestorbenen Bäume auf verblichenen Wiesen, aus denen kuriose Gesteinsformationen ragen, als wären dort Lebewesen spontan versteinert, wie nach einem Vulkanausbruch, einem Ascheregen. Dort oben auf dem Berg hat sie deutlich weniger gespürt als hier unten, auch ihre Sensoren haben offensichtlich Urlaub gemacht. Sie hat nichts vermisst. Nicht den Job, nicht die Wohnung. Und auch nicht Janni, um ehrlich zu sein, auch wenn der Gedanke wehtut. Es ist das Einzige, das ihr den Aufenthalt dort erschwert hat: dass sie kein schlechtes Gewissen gehabt hat, sich allem zu entziehen. Auch ihrem eigenen Kind. Ihn so viele Wochen bei ihrem Ex zu lassen.

Sie hofft sehr, dass Janni nicht wie sein Vater wird. Oder sogar schon ist.

Die Entfremdung hat angefangen, als er sechs wurde. Immer mehr hat er sie an den Ex erinnert und immer weniger an ihr eigenes Kind. Es ist ihr immer leichter gefallen, ihn bei ihm abzugeben. Und sie schämt sich dafür. Fast einen ganzen Monat lang ist Janni jetzt beim

Ex. Solange sie in Frankfurt arbeitet, sieht sie ihn nicht. Obwohl sie jedes Wochenende zurück nach Essen fahren könnte.

Einerseits schätzt sie ihre zunehmende Fähigkeit, sich von Gefühlen abzukapseln, andererseits fürchtet sie die Gleichgültigkeit. Fürchtet, dass die somatischen Marker für ihre Emotionen immer weniger werden. Dass sie sich irgendwann an nichts Körperlichem mehr orientieren kann. Zum Beispiel an so was wie Liebeskummer, der in der Magengegend sticht. Oder Freude, die ihr einen Schauer den Rücken hinunterjagt, so blöd das klingt. Sie befürchtet, dass ihre Autarkie den Preis hat, weniger zu empfinden. Aber sie hat auch lange gedacht, das sei es wert, weil nur so der andauernde Schmerz aufhört. Jetzt ist sie sich nicht mehr so sicher.

Während der Regionalexpress Fürstenwalde ansteuert und den Stadtforst durchpflügt, spürt Mi-Ra immerhin eine Neugier aufkommen. Als Archäologin hat sie nur selten die Gelegenheit, völlig unabhängig und allein zu arbeiten. Meistens ist sie in größere Teams eingebettet, und ihre Vorgesetzten und Projektleiter sind aus der Zeit gefallene, behäbige Altakademiker oder geltungsbedürftige Wissenschaftler mit erheblichem Karrieredruck. In beiden Fällen Männer. Und auch jetzt ist es ein Mann, der sie losgeschickt hat, der ihr die Gelegenheit verschafft, als Erste seit der Wende den alten jüdischen Friedhof in Słubice zu erforschen.

Jost hat sie beauftragt. Chefredakteur der Antiken Welt, und Jost ist selbst irgendwie antik. Von antiker Höflichkeit. Und Besonnenheit. Er ist die Ausnahme. Er ist freundlich, wach und großzügig. Er hört zu und redet nie ungefragt. Vielleicht schläft sie deshalb hin und wieder noch mit ihm. Seine Besonnenheit ist echt, während meine nur antrainiert ist, denkt sie.

Jost hat ihr auch das buddhistische Bergkloster in der Schweiz empfohlen, er kennt den Mönch dort, dem das alles gehört. Den

Mönch, der mit psychedelischen Substanzen und Microdosing Erleuchtung gefunden hat und auch in die entsprechende Forschung investiert.

Jost findet sie *erfrischend*. Klar, sie ist ja auch gute zwanzig Jahre jünger als er. Doch nie wirkt er anhänglich, geschweige denn scharf auf sie. Er bietet ihr Dinge an – ein Abendessen, einen Ausflug, und sie kann annehmen oder nicht. Wenn nicht, zieht er vollkommen ungekränkt seiner Wege. Das ist beruhigend.

Jost kennt den Friedhof in Słubice schon lange, kennt die jüdische Interessengemeinschaft in Frankfurt an der Oder, war damals dabei, als die Rabbiner aus den USA kamen und sich selbst ein Bild von den Ungeheuerlichkeiten verschafften, die dort vor sich gingen. Jost hat ihr die Mittel und die Zeit verschafft, auf diese Reise zu gehen, zahlt ihr ein ansehnliches Gehalt für ihre Arbeit, für einen einzigen Artikel. Damit übergeht er vielleicht ihre Kollegen in Berlin, doch sie ist ja auch besser. Moderner, schlagfertiger, zuverlässiger. Zahllose Artikel hat sie für die *Antike Welt* verfasst, viele über verlassene Friedhöfe. Letztes Jahr ist sie in Heilbronn gewesen, wo sie und ein paar Kollegen ein 4500 Jahre altes Areal aus Gräbern entdeckt haben. Unter ihrer Leitung. Jost nennt sie die beste Nekropolistin Deutschlands. Das gefällt ihr, auch wenn sie sich sonst jedem eitlen Gedanken verweigert.

In wenigen Minuten fahren sie in Frankfurt ein. Manche stehen schon auf, manche starren weiter auf ihr Telefon.

Sie selbst hat kein Smartphone. Aber eins mit Tastatur: einen alten Blackberry, den sie seit dem Studium besitzt. Es sei ein archäologisches Wunder, dass der Akku noch funktioniert, sagt Jost.

Der Frankfurter Bahnhofsvorplatz erinnert sie an den Marktplatz eines dieser Orte an der Ruhr, die sie in der Jugend manchmal mit ihren Eltern besucht hat. Jeden Sonntag nach dem koreanischen Gottesdienst ein Ausflug mit ihren Eltern. Jeden Sonntag eine Burg, Kaffee, Kuchen und ein Spaziergang am Fluss. Nie hat sie den Eindruck gehabt, es mache ihren Eltern Spaß. Es wirkte eher so, als schauten sie sich diese langweiligen Spaziergänge von den Deutschen ab, um an einem Sonntag nicht weiter aufzufallen. Genauso wie sie am Samstagabend den *Musikantenstadl* im Fernsehen sahen und sie und ihren Bruder zwangen, ebenfalls zuzuschauen.

Mit ihrem Rucksack und einer ledernen Reisetasche macht sie sich auf den Weg zu ihrem kleinen Hotel. Runter in Richtung Fluss. *Zur Alten Insel* heißt die Pension. Dort lässt sie sich von einem jungen Mann mit kurz rasierten Haaren den Zimmerschlüssel geben.

Es ist Anfang Mai, sie öffnet die Balkontür, der Geruch von brackigem Wasser macht sich im Zimmer breit, und es ist ein bisschen zu kalt für die Jahreszeit. Von ihrem Zimmer aus kann man hinüber auf die Insel Ziegenwerder schauen, auf der es mal eine große Gartenausstellung gegeben hat, hat sie gelesen. Das Doppelbett ist so riesig, dass für nichts anderes mehr Platz im Zimmer ist. Nur ein kleiner Sekretär presst sich gerade so neben einen Heizkörper an die Wand, als wollte er nicht weiter unangenehm auffallen. Sie setzt sich vor dem ungeheuerlichen Doppelbett auf den Boden und schließt die Augen, taucht unter Wasser, die Geräusche von der Oberfläche verschwinden.

2

»Die Frage war an Sie gerichtet.«

Die Therapeutin zieht ein bisschen zu energisch den linken Ärmel ihres Wollpullovers hinunter.

Artur schaut zu seiner Frau, die ihm mit einem müden Augenaufschlag bedeutet, sie nicht schon wieder anzuschauen.

»Könnten Sie die Frage wiederholen?«, bittet er die Therapeutin mit den halblangen weißen Haaren.

Sie trägt eine runde Brille und diesen beigen Wollpullover, dessen Saum weit über einen schwarzen Kunstlederrock reicht. Nur die Ärmel scheinen ihr zu kurz zu sein.

»Natürlich, Herr Arkadiusz. Ich will wissen, wo *Sie* Ihre Trauer lassen«, fragt sie erneut auf Polnisch.

»Also.« Er will jetzt nichts sagen, was Carolina sauer macht. »Ich weiß nicht, ob ich überhaupt eine konkrete Trauer habe. Meistens werde ich nur müde, wenn ich an sie denke.«

»Und wann genau denken Sie an sie?«

»Also. Ich weiß nicht so genau. Vielleicht wenn ich am Sonntag mit dem Hund spazieren gehe.«

»Könnten Sie das präzisieren? Was passiert an so einem Sonntag?«, fragt die Therapeutin und zieht jetzt an dem anderen Ärmel. »Warum denken Sie an einem Sonntag an sie?« Die Therapeutin ist ungeduldig, außerdem scheint sie heute auf Carolinas Seite zu sein.

»Also«, sagt er, »da ist dann oft ein anderer Vater mit seiner Tochter, die ungefähr im selben Alter ist, wie sie jetzt wäre. Und dann sticht es manchmal. Da.« Er richtet den Blick auf seinen Bauch, traut sich aber nicht, darauf zu deuten. Carolina beobachtet ihn, was ihm unangenehm ist.

»Dieses Stechen ist schlimmer als die Müdigkeit?«, fragt die Therapeutin.

»Nein, das Stechen ist mir fast lieber als die Müdigkeit. Es geht auch schneller wieder vorbei. Die Müdigkeit kommt immer dann, wenn ich anfange, über sie nachzudenken. Wie sie war. Und wie sie noch geworden wäre. Dann bleibt die Müdigkeit oft den ganzen Tag, als hätte ich eine halbe Valium genommen«, sagt er.

»Und erzählen Sie Ihrer Frau, dass Sie müde sind? Oder sagen Sie ihr, wenn es sticht? Wenn Sie einen anderen Vater mit seiner Tochter sehen?«

Er wirft Carolina einen Hilfe suchenden Blick zu. Sie hat jetzt Tränen in den Augen. Er zögert mit der Antwort. »Nein«, sagt er dann.

»Was ist der Grund dafür? Warum erzählen Sie es ihr nicht?«, fragt die Therapeutin.

»Weil. Also. Weil ich sie nicht noch mehr belasten will.«

Seine Frau weint jetzt leise.

»Frau Arkadiusz«, sagt die Paartherapeutin und reicht ihr die mit Tropenvögeln illustrierte Box, in der die Papiertaschentücher sind. »Teilen *Sie* Ihre Trauer mit Ihrem Mann?«

Seine Frau schüttelt den Kopf.

»Woran könnte Ihr Mann erkennen, dass Sie trauern?«

Carolina tupft sich die Augen ab, und er hat jetzt das Gefühl, ihr etwas Zeit verschaffen zu müssen. »Sie hängt überall Bilder von ihr auf«, sagt Artur. »Es werden immer mehr.« Was eine Information sein sollte, klingt plötzlich wie ein Vorwurf, der ihn selbst erschreckt. Er sieht sie nicht dabei an.

»Ich muss noch mal auf den Friedhof«, sagt er zu Carolina, als sie sich draußen eine Zigarette anzündet. Seit Mila weg ist, raucht sie wieder. Er raucht lange nicht mehr.

Słubice ist kein Ort für Nichtraucher. Überall wirbt das Logo von *Tobacco Man* mit seinem Slogan »Feuerwasser, Friedenspfeife, Muntermacher«, und überall schwärmen Schriftzüge und Banner von »den billigsten Zigaretten« und »24h Zigaretten und Alkoholgetränken«, meist in deutscher Sprache. Es gibt Tabakläden an nahezu jeder Ecke und gleich mehrere auf dem Grenzmarkt. Allein auf dem Weg von ihrem Haus zum Friedhof sind es sechs. Das müsse man als Grenzstadt in Kauf nehmen, es habe Słubice in den Neunzigern viel Geld aus Deutschland eingebracht, sagt ihr Vermieter. Nur jetzt kaufen nicht mehr die Deutschen die meisten Zigaretten, sondern die Polen selbst. Die deutschen Busse kommen nicht mehr so häufig, die Zigaretten sind teuer geworden und haben dieselben Schockbilder wie in Deutschland mit faulig schwarzen Lungen und Menschen, die Blut aushusten. Und diejenigen, die wegen der Zähne oder einer Haartransplantation kommen, sind meistens nicht so sehr an Zigaretten oder Tabak interessiert.

»Ich geh schon mal nach Hause«, sagt sie und hält die Zigarette in der Hand, ohne zu ziehen. So als wollte sie noch etwas hinzufügen. »Wie lange bist du unterwegs?«, fragt sie tatsächlich ein paar Sekunden später und zieht dann erst an ihrer Menthol.

»Ein paar Stunden. Ich muss noch das Unkraut beim Lapidarium entfernen. Kannst du den Hund mitnehmen?« Er hält ihr die rote Leine hin, an deren Ende eine Jack-Russell-Hündin wie gebannt auf etwas im Boden starrt, das nur für sie sichtbar ist.

»Nein«, sagt sie. »Wenig Zeit heute.«

Er nimmt die Ausrede wortlos hin, fragt sich aber einmal mehr, was sie macht, während er auf dem Friedhof arbeitet. Was sie den ganzen Tag über macht. Sie hat noch nicht wieder die Kraft gefunden, sich eine Arbeit zu suchen, und vermutlich wird auch niemand sie einstellen, solange sie einen derart fragilen Eindruck macht. Sie behauptet, sie gieße die Blumen, kümmere sich um den Garten und die Küche, aber damit vergeht noch lange kein ganzer Tag, denkt er. Und die Erde der Palmen und kleinen Bambussträucher im Wohnzimmer ist oft trocken. Wer weiß, vielleicht hat sie ja eine Affäre.

In Warschau ist es besser für Carolina gewesen. Sie hat viel mehr Resonanz bekommen. Nicht nur beruflich. Sie ist immer noch sehr gut aussehend, nur die Ringe unter den Augen gehen jetzt tiefer in die Haut, das Schwarz darin ist schwärzer geworden. Und ihre durchtrainierten Beine sehen auch immer noch sehr gut aus. Obwohl sie nur noch selten laufen geht.

In Warschau haben sie viele Bekannte gehabt. Sein Team, ihr Mütterkreis. Beata und Paul, Simon, Alicja und Karlo, Marcel und Zofia.

In Słubice gibt es niemanden. Zumindest für Carolina. Er hat noch ein paar alte Schulfreunde hier, auch wenn die sich nicht wirklich für ihn interessieren, seit er nicht mehr schwimmt. Peter ausgenommen. Ansonsten gibt es hier keine Leute für einen Kino- oder Spieleabend und schon gar nicht für eine Affäre. Oder?

»Ich lass dir den Wagen hier, ich gehe zu Fuß«, sagt Artur und gibt ihr den Schlüssel.

Sie nimmt ihn wortlos entgegen. Mit den Fingerspitzen, als wäre der Schlüssel dreckig.

»Ich komm bald heim«, sagt er, aber läuft schon den Schwarzen Kanal hinunter, zieht die Hündin hinter sich her, die sich nur schwer von dem unsichtbaren Ding im Boden verabschieden kann.

Vermutlich steht Carolina noch eine Weile so da mit dem Autoschlüssel zwischen den Fingerspitzen und der abgebrannten Menthol. Er will es gar nicht wissen.

Sie haben eigentlich gern in Warschau gelebt. Zumindest bis zu Milas Tod. Bis man ihm den Job als Friedhofswärter in Słubice angeboten hat. Nachdem seine Karriere als Leistungssportler zu Ende war, hat er sich wieder seinem alten Ausbildungsberuf, Garten- und Landschaftsbauer, gewidmet. Mit Freude eigentlich. Schon in Warschau hat er sich in Teilzeit um den jüdischen Friedhof in der św. Wincentego gekümmert, wenn er nicht gerade mit dem Schwimmverein unterwegs war. Diese organisierte Ruhe auf Friedhöfen hat ihm immer gefallen, und nach Milas Tod hat er mehr denn je eine verordnete Stille gesucht.

Seine Freunde haben ihn damals spöttisch den »schwimmenden Totengräber« genannt, als er noch gar keine Gräber ausgehoben, sondern sich nur um die Pflanzen gekümmert hat. Und auch jetzt ist Gräberausheben nur ein kleiner Teil seiner Arbeit, außerdem hat er dafür seinen Assistenten. Die Wartung der Maschinen und die Rasenpflege, die Bepflanzung des Friedhofs gehören genauso zu seinen Aufgaben wie das Wässern der Gräber, das Arrangieren der Gestecke, das Vergeben der Grabstellen und die Beratung der Familien. Die Leitung der Trauerfeiern.

Auf Milas Beerdigung sind viele Leute gewesen. Zahllose Hände, die er geschüttelt hat, Arme, die ihn gepackt haben. Verschwommene Gesichter mit wässrigen Augen und warmen Händen. Eine schwarze Masse aus Händen und Mänteln, die sich um das Grab versammelt hat, während der Kindersarg aus hellem Birkenholz mit Seilen hinabgelassen wurde. Es ist eine große Gemeinsamkeit und Verbindlichkeit von dieser Gruppe ausgegangen, egal ob die Leute sich selbst leidgetan haben, weil sie an ihren eigenen Tod oder den ihrer Familie gedacht haben, oder ob sie tatsächlich mit ihnen gemeinsam um Mila getrauert haben. Es war ein schönes Erlebnis. Er hat sich verbunden mit den Leuten gefühlt, tatsächlich sogar ein wenig getröstet von der Menge. Er leitet gerne Trauerfeiern.

Carolina hat es als beinahe pervers empfunden, dass er nach Milas Tod hauptberuflich als Friedhofswärter arbeiten wollte. Der schwimmende Totengräber. Der schon lange nicht mehr schwimmt, noch nicht mal in seiner Freizeit. Er ist jetzt nur noch Totengräber. Und das in Słubice, fünf Autostunden von Warschau entfernt. Fünf Stunden von Milas Grab entfernt. Das Gehalt ist ein Argument gewesen, die günstige Miete in Słubice ein weiteres. Vielleicht auch die Nähe zu seinen Eltern. Ein wirklich gutes Argument hat er in Carolinas Augen sicher nie gehabt. Am ehesten noch, dass sie beide das Gefühl hatten, in Warschau nicht mehr richtig atmen zu können.

»Wir hätten schon früher weggehen sollen«, hat er zu ihr gesagt. »Die Stadt hat Mila nicht gutgetan. Vielleicht hat Warschau sie sogar krank gemacht. Die Abgase dort. Der Lärm. Wer weiß.«

»In Warschau gibt es Ärzte und Therapien. Sie hätte sonst gar nicht so lange gelebt«, hat sie geantwortet.

Er weiß, dass sie recht hat. Warschau ist nicht der Grund gewesen. Vielleicht ist es ihre Verbindung. Vielleicht ist das der Fehler, vielleicht hat genau ihre Verbindung diese Krankheit ergeben, die schon bei ihrer Geburt in Mila gelauert hat. Vielleicht hat das Kind nie eine Chance gehabt, weil es ihr Kind war. Dennoch bedauert er mittlerweile, dass sie es nie in Heidelberg versucht haben. Der Oberarzt vom Marie Curie hat ihnen von der alternativen Therapie in Heidelberg abgeraten, zu viel Geld für zu wenig Resultat, zu wenig nachgewiesene Langzeiterfolge, hat er gesagt. Es tut Artur mittlerweile leid, dass er auf ihn gehört hat. Gegen den Willen Carolinas. Jede Woche mehr mit Mila wäre jedes Geld wert gewesen. Es ist seine Schuld.

Der Weg zum katholischen Friedhof von Słubice führt vorbei am obszönen Grenzbasar, den die Deutschen *Polenmarkt* nennen. Vorbei am alten Stadion mit seiner Nazi-Tribüne. 1932 hat Hitler hier eine Festrede gehalten, in der er etwas von einer Gemeinschaft der deutschen Stämme gefaselt hat. Das steht auf einer Informationstafel am Zuschauereingang. *Ostmarkstadion* hat es da noch geheißen. Die steinernen Zuschauertribünen sind dem *Deutschen Stadion* im Berliner Grunewald nachempfunden und halbwegs gut erhalten. Auch das steht auf der Informationstafel.

Manchmal schaut er hier den Amateurfußballern von Słubice zu, diesem völlig bedeutungslosen Verein, der beinahe heimlich unter den riesigen Arkaden spielt, in denen sich vor dem Zweiten Weltkrieg Cafés und Läden befanden.

Neben dem Stadion, auf demselben Hang, liegt der Kommunalfriedhof, auf dem er arbeitet. Auf dem Judenberg. Darunter, vis-à-vis der viel befahrenen DK29, befindet sich der alte jüdische Friedhof, der ursprünglich zur Stadt Frankfurt gehörte, aber nach dem Krieg an Polen gefallen ist. Auch für den ist er zuständig. Er ist völlig verwahrlost, kann noch nicht einmal mehr besichtigt werden. Doch er muss sich manchmal kümmern, zum Beispiel wenn jemand mit dem Auto in den Zaun fährt oder sich im Sommer ein paar Obdachlose dort niederlassen. Vorletzte Woche hat er das aufgebogene Zaungitter an der Westseite notdürftig mit Stacheldraht geflickt, so unschön der Anblick auch ist.

Angeblich standen früher bis zu tausend Grabsteine auf dem Areal. Und eine imposante Leichenhalle. Jetzt ist da ein Wald. Letztes Jahr hat er verwitterte jüdische Grabsteine aus dem Lapidarium zu Fuß nach unten auf den jüdischen Friedhof getragen, den Abhang hinunter, und in Gegenwart eines Historikers genau dort aufgestellt, wo der Historiker es wollte. Der Historiker hat ihn gebeten, eine Kippa aufzusetzen. Derselbe Historiker, der jetzt auf ihn wartet.

Sein Kommunalfriedhof ist im Gegensatz zum jüdischen Friedhof tadellos gepflegt. Allerheiligen, wenn die Innenstadt wie ausgeleert ist und sich lange Prozessionen von Fußgängern und Schlangen von Autos den Berg hinaufschieben, ist sein großer Tag. Der Tag, an dem er am stolzesten auf seine Arbeit ist. Der Tag, an dem er allen in Słubice und Umgebung seinen Friedhof zeigen kann. Er ist der Galerist und Allerheiligen seine große jährliche Vernissage, sagt er sich. Trotz der mühsamen Vorbereitungswochen, trotz des überfüllten Friedhofs und der kreuz und quer parkenden Autos überkommt ihn an Allerheiligen eine Zufriedenheit, die er sonst nur aus seinen früheren Wettbewerben kennt. Eine finale Gelassenheit nach Monaten des Trainings und der Vorbereitung. Diese Gelöstheit, kurz bevor er den Startschuss hört. Kein Überlegen mehr, kein Abwägen. Kein Hinfiebern und keine Zweifel mehr, ob man sich richtig vorbereitet hat. Keine Alternativen. Doch selbst als er damals in Berlin Vierter bei der Weltmeisterschaft geworden ist und Konrad Czerniak ihn persönlich beglückwünscht hat, ist er nicht so erfüllt gewesen wie an Allerheiligen auf seinem Kommunalfriedhof. Noch nicht mal Sydney hat ihm das gegeben. Wenn er auf dem überdachten Vorweg der neu gebauten Kapelle steht und in der Entfernung beobachtet, wie sich der Friedhof mit Hunderten von Leuten füllt, empfindet er eine große Zufriedenheit. Die Zufriedenheit darüber, es selbst in der Hand zu haben.

Heute ist der Friedhof leer. Selbst der Assistent hat frei. Auf dem Hauptweg steht sein 14-Uhr-Termin im beigen Anorak und hellblauen Schal. Herr Baran hat nachdenkliche, wässrige Augen. Als wäre er andauernd gerührt. Artur spürt, wie der Jack Russell vibriert und gleich bellen wird. »Psst, Jackie«, macht er präventiv.

»Hallo, Herr Baran«, sagt Artur auf Deutsch.

»Wir können bei Polnisch bleiben, meine Mutter hat ohnehin Angst, dass ich es verlerne«, sagt Herr Baran auf Polnisch und lockert seinen Schal. Er ist vermutlich noch keine vierzig, aber strahlt eine uralte Ruhe aus. Er organisiert und leitet die historischen Rundgänge in Słubice und Frankfurt, zu denen auch ein Besuch des jüdischen Friedhofs gehörte, als man noch aufs Gelände durfte. Sein historischer Verein hat das Lapidarium errichten lassen, das die deutschen Grabsteine beherbergt. Sein Verein war es auch, der beim historischen Niedrigwasser der Oder auf der polnischen Seite die Grabsteine der Deutschen geborgen und hierhergebracht hat. Ein paar Angler haben die Steine aus dem Wasser ragen sehen, und Baran hat schnell reagiert.

»Die Polen brauchten nach dem Krieg Platz für ihre eigenen Toten. Da haben sie die Deutschen in den Fluss geworfen«, hat Baran damals bei der Rede zur Einweihung des Lapidariums gesagt, und man hat nicht genau bestimmen können, ob er das lustig fand oder nicht. Das kann man nie bei ihm.

Jackie O bellt genau einmal, dann hört sie auf.

»Sie brauchen mal wieder meine Hilfe?«, fragt Artur, und sein Blick fällt auf Barans Wildlederschuhe. »Welche Grabsteine soll ich diesmal den Berg hinunterrollen?« Es sollte gar nicht so sarkastisch klingen, es tut ihm augenblicklich leid.

Doch Herr Baran lächelt. »Dieses Mal ist es eine schönere Arbeit. Signifikant schöner.«

Artur lächelt säuerlich zurück. »Es ist trotzdem sicher wieder etwas, mit dem man sich bei den Słubicern unbeliebt macht.«

»Ach nein, das würde ich so nicht sagen.« Kurze Pause. »Na ja, vielleicht ein kleines bisschen. Sie wissen ja, wie es ist, wenn man auf dem alten Friedhof da unten herumstöbert. Eigentlich müssten sich die Toten gestört fühlen. Stattdessen tun es die Lebenden, die sich das ganze Jahr nicht für die Toten interessieren.«

Artur zuckt mit den Schultern, kann nicht ganz folgen.

»Sie bekommen Besuch, lieber Artur.« Baran sieht ihn an, als wollte er, dass er sich freut.

»Ich?«, fragt Artur.

»Eigentlich wir beide. Aber ich bin die nächsten Tage auf einer Konferenz, deshalb müssen Sie an meiner Stelle Fremdenführer spielen, zumindest bis ich wieder da bin. Natürlich nur, wenn Sie wollen und können.«

»Und wer kommt?«

»Eine sehr beeindruckende Person, Artur. Sie werden mir zustimmen.«

3

»Kann ich bei Ihnen zahlen?«, fragt ein älterer Mann mit einer Halskette, an deren Ende eine Brille hängt, als Mi-Ra vom Klo kommt.

»Ich arbeite hier nicht«, sagt sie und setzt sich an ihren Tisch. Es ist nicht das erste Mal, dass ihr das in einem Restaurant passiert. Doch es ärgert sie am meisten, dass sie nach wie vor zu perplex für einen guten Konter ist.

Während sie mit den Einweg-Stäbchen in ihren Nudeln herumkramt, liest sie einen Zeitungsartikel über Umbauarbeiten des Freibads in Słubice, dessen für Mitte Mai geplante Eröffnung sich verschieben wird. Auf dem Foto ist ein Becken mit Kindern und einer mutmaßlichen Schwimmlehrerin zu sehen, dahinter eine Tribüne und Arkaden, die man so in einem Freibad nicht vermuten würde.

»Das ist unser Amphitheater«, sagt jemand.

Ein Mann mit sanften Gesichtszügen, ohne Bart, kurzes graues, dichtes Haar, lange Wimpern. Jeansjacke.

»Ja, man fühlt sich sofort in die Antike zurückversetzt«, sagt Mi-Ra. »Sie sind vermutlich Herr Arkadiusz?«

»Genau, aber bitte sagen Sie doch Artur.« Er hat einen Akzent, und auf keinen Fall wird sie ihm sagen, dass sein Deutsch gut ist.

»Dann sagen Sie doch bitte Du. Ich bin Mi-Ra Kim. Aber ab jetzt Mi-Ra. Betonung auf der zweiten Silbe.«

»Ich merke mir das.«

»Das wär schön. Es kommt nicht oft vor, dass sich Leute merken, wie man meinen Namen richtig ausspricht.«

Artur nickt, als könnte er das nachvollziehen. »Bin ich zu früh? Mein Wagen steht unten im Parkhaus.«

»Danke. Aber noch mal: Du hättest mich nicht extra hier in Frankfurt abholen müssen, ich bin noch ganz gut zu Fuß«, sagt Mi-Ra.

»Ich musste hier Pflanzen besorgen. Andenpolster.« Er lächelt erwartungsvoll, als wäre die Pflanze wie ein bekanntes Lied, dessen Titel ausreicht, um gute Laune zu verbreiten.

Mi-Ra lächelt zurück. Sie kennt Andenpolster, muss ihm das aber nicht sagen. Sie braucht keine Extrapunkte. Bei niemandem. »Dann können wir jetzt los«, sagt sie stattdessen.

Sie steht auf, nimmt ihren Rucksack, der über dem Stuhl hängt. Dann fällt ihr etwas ein. Sie geht zu dem Mann mit der Umhängebrille.

»Das macht dann 18 Euro 90«, sagt sie. Der Mann sieht noch nicht einmal richtig zu ihr auf, bevor er einen Zwanziger aus seinem Geldbeutel fingert. »Stimmt so«, sagt er.

»Danke und einen schönen Tag noch«, sagt Mi-Ra zu dem Mann und nickt Artur zu, der nicht versteht, was er da eben gesehen hat.

In Arturs rotem Scirocco riecht es nach Blumenerde und Hund. Sie bemerkt, wie er sie verstohlen ansieht, während er die Karl-Marx in Richtung Oderbrücke fährt.

»Du kannst mich ruhig fragen.«

»Was kann ich fragen?«

»Wo ich herkomme?«, sagt Mi-Ra.

»Das wollte ich nicht fragen«, sagt Artur und nimmt kurz sanft empört beide Hände vom Lenkrad, was ihr nicht gefällt. Sie fühlt sich nie sicher in Autos, egal wer sie fährt.

»Das glaube ich nicht. Deshalb sage ich es dir. Ich komme aus dem Ruhrgebiet. Geboren und aufgewachsen in Essen.«

»In Essen hatte ich mal einen Wettkampf.« Er legt die Hände oben auf dem Lenkrad ab.

»Was für einen Wettkampf?«, will sie wissen und lässt das Fenster mit dem kleinen Knopf in der Seitenleiste zur Hälfte herunter. In der Stadt riecht es nach Benzin und blühenden Bäumen. Sie hat in den letzten Tagen seltsamerweise immer häufiger das Bedürfnis nach Zigaretten, obwohl sie vor fünf Jahren aufgehört hat zu rauchen. Irgendwie erinnert sie der Geruch hier in der Stadt an eine Zeit, in der sie noch geraucht hat.

»Ich war Leistungsschwimmer«, sagt Artur.

»Gute Leistungen?«

»Gut genug für Olympische Spiele.«

»Klingt gut genug für mich. Welche Spiele?«

»Sydney 2000.«

»Was ist mit Disziplin, Platzierung, Zwischenzeiten? Bitte lass dir doch nicht alles aus der Nase ziehen, Artur Arkadiusz.« Sie merkt, wie ihn ihre Direktheit verwirrt. Oder vielleicht ist es auch die Formulierung *aus der Nase ziehen.*

»1500 Meter Freistil – ich bin Siebter geworden. Meine Zeit war 15:08 Minuten.«

»In der Zeit schwimm ich das sogar«, sagt Mi-Ra und wartet ab, ob er ihre Ironie versteht. Er lächelt sanft und fährt weiter. Er kann ganz gut mit mir umgehen, denkt sie.

*

Artur hofft, dass sie nicht merkt, wie angestrengt er ist, als er nach der Stadtbrücke die 29 in Richtung Cybinka nimmt, die sie zum

Friedhof bringt. Nach dem Blumenladen hat er sich unbedingt die Hände waschen wollen, ist in die kostenpflichtigen Toiletten des Oderturms gehetzt und deshalb zu spät gekommen. Ab da hat er sich in der Defensive gefühlt. Diese Mi-Ra mit Betonung auf der zweiten Silbe ist so sarkastisch und schnell, dass er sein Deutsch bis an die Belastungsgrenze treiben muss, um ihr folgen zu können. Seine Eltern haben ein paar Jahre drüben in Frankfurt gelebt, er war in einem deutschen Kindergarten und hat von da an auch Deutsch gesprochen. Aber er findet, es steht immer noch auf wackligen Beinen. Zumindest heute. Er fühlt, wie er schwitzt, aber hofft, dass sie es nicht bemerkt. Allerdings sagt man ihm nach, dass er aussieht, als könnte es ihn noch nicht mal aus der Ruhe bringen, wenn sich vor ihm die Erde auftut. Seine Frau hat das mal in einem Wutanfall *Zen, bis man kotzt* genannt. Und als Redewendung für ihn so beibehalten. Wenn er nicht emotional genug auf ihre Vorwürfe reagiert. Wenn er einfach nur aushält, dass sie wütend ist. Wenn er früher als sie begreift, dass ihre Wut eigentlich nicht ihm gilt.

Er ist ein bisschen eingeschüchtert von Mi-Ras Aussehen. Weil sie etwas ausstrahlt, das ihn in den Fahrersitz seines Sciroccos drückt: eine physische Stärke und doch etwas sehr Empfindsames. Sie hat die Oberarme und das Kreuz einer Leistungssportlerin und wirkt trotzdem zierlich. Und ihre Augen beobachten so scharf, dass man sich wie auf Video aufgezeichnet fühlt. Die meiste Zeit wirkt sie freundlich und neugierig, doch wie schnell ihr Gesicht versteinern kann, wenn sie sich unwohl fühlt oder über etwas Problematisches nachdenkt, ist ihm schon nach wenigen Minuten aufgefallen. Dann wirkt sie wie eine Schiedsrichterin, streng und undurchdringbar.

»Wir sind gleich da«, sagt er. »Da vorne ist es.«

»Was sind da rechts für Häuser?«, fragt sie.

»Nachtclubs«, sagt er.

»Nett«, sagt sie. »Dann wissen wir ja, was wir abends unternehmen.«

Er lacht, aber nicht besonders laut. Er findet es interessant, wie sie angezogen ist. Ein dunkelblaues ärmelloses Kleid – das konnte er im Oderturm sehen – und eine schwarze Strumpfhose, darüber eine Lederjacke. Weiß-grüne Turnschuhe. Eine schlichte Sonnenbrille. Sie wirkt nicht, als würde sie sich viel Gedanken um ihr Aussehen machen, gleichzeitig trägt sie das, was sie anhat, so souverän, dass sich alle anderen garantiert zu gut oder zu schlecht gekleidet fühlen.

»Da hinter dem Zaun geht er schon los.« Er zeigt mit dem Finger auf einen blau gestrichenen Eisenzaun mit Gitterstäben, die am oberen Ende wie mittelalterliche Pfeilspitzen wirken.

»Wie lange schon verheiratet?«, fragt sie.

Er braucht einen Moment, um den Themenwechsel zu verkraften.

»Ich tippe auf fünfundzwanzig Jahre. Erste und einzige Beziehung«, sagt Mi-Ra.

»Sechzehn Jahre«, sagt er. »Nicht die erste Beziehung.«

»Entschuldigung, das ist eine doofe Angewohnheit. Ich tu so, als wär ich Sherlock Holmes und könnte den Leuten am Staub ihrer Jacke die Biografie ablesen«, sagt Mi-Ra. »Dabei will ich nur ein bisschen Applaus dafür, dass ich gleich deinen Ehering bemerkt habe.«

Er lässt erneut kurz das Lenkrad los, klatscht leise Beifall und gibt sich Mühe, es nicht höhnisch wirken zu lassen, indem er dazu nickt. Dann nimmt er das Lenkrad wieder in beide Hände.

»Ich danke der Academy«, sagt Mi-Ra, und sein Kopf tut ein bisschen weh. Vielleicht ist sie ihm gerade zu viel. »Aber bitte lass die Hände doch am Lenkrad, ich bin eine nervöse Beifahrerin«, sagt sie dann auch noch.

Er fühlt sich ertappt und fährt langsamer. An einer Stelle hinter dem Zaun kann man drei große Steine erkennen.

»Das sind die Gedenksteine für Rabbiner Mendel, Rabbiner Theomim und Rabbiner Margolies. Sie wurden vor einiger Zeit neu aufgestellt«, erklärt er ihr.

»Das weiß ich. Aber wenn ich ehrlich bin: Mir sagt nur Theomim was. Der hat im 18. Jahrhundert über jüdische Essensregeln gebloggt, wenn man so will. Ein eher unbequemer Typ für die Berliner Rabbiner-Szene damals, wenn ich das richtig gelesen habe. Zu progressiv war er denen.«

Er kann auch nicht mehr zu Theomim sagen. Das mit den Essensregeln ist ihm neu. Sie wirkt dennoch gut unterhalten, sitzt kerzengerade in ihrem Sitz und sieht ihn fordernd an, so als müsste er ihre Aussage dringend bestätigen.

»Ich weiß nicht so viel über ihn«, sagt er leicht eingeschüchtert und beschleunigt wieder. Zu ihrer Rechten liegt das Einkaufszentrum, in dem er hin und wieder Whiskey und Reinigungsmittel holt. »Ich kehre jetzt gleich wieder um. Es ist nur, damit Sie ein Gefühl für die Länge bekommen.«

»Du«, sagt Mi-Ra.

»Wie bitte?«

»Wir duzen uns doch«, sagt Mi-Ra, und ihr Blick fällt auf das bunkerartige Cargo Hotel oben auf dem Hügel über dem Friedhof. Mit einer grotesk langen Funkantenne, die sich in den halb bewölkten Himmel bohrt. Fast möchte er sich für die Antenne entschuldigen.

»Entschuldigung«, sagt er und biegt in den Parkplatz der Wechselstube ein, wo er wendet und die 29 wieder zurück in Richtung Słubice nimmt. Gleich in der Nähe der drei Rabbiner-Steine ist eine mit Gras überwachsene Einfahrt, in der er den Scirocco parkt.

Sie steigen beide gleichzeitig aus, er holt einen Schlüsselbund aus der Innentasche seiner Jeansjacke und schließt auf, entfernt das Schloss und die Kette um den Zaun und öffnet das Tor. Sie stehen jetzt unmittelbar vor den Grabsteinen der Rabbiner.

»Folgen Sie mir«, sagt er.

»Folg *du* mir«, korrigiert sie.

*

Der vordere Teil des Friedhofs sieht aus wie ein Parkplatz. Dort, wo Artur ihnen aufgeschlossen hat, wächst kein Wald, der Untergrund ist Beton, aus dem vereinzelte Grashalme hervorbrechen. Sie läuft jetzt leicht erhöht, auf einer Art Plateau. Unter ihr ein Hohlraum. Womöglich steht sie auf dem Dach einer ehemaligen Tiefgarage.

Sie weiß nahezu alles über den Friedhof, vom ersten Beerdigungsabschnitt vor 1399 bis zum dritten bis 1945, doch worauf sie gerade steht, weiß sie nicht. Artur Arkadiusz antwortet ihr auf die nicht gestellte Frage.

»Der Friedhof ist nach dem Zweiten Weltkrieg völlig zugewachsen. Das hat schön ausgesehen auf den Bildern. Aber im Herbst 1975 hat man ihn dann abgerissen.«

»Abgerissen? Einen jüdischen Friedhof?« Sie kann sich zwar an das erinnern, was sie gelesen hat, aber sie will es aus seinem Mund hören. Auch weil sie seine freundlich monotone Stimme mag, die sogar eine archäologische Ungeheuerlichkeit wie diese erträglicher klingen lässt.

»Sozusagen über Nacht hat man die Mauer abgetragen und die Grabsteine mit Holzrollen weggefahren. Leider nicht alle. Die vom ältesten Abschnitt haben sie offenbar für wertlos gehalten und abgeschlagen und weggeworfen. Nur leider hat niemand mitgeschrieben, welche Grabsteine genau zerstört wurden. Niemand hat sich die Namen der Toten notiert.«

»Wow. Und dann?« Sie deutet vorwurfsvoll auf den Boden, auf die vermeintliche Tiefgarage unter sich. »Was soll das da?«

»Man hat ein Hotel mit Restaurant gebaut. Und einen Parkplatz. Du stehst auf dem Fundament vom Hotel.«

»Und niemand hat was dagegen gehabt?«

»Nein. Zumindest nicht hier in der Stadt. Der Friedhof war ja schon vorher vergessen. War ja ein deutscher Friedhof«, sagt Artur.

»Aber doch auch ein jüdischer. Gibt doch nicht gerade wenige Juden in Polen? Oder besser: gab.«

»Ich weiß auch nicht.« Er zuckt hilflos mit den Schultern. »Ich nehme an, die Leute, die sich um so etwas kümmern, sind eher in Krakau oder Warschau.«

»Hmmm«, macht sie, überlegt, ob das plausibel ist.

»Ende der Neunziger sind zwei bekannte Rabbiner aus Amerika gekommen und haben nach dem Grab von Theomim gesucht. Aber da war keins mehr. Daraufhin hat man zusammen mit der jüdischen Gemeinde von Brandenburg einen großen Gedenkstein für den gesamten Friedhof aufgestellt. Das ist der da drüben.« Er dreht sich um und zeigt hangaufwärts. Sie sieht keinen Gedenkstein, aber da stehen auch Bäume im Weg.

Auf der Wiese liegen umgefallene Grabsteine, auf denen es sich Moos bequem gemacht hat. Ein anderer Stein steht noch, ein zweiter lehnt sich altersschwach gegen ihn.

»Dann bitte ich mal um einen kurzen Rundgang«, sagt sie.

Er führt sie durch den Wald, zeigt ihr den ersten Beerdigungsabschnitt mit den Steinen, die man irgendwann wieder aufgerichtet hat. Die Mischung aus Moos und Verwitterung lässt manche gar nicht mehr wie Steine wirken, eher wie etwas Pflanzliches.

Er zeigt ihr Überreste der ehemaligen Friedhofsmauer. Besseres Geröll. Ansonsten überall tote Äste, dürre Bäume, trotz regenreicher letzter Wochen. Aus dem Friedhof ist ein Wald geworden, aber kein idyllischer. Die Natur hat sich hier nicht mit Gewalt etwas zurückgeholt, sondern sich eher lustlos breitgemacht. Als wäre sie lieber woanders gewachsen als auf Tausenden von Toten. Stellenweise findet sie Zigaretten und Kronkorken auf dem Boden. Schokoriegelpapier, eine leere Packung H-Milch, eine löchrige blaue Decke.

»Da hinten stand mal das Mausoleum. Ein wunderschönes Gebäude.« Artur schaut in die Bäume. Noch nicht mal ein Trampelpfad ist zu erkennen. Es geht jetzt ein unangenehmer Wind, der den Lärm der DK29 zu ihnen trägt.

»Ich hab ein Bild von der Ruine gesehen, wirklich schön«, sagt sie. »Wann hat eigentlich das letzte Mal hier jemand gegraben?«

»2004 war der Rabbiner aus Amerika erneut zu Besuch. Hat vom Bürgermeister verlangt, dass das Gelände in jüdischen Besitz übergeht. Aber der Bürgermeister hat einfach Nein gesagt. Immerhin durfte der Rabbiner einen Weg, Mauerreste und ein paar Gräber freilegen und schließlich auch die neuen Steine für Theomim und die anderen aufstellen. Eigentlich wollte man danach sogar das Mausoleum wieder aufbauen, aber das war der Gemeinde dann zu kostspielig. Man hat dann dafür das Gelände eingezäunt.«

»Und das sehr geschmackvoll«, sagt sie, aber er übergeht ihre Ironie.

»2008 wurde das Fundament der alten Friedhofsmauer freigelegt, aber wie du siehst, ist es schon wieder zugewachsen.«

»Was ist aus dem Hotel geworden?«

»Daraus wurde irgendwann nach der Wende ein Bordell.« Artur macht eine Pause, verschränkt umständlich die Finger. »Es hieß Eden.«

»Charming«, sagt Mi-Ra und holt ein Taschentuch aus der Jacke. Sie schnäuzt sich, gegen irgendetwas hier ist sie allergisch. »Und daran hat sich niemand gestört?«

»Erst als die Amerikaner sich bei unserem damaligen Ministerpräsidenten beschwert haben. Dann hat das Eden zugemacht, und der jüdische Landesverband hat das Grundstück als Entschädigung bekommen. Und die haben den Nachtclub abgerissen. Kann ich kurz eine Zigarette rauchen?«, fragt Artur. »Draußen?«

»Du kannst von mir aus auch hier eine rauchen.«

»Nein, das will ich nicht. Wir verhalten uns schon falsch genug. Wir müssten eigentlich eine Kippa tragen. Also ich muss eine tragen. Rauchst du auch?«

»Nein«, sagt sie ein bisschen zu entschlossen.

Über eine kleine Holztreppe steigen sie zu den neuen Steinen für Theomim und seine Kollegen und verlassen dort das Gelände. Artur lehnt am Zaun und holt ein Etui aus der Brusttasche, in dem genau fünf Zigaretten sind.

Sie schweigen eine Weile.

»Gräbst du hier?«, fragt er.

Sie schüttelt den Kopf. »Ich vermesse erst mal nur, schau mir das Ganze an, schreib einen Artikel. Aber stimmt, ich soll dich ja fragen, ob ich eine Drohne für Luftaufnahmen benutzen darf. Dient auch der Vermessung. Ich würde mir die dann hierher liefern lassen.«

»Davon weiß ich gar nichts«, sagt Artur, sieht aber nicht so aus, als störte es ihn. »Artikel? Bist du Journalistin? Baran hat von einer Archäologin gesprochen.« Artur dreht sich abrupt zum Friedhof um, als hätte er dort besagten Baran gesehen.

»Ich bin beides. Und ich kann auch Handstand.«

Artur ignoriert ihren Handstand-Kommentar, vielleicht versteht er ihn auch nicht, wirft die Zigarette weg und setzt sich ruckartig in Bewegung.

»Was ist los?«, fragt sie.

»Da ist jemand«, sagt Artur und eilt durchs Tor. Sie folgt ihm, er rennt jetzt in Richtung dritter Beerdigungsabschnitt, wo angeblich mal das Mausoleum war. Kurz darauf stehen sie im Wald an derselben Stelle, an der sie vorher schon gestanden haben. Da ist niemand.

»Das ist seltsam«, sagt Artur. »Vielleicht ist er hinten raus.«

»Aber da ist doch der Zaun.«

»Mit einer Kiste kommt man drüber. Vermutlich wieder die Jugendlichen.«

»Es sind immer die Jugendlichen«, sagt sie und schüttelt pseudoempört den Kopf. »Willst du nachschauen?«

»Nein«, sagt er. »Aber irgendwer schleicht hier rum. Schon seit Tagen. Vielleicht sag ich es der Polizei. Damit du dich hier sicher fühlen kannst.«

»Ich fühle mich sicher genug. Es ist ja nicht so, dass ich hier im Mondlicht verfluchte Piratenknochen ausgrabe.«

»Gut, dann lass ich dich mal alleine und hol dich später wieder ab«, sagt er. »Gegen 16 Uhr?«

»Nein, schon gut, ich komme zurecht. Ich kann dir aber später ein Bier spendieren zum Dank«, sagt Mi-Ra. »Wenn du mir eine gute polnische Kneipe zeigst.«

»Magst du Absinth?«, fragt Artur.

»Auf gar keinen Fall«, sagt sie und schüttelt angewidert den Kopf.

4

Am Abend läuft Mi-Ra hinunter zur Oder, die sich scheu an der Stadt entlangwindet, als wollte sie eigentlich nichts mit ihr zu tun haben.

Am späten Nachmittag ist der kalte Wind verschwunden, und auch die Wolken haben sich zerstreut, es ist mit einem Schlag wärmer geworden, und so ist der erste halbwegs warme Abend des Jahres entstanden. Sie kommt an der Europa-Universität Viadrina vorbei, vor der ein leerer weißer Straßenbahnwaggon mit roten Streifen steht. Und auch sonst ist da niemand, obwohl alles so wirkt, als wäre da gerade noch jemand gewesen. Als hätte man die Stadt eben erst evakuiert. Im Hintergrund wirkt der alles überragende Oderturm mit seiner leblosen Scheibchenfassade wie das einsame Relikt einer vor zehn Minuten ausgestorbenen Zivilisation.

Von der Uni aus sind es nur noch ein paar Schritte zum Fluss hinunter, wo das dicht bewachsene Naturufer auf eine runde und breite Treppe trifft, die an eine Zuschauertribüne erinnert. Von hier kann man durch die Bäume auf der anderen Uferseite hindurch Słubice sehen. Und zwar ziemlich genau den Teil der Stadt, in dem sie sich in ein paar Minuten mit Artur im Café Absynt treffen wird, das hat sie im Internet nachgeschlagen.

Ihr Nachmittag auf dem Friedhof war nach Arturs Abgang nicht mehr besonders spektakulär. Sie hat anhand eines Grabatlas alle bereits entdeckten Steine, ihre Fundorte und ihre gegenwärtige Position festgehalten und auf Unterschiede zum Buch hin überprüft. Dabei hat sich nichts Neues ergeben. Die Verfasserin dieses Grabatlas hat einen Lehrstuhl für Denkmalkunde an der Europa-Universität und ist – zusammen mit dem örtlichen Historiker Baran – auch diejenige, die sich dafür eingesetzt hat, dass Mi-Ra und die *Antike Welt* Zugang zum Friedhof bekommen. Mit ihr ist sie morgen früh für ein Interview verabredet. Außerdem hat sie auf dem Weg zurück nach Frankfurt mit Baran telefoniert, der bis Ende der Woche auf einer Konferenz in München weilt. Er hat ihr empfohlen, sich in Zukunft nicht allein auf dem Friedhof aufzuhalten, es sei in letzter Zeit immer wieder zu Beschädigungen gekommen, und Baran wisse noch nicht, was dahintersteckt. Baran hat auch gesagt: *Artur Arkadiusz, guter Mann, dem können Sie vertrauen, er kann Sie jederzeit begleiten.*

Nach der Arbeit hat sie sich in der Pension geduscht und eine Kleinigkeit im Frankfurter Kartoffelhaus gegessen, eine Tomatensuppe und eine Ofenkartoffel mediterraner Art. Beides hat langweilig geschmeckt.

Mittlerweile sitzt sie schon seit ein paar Minuten regungslos auf der kleinen Odertribüne und denkt darüber nach, ob sie am Wochenende nicht doch zu ihrem Sohn fahren soll. Oder wenigstens das Wochenende darauf. Sie entscheidet sich erneut dagegen. Dann steht sie auf, obwohl sie immer noch zu früh dran ist. Ihr Weg führt sie vorbei am Flutstein, der so hoch ist wie das Jahrhunderthochwasser von 1997. Sie hat ein Video davon auf Youtube gesehen. Straßenschilder, die zu drei Vierteln unter Wasser stehen und auf Straßen verweisen, die es nicht mehr gibt. Untergegangen im brandenburgischen Amazonas.

Den Friedhofswärter findet sie sympathisch. Sie mag seine farblosen Lippen und seine Zurückhaltung. Zum dritten Mal am heutigen Tag überquert sie die Oderbrücke – dieses Mal zu Fuß –, lässt das dämmernde Frankfurt hinter sich und reist nach Polen aus.

Im Café Absynt wartet Artur schon auf sie. Er hat einen kleinen weiß-braunen Hund dabei, der unter dem runden Holztisch sitzt. Im Absynt ist die Zeit stehen geblieben, auch wenn sie nicht sagen könnte, welche Zeit genau. Gepolsterte Holzstühle, eine türkisblaue Tapete mit weißen Blütenblättern, die sich mit holzverkleideten Wänden abwechselt. Neben Arturs Tisch steht ein alter Sekretär. Es läuft Musik, die klingt wie aus den Sechzigern. Mit polnischen Texten. Gibt es polnischen Northern Soul?

Ansonsten sind im Innern der Kneipe nur zwei weitere Tische besetzt. Hinter Artur sitzt ein Pärchen: er mit langem, geflochtenem grauen Pferdeschwanz und einem blauen Jeanshemd, sie mit kurzem grün gefärbten Undercut und Motorradjacke. Ganz links hinten in der Ecke hockt noch ein Mann mit Hut und starrt so tief in sein Glas, dass man sein Gesicht nicht erkennen kann. Er trägt einen schwarzen Mantel, aber es könnte auch ein Umhang sein. Die Tische draußen sind alle besetzt, weil es so ungewöhnlich warm geworden ist.

»Rokoko in Słubice. Toll«, sagt sie zu Artur und deutet auf den Sekretär.

Er lächelt. »Eher westpolnisches Biedermeier.« Er scheint stolz auf seine Replik zu sein.

»Gibt es das wirklich?«, fragt sie.

»Nein«, sagt er und nimmt einen Schluck von seinem Bier. Das ist ein anderer Friedhofswärter als der leicht nervöse von heute Vormittag, denkt sie. Er wirkt deutlich weniger angespannt. Kann er sich so schnell an sie gewöhnen? Lässt er sich schon nach ein paar Stunden nicht mehr von ihr verunsichern? Das wäre großartig.

»Wie heißt der Jack Russell?«, fragt sie.

»Jackie O«, sagt Artur.

»So heißen sicher viele Jack Russells, oder?«

»Ich weiß es nicht, meine Frau war stolz auf ihren Einfall.«

»Natürlich. Entschuldigung.«

»Nichts passiert«, sagt er.

»Bin ja beruhigt, dass es im Café Absynt nicht nur Absinth gibt«, sagt sie mit Blick auf sein Bier.

»Ich kann den Absinth aber empfehlen«, sagt Artur, der ein schwarzes Jackett trägt, dessen Ärmel ein bisschen zu kurz sind. Darunter ein blaues Hemd. Sie hat noch das Kleid vom Nachmittag an. Und ihre Lederjacke. Sie setzt sich und bestellt eine Apfelschorle.

»Wie war's noch am guten Ort?«, fragt Artur.

»Der gute Ort?«

»*Dobre miejsce,* der gute Ort. Oder auch *makom tov* auf Hebräisch. So nennt man den Friedhof hier.« Er macht eine Pause. »Also eigentlich nur Baran und ich. Und Frau Dr. Simar. Kennen Sie sie?«

»Kennst *du* sie«, korrigiert sie ihn.

»Ach ja«, sagt er.

»Ja, die kenne ich. Ich treffe sie morgen früh an der Universität.« Sie hebt ihr Glas mit Apfelschorle. »Auf den guten Ort!«

Artur tut es ihr gleich, nickt ihr zu, die Gläser kommen sich nah, aber berühren sich nicht.

»Weißt du, was komisch ist?«, sagt sie. »Der Friedhof hat überhaupt keine negative Ausstrahlung. Im Gegenteil. Und das, obwohl er so misshandelt wurde, obwohl er so verwahrlost und vergessen ist. Ein *lost place,* wie er im Buche steht. Aber das spiegelt sich nicht in seiner Aura wider. Gibt es denn gar keine Gruselgeschichten über ihn?«

»Dazu müsste sich erst jemand an ihn erinnern«, sagt Artur. »Ich habe gelesen, dass sich die Leute nach dem Krieg nicht an die

Leichenhalle herangetraut haben, wegen der Minen. Auch jetzt hat man noch ein bisschen Angst hier im Ort.«

»Wer vermint einen Friedhof?«, sagt Mi-Ra. »Obwohl, vergiss es, ich nehme die Frage wieder zurück. Jeder vermint vermutlich einen Friedhof, wenn Krieg ist.«

»Hier war die letzte Front der Nazis gegen die Russen. Du hast vielleicht von der Schlacht um die Seelower Höhen gehört, keine dreißig Kilometer von hier. Der Anfang vom Untergang Berlins.«

»Good times«, sagt Mi-Ra und bläst sich eine schwarze Strähne aus den Augen. Ein Gedanke lässt sie nicht los. »Es ist schon sehr erstaunlich, dass ein Friedhof dieser Größenordnung und Tradition nicht nur einmal in Vergessenheit gerät, sondern gleich dreimal.«

»Weil er vergessen werden will«, sagt eine ganz andere Stimme, die von oben kommt. Über ihren Köpfen schwebt ein weißes Gesicht, das von einer schwarzen Hutkrempe gerahmt wird. Als würde es aus einem Loch hervorschauen. Ein Gesicht, in das dicke graue Strähnen fallen. Jemand mit buschigen Koteletten, einer faltigen Stirn und tiefen Augenhöhlen. Mit zwei graugrünen Augen, zwischen denen eine dominante Nase sitzt, die Haut darauf deutlich glatter als beim Rest des Gesichts. Unter der Nase ein dünner dunkelgrauer Schnauzbart über einem breiten Mund mit dunklen Lippen, darunter ein kantiges Kinn, übersät von kleinen grauen Bartstoppeln.

»Creepy«, sagt Mi-Ra, tut unbeeindruckt vom sprechenden Hut über ihnen.

»Sie waren das auf dem Friedhof«, sagt Artur mit etwas höherer Stimme als zuvor. »Sie sind der Mann. Sie sind die letzten Tage da eingebrochen. Ich erkenne Sie am Hut.«

»Masz rację«, entgegnet der Mann und zieht einen dritten Stuhl unter dem runden Tisch hervor und setzt sich ungefragt zu ihnen. »Wobei ich das Wort *einbrechen* nicht mag. Ich bin nur Tourist.«

»Kim właściwie jesteś?«, fragt Artur, und der Mann nimmt seinen Hut ab und legt ihn auf den Sekretär, den er mit seinen sehr langen Armen gut erreichen kann. Sie schätzt ihn auf gute eins neunzig.

»Mein Name ist Horatio Beeltz, Verleger, Autor, Wissenschaftler.«

Er klingt wie jemand, der seit Ewigkeiten Deutsch spricht, aber mit einer anderen Sprache aufgewachsen ist. Er rollt das »r«.

»Archäologe sind Sie nicht zufällig auch?«, fragt sie ihn.

»Keineswegs. Das Leben halte ich für deutlich interessanter als den Tod.«

Klugscheißer, denkt sie.

Arturs Blick wechselt zwischen ratlos und frustriert. Er hat sich wohl keine Unterbrechung unserer Verabredung gewünscht, denkt sie. Er sieht sie an, als müsste *sie* etwas unternehmen, um den Invasor zu verscheuchen.

Indessen fängt Horatio Beeltz einen vorbeihuschenden Kellner ab und bestellt eine Runde Absinth.

»Danke, aber ich trinke keinen Alkohol«, sagt sie.

»Das akzeptiere ich voll und ganz, und auch ich habe das jahrelang so gehandhabt, weil ich Angst hatte, der Alkohol lässt mich schneller altern.«

»Und jetzt?«

»Jetzt weiß ich mit Gewissheit, dass der Alkohol mich schneller altern lässt. Aber ich habe keine Angst mehr davor.«

»Sie haben sicher schon etliche witzige Kolumnen in Ihrem Leben geschrieben. Sie sehen ja auch aus wie Ambrose Bierce«, sagt Mi-Ra und fragt sich, ob Artur weiß, wer Ambrose Bierce ist.

»Die ein oder andere«, sagt der Mann mit dem rollenden »r« todernst.

Was ist das für ein Name, *Horatio Beeltz?*, wundert sie sich.

»Was wollen Sie von uns?«, fragt Artur, dem man seinen Unwillen jetzt richtig anmerkt: Er ver- und entschränkt seine Finger während der Frage auf dem Tisch.

»Verzeihung. Es war natürlich unhöflich, mich in ihr Gespräch einzumischen, aber ich habe Sie über den alten jüdischen Friedhof reden hören«, sagt Beeltz.

»Es war vor allem ziemlich *unmöglich,* uns darüber reden zu hören, Sie saßen ja da ganz hinten«, sagt Mi-Ra.

»Ich habe sehr gute Ohren«, sagt Beeltz und zupft am linken Ohr, bekommt ein grotesk langes graues Haar zu fassen und reißt es sich aus. Er hält es kurz vors linke Auge und schmeißt es dann auf den Boden. »Verzeihung, aber je älter der Mensch, desto mehr und länger seine Ohrenhaare. Zumindest die auf den Ohren. Die inneren werden dafür kürzer, und das Gleichgewicht geht verloren. Kein guter Handel. Deshalb stürzen die Leute in meinem Alter auch so häufig. Wo war ich?«

»Sie sprachen von Ihren guten Ohren. Sie haben uns belauscht, als wir über den Friedhof geredet haben«, sagt sie.

»Belauscht ist vielleicht nicht das richtige Wort. Ich habe Sie wahrgenommen. Und nun wollte ich Sie beide fragen, was Sie mit dem Friedhof zu tun haben. Ich selbst kenne ihn nämlich schon sehr lange. Man könnte auch sagen: Ich hänge an ihm. Ich habe früher in Frankfurt gewohnt und gearbeitet, Vorfahren von mir sind hier begraben.«

»Interessant«, sagt Mi-Ra. »Wie heißen die denn?«

»Es ist natürlich nicht urkundlich nachgewiesen, aber ich bin ein Ururneffe von Salman Prausnitz.«

»Prausnitz«, wiederholt Artur. »Ich kenne den Grabstein.«

»Aber darf ich jetzt erfahren, woher Sie beide so viel über den Friedhof wissen?«, setzt Horatio neu an.

»Ich bin der Friedhofswärter hier in Słubice, hauptsächlich oben auf dem Kommunalfriedhof«, antwortet Artur. »Und Frau Kim ist Archäologin und Journalistin. Sie schreibt einen Artikel über den jüdischen Friedhof für die *Antike Welt*.«

Mi-Ra ist nicht ganz wohl bei der Ausführlichkeit, mit der Artur sie vorstellt.

»Die *Antike Welt!*«, kommt es begeistert aus Beeltz. »Ich kenn doch den Jost Läubers ganz gut. Bestellen Sie ihm doch bitte meine allerliebsten Grüße.«

»Vielleicht mach ich das«, sagt Mi-Ra. Was für ein Poseur, denkt sie. Sie mag das Wort. Etwas in ihr wünscht sich eine Zigarette.

»Und jetzt sagen *Sie* uns doch bitte, was genau Sie seit Tagen auf dem Friedhof machen«, sagt Artur mit einem Nachdruck, den sie ihm gar nicht zugetraut hat.

Horatio Beeltz streicht sich über den schmalen Oberlippenbart. Vielleicht liegt es an seiner Körpergröße, aber Beeltz wirkt so dünn, als könnten seine Beine jeden Moment einknicken unter dem Gewicht des restlichen Körpers. Unter seinem massiven Schädel. Er ist ziemlich bleich, fast weiß im Gesicht. Als hätte er die letzten zwanzig Jahre in einem Kellerabteil gewohnt. Man spricht ja manchmal von einer gesunden Hautfarbe. Das hier ist das Gegenteil.

»Ich erforsche ein temporales Phänomen.«

»Er erforscht ein temporales Phänomen«, wiederholt Mi-Ra spöttisch.

Beeltz ignoriert die Häme. »Ich habe auf dem Friedhof eine Methode gefunden, in der Zeit zurückzureisen.« In seinen tiefen Augenhöhlen leuchtet es jetzt fast so grün wie der Absinth, den der Kellner gerade bringt, denkt sie. Drei kelchartige Gläser, zu jedem eine kleine Schale mit Zuckerwürfeln. Dazu diese dolchartigen Absinthlöffel mit den kleinen Löchern drin und eine kleine Packung

Streichhölzer, auf denen eine schwarze Katze abgebildet ist. *Black Cat Safety Match* steht drauf.

»Oh«, macht Artur.

Sie applaudiert lautlos. »Endlich kommen Sie zum Wesentlichen, Beeltz.«

Horatio Beeltz lächelt. Er wirkt, als wäre er vollkommen im Reinen mit sich. Das provoziert sie.

»Haben Sie auf dem Friedhof eine alte Zeitmaschine ausgegraben?«, fragt sie, während Artur sich nervös durch die kurzen Haare fährt, die sofort wieder nach vorne schnellen. Auch wenn sie ihn furchtbar findet, kann sie der Begegnung mit Beeltz etwas abgewinnen. Er macht den Artikel über den Friedhof sicher besser. Die meisten Artikel in der Antiken Welt sind sterbenslangweilig, weil dort nur ein Schlag Wissenschaftler schreibt, dem Humor oder Lakonie offenbar bei Strafe verboten ist. Der keinen Sinn für Umgebung und Nebenhandlungen hat. Leute, die ihr hinter ihrem Rücken vorhalten, sie schreibe zu *populistisch.* Allein das Wort. Als dürfte die Archäologie niemandem Spaß machen.

»Nein, es gibt keine Zeitmaschinen.« Horatio macht mit den Fingern Anführungszeichen in der Luft um das Wort »Zeitmaschinen«. »Also noch nicht. Aber natürlich hat man auch irgendwann Feuerzeuge erfunden, statt weiterhin Funken aus Steinen zu schlagen.« Er wirft einen prüfenden Blick in die Runde, bevor er weiterspricht. »Der eigentliche Prozess des Zeitreisens ist frei von jeder Mechanik möglich. Es ist vielmehr ein biochemischer Prozess. Manche sagen auch: neurologischer.

Artur schüttelt den Kopf, legt den Zuckerwürfel auf seinen Absinthlöffel und entzündet ein Streichholz. Horatio sieht ihm interessiert dabei zu.

»Reden Sie ruhig weiter«, sagt sie. »Wie reist man denn biochemisch durch die Zeit? Und gibt es dafür schon eine App?« Bereut aber gleich ihren flapsigen Kommentar. Für Witze über Apps ist sie eigentlich noch zu jung mit dreiunddreißig, denkt sie.

»Sie machen sich einen Spaß daraus«, sagt Beeltz, steckt sich einen noch nicht kandierten Zuckerwürfel in den Mund und nimmt einen großen Schluck von seinem Absinth, was ihm einen vorwurfsvollen Blick von Artur einbringt, der es womöglich nicht gutheißt, wenn jemand gegen die Absinth-Regeln verstößt. »Aber Sie werden gleich sehen: Analoge – wenn man so will – Zeitreisen funktionieren längst. Haben im Prinzip schon immer funktioniert. Und das Beste ist: Jeder beherrscht sie.«

»Sie haben meine volle Aufmerksamkeit, Herr Beeltz«, sagt Mi-Ra.

»Ja, das spüre ich«, sagt Beeltz, nimmt einen Schluck Absinth und räuspert sich dann dermaßen laut, dass der Mann mit dem geflochtenen Pferdeschwanz am anderen Tisch auf ihn aufmerksam wird. Vielleicht will er genau das. »Ich behaupte, dass Sie jetzt sofort in der Zeit zurückreisen könnten, wenn Sie wollen. Vielleicht tun Sie es sogar gerade.«

»Ach nein, oder?«, sagt Mi-Ra. »Sie meinen doch nicht, dass der Vorgang des Erinnerns als Zeitreise durchgeht?«

»Aber sicher doch. Und nicht nur das«, sagt Horatio fröhlich und stellt sein Glas auf den Tisch, rückt es zur Seite und faltet die Hände »Mein lieber Kollege H. G. Wells hat es bereits Ende des 19. Jahrhunderts ganz wunderbar auf den Punkt gebracht, und damit war er sogar Einstein voraus: Zeit ist nur eine weitere Längeneinheit, und wir sind nur zu unterentwickelt, um ihr die nötigen Parameter zu verleihen. Die Uhrzeit ist nur ein unbeholfener Versuch. Ein Anfang. Aber ich will die mechanische Uhrzeit gar nicht verhöhnen. Ohne ihre Erfindung hätte es die industrielle Revolution gar nicht geben können. Im Grunde ist sie das, was uns Menschen von den Tieren unterscheidet, unser großer intellektueller Durchbruch. Wir reagieren nicht nur auf die Zeit, wir machen ein Konzept aus ihr. Wir unterteilen sie in Vergangenheit, Gegenwart und Zukunft. Tiere können nur antizipieren – wir kreieren. Die Menschheit hat überhaupt erst die Zukunft und die Vergangenheit erschaffen, wenn man so will.«

Horatio fasst sich ans Ohr, als wäre da noch das Haar, das er gerade ausgerissen hat. Dann überprüft er, ob sie und Artur ihm noch mit derselben Aufmerksamkeit zuhören. Sie nimmt einen gelangweilten Schluck von der Apfelschorle, sie will nicht zu enthusiastisch wirken, während Beeltz ihr die Welt erklärt.

»Und dennoch reicht unser Konzept von Zeit nicht aus«, fährt er fort. »Reichen unsere Uhren nicht aus. Was ist zum Beispiel mit unserer inneren Uhr, die uns sagt, wann wir müde sind oder wann wir aufstehen sollten? Sie unterscheidet sich von der mechanischen Zeit. Man nennt sie auch die circadiane Uhr, jeder hat eine, und ich würde sogar behaupten, sie ist der mechanischen in mancher Hinsicht überlegen. Denn sie ist flexibel. Wenn wir gelangweilt oder beschäftigt oder begeistert sind, ändert sie ihre Zeitmessung. Oder wenn wir unter Drogen stehen. Dann stimmt unsere innere Zeit nicht mehr mit der mechanischen Zeit überein. Und wer sagt, dass die circadiane Uhr dann falsch geht und die mechanische richtig? Die Zeit verlangsamt sich auch bei einem Autounfall, du nimmst ihn in Zeitlupe wahr. Es ist doch kein Zufall, dass alle so darüber berichten, die schon einmal einen Autounfall hatten.«

»Das klingt aber jetzt sehr populärwissenschaftlich«, wirft Mi-Ra unbeeindruckt ein.

»Sie haben natürlich recht, Frau Kim«, sagt Beeltz, »und ich schweife auch ab. Denn was ich eigentlich sagen wollte: Nicht nur unsere

Technik hinkt hinterher, sondern auch unsere Wahrnehmungsfähigkeit, unser Intellekt, wir begreifen ja noch nicht einmal unsere innere Uhr. Wir sind noch nicht so weit, Zeit vollkommen zu verstehen, und ich bezweifle, dass wir es sein werden, bevor der Planet hier in die Luft fliegt. Genau das will uns ja auch die Relativitätstheorie sagen: Auf unsere individuelle Wahrnehmung ist geschissen. Überhaupt eine sehr moderne These von Albert.«

Albert, denkt Mira amüsiert und wirft Artur, der nur starr dasitzt, ein aufmunterndes Lächeln zu, während Beeltz Luft holt. »Wann kommen wir denn jetzt zu den Zeitreisen?«, fragt sie.

»Exakt jetzt«, sagt Beeltz und zupft sich noch einmal am Ohr. »Das Erinnern oder das Antizipieren sind unsere sehr begrenzten Möglichkeiten, uns auf dem Zeitstrahl nach vorne oder nach hinten zu bewegen. Die Zeit zu vermessen, so gut wir es können. Die sogenannte vierte Dimension zu erfassen.«

»Die vierte Dimension«, wiederholt Artur ausdruckslos. Man kann nicht sagen, ob ihn das Gespräch fasziniert, begeistert oder erschreckt.

»Lieber Herr Arkadiusz«, wendet sich Beeltz jetzt väterlich an Artur, als müsste er ihn mehr einbeziehen. »Stellen Sie sich die Fotografie einer jungen Frau vor. Im Alter von vierundzwanzig. Und auf ein und demselben Foto ist sie erst vier. Und vierundfünfzig. Und vierundachtzig. Das Foto hat die Maße 10 x 13 Zentimeter, und das Fotopapier ist zwei Millimeter dick. Und der Zeitstrahl reicht von der Geburt bis zum Tod der Frau. Aber weil wir temporal gehandicapt sind, erkennen wir nur das jeweils aktuelle Bild. Außer wir erinnern uns daran, wie sie früher ausgesehen hat. Dann wird aus der dreidimensionalen Fotografie eine vierdimensionale. Können Sie mir folgen?«

Artur nickt, aber sieht erschöpft aus.

»Und warum können wir diese vierte Dimension so schlecht wahrnehmen und uns vor allem nicht frei in ihr bewegen, während es bei den anderen Dimensionen offenbar kein Problem ist?«, fragt Beeltz, als erwartete er eine Antwort von seiner Klasse.

»Noch was hat der gute alte H. G. Wells schon damals ganz richtig erkannt: Wir können uns auch in den anderen Dimensionen gar nicht so frei bewegen, wie wir denken. Wir brauchen Hilfsmittel. Natürlich können Sie nach Belieben dort zur Tür rausgehen und auch wieder zurückkommen, aber versuchen Sie mal, sich spontan fünfhundert Meter nach oben zu bewegen.«

»Verstehe. Man muss Hilfsmittel erfinden. Zum Beispiel Flugzeuge«, folgert Artur brav.

Jetzt ist er endgültig zu Horatios Schüler geworden, denkt sie und bläst hörbar die Luft aus, weil ihr das alles zu didaktisch wird. »Man kann aber auch einfach nur in die Höhe springen.«

»Sicher, verehrte Mi-Ra Kim«, sagt Beeltz verständnisvoll und nimmt sich jetzt doch ein Streichholz, um einen der Zuckerwürfel zu karamellisieren, »das ist sogar eine sehr gute Analogie zum Erinnern. Eine Erinnerung ist in der vierten Dimension wie ein kurzer Sprung in die Luft.«

Sie findet das tatsächlich sehr amüsant, muss ein Lächeln unterdrücken.

»Was meinen Sie, wie überwältigt die Leute waren, als Professor Charles damals die erste bemannte Fahrt mit seinem Gasballon unternommen hat. Womöglich hat auch der von einer ganz neuen Dimension gesprochen. Und als die Brüder Montgolfier die Aerostatik erfunden haben, war das nicht weniger als ein Quantensprung. Dieser 17 Meter hohe Prachtballon mit den goldenen Ranken, den Symbolen und Gesichtern, der am Königshof in Paris in die Luft stieg, war für die damalige Zeit sicher nicht weniger sensationell als die erste Reise ins Weltall. Oder eben eine Reise durch die Zeit. Es ist nur ein nächster Meilenstein. Oder ein übernächster.«

Mi-Ra kneift ihr gesamtes Gesicht zusammen, konzentriert sich darauf, Beeltz mit ihrer Mimik zu erdolchen, sich bloß nicht anmerken zu lassen, wie sehr sie ihm eigentlich längst an den Lippen hängt. »Jetzt werfen Sie ja nur noch mit Pseudowissenschaft und historischen Anekdoten um sich, die eigentlich überhaupt nichts mit Zeitreisen zu tun haben. Aber ja, ich hab's so weit verstanden: Uns fehlen sowohl Verstand als auch Technik für komplexe Zeitreisen, aber wir können uns zumindest erinnern. Aber was ist dann mit Reisen in die Zukunft?«

»Auch dazu sind Sie in der Lage. Wenn Sie daran denken, was Sie morgen alles auf dem Friedhof zu erledigen haben, dann erzeugen Sie ja bereits ein Bild von sich auf dem Friedhof und befinden sich so gesehen in der Zukunft. Kreativsein ist auch eine Zeitreiseform, Mi-Ra Kim.«

Wie er das »r« in ihrem Namen rollt, fasziniert sie.

»Aber das muss ja nicht eintreten, mich könnte auch ein Magen-Darm-Virus lahmlegen, und ich müsste im Hotel bleiben. Und säße den ganzen Tag auf dem Klo. Stellen Sie sich das doch mal im Detail vor und reisen mit mir in die Zukunft in mein Badezimmer«, sagt sie.

»Witzig, aber-«, fängt er an, doch sie unterbricht ihn.

»Im Gegensatz zur Zukunft ist die Vergangenheit aber so passiert, wie ich sie sehe. Wie ich mich erinnere«, sagt sie.

»Seien Sie mir nicht böse, aber das stimmt so nicht ganz. Auch die Vergangenheit ist nicht genau so passiert, wie man sich an sie erinnert. Sie mag Ihnen präziser vorkommen, doch auch Ihre Erinnerung ist nur eine Variante. Fragen Sie mal einen Richter, wie reliabel einzelne Zeugenaussagen sind. Sie sind praktisch kaum etwas wert, weil sie keinen einheitlichen Zeitstrahl repräsentieren, nur den subjektiven. Jede Erinnerung ist eine Variante. Genau wie jede Vorstellung von dem, was kommt. In Ihrem Fall hätten Sie mit der Magen-Darm-Variante einfach eine weitere Zukunft erzeugt. Es gibt unendliche Versionen davon. Was an der Fülle von Paralleluniversen liegt, die sich an jedem Punkt im Leben billionenfach überschneiden. Jede leicht variierte Version dieses Gesprächs, jeder weitere Schluck von diesem Absinth kann uns in eine andere Timeline bringen. Daher prost.« Beeltz hebt sein Absinth-Glas.

»An absinthischen Paralleluniversen zweifle ich keine Sekunde«, sagt sie, während Beeltz einen tiefen Schluck nimmt. »Aber im Ernst … Paralleluniversen«, seufzt sie. »Immer die Erklärungskrücke für Zeitreisen.«

Horatio hebt verteidigend die Handflächen, nachdem er seinen Kelch wieder abgestellt hat. »Den Boten trifft keine Schuld, ich habe die Quantenphysik nicht erfunden.«

Artur will offensichtlich schon länger etwas sagen, doch er hat gewartet, bis die anderen fertig sind. »Reisen in die Zukunft gibt es übrigens schon.« Er räuspert sich kurz. »Dieser Raumfahrer, Krikaljow heißt der. Ein Russe. Der hat im Leben schon über 800 Tage im Weltraum verbracht. Auf der Mir. Da oben vergeht die Zeit ja langsamer, also ist er weniger gealtert als die Menschen auf der Erde. Eine 48stel Sekunde. So gesehen ist er 0,02083 Sekunden in die Zukunft gereist, als er wieder auf der Erde war.«

Mi-Ra muss darüber nachdenken, ob das so stimmt und warum Artur sich diese Zahl offensichtlich bis aufs Komma gemerkt hat.

Beeltz scheint Arturs Kommentar noch weiter anzufeuern. »Ganz genau. Das sind die Anfänge mechanischer Zeitreisen. Technisch gesehen stehen wir da noch ganz am Anfang. Es sind Babyschritte. Aber ich will einen anderen Weg einschlagen, und ich behaupte, wie man durch die Zeit reist, ist nur aus menschlicher Sicht entscheidend. Der Zeit selbst ist es völlig egal. Der vierten Dimension ist es völlig gleich, wie wir sie erfahren. Existieren tut sie gänzlich unbeeindruckt von unserer mangelhaften Wahrnehmung. Vielleicht können wir uns ja wirklich irgendwann die Raum-Zeit-Krümmung zunutze machen und durch Wurmlöcher fliegen, aber für den Anfang reichen unsere Sinne. Die müssen wir nur irgendwie schärfen. Und das geht wesentlich schneller, als Überlichtgeschwindigkeit zu erfinden.«

Horatio Beeltz hat sich vor lauter Selbstbegeisterung leicht von seinem Stuhl erhoben und predigt jetzt zu ihnen herunter.

»Sie werden uns doch hoffentlich als Nächstes erzählen, wie man genau diese Sinne entsprechend schärft«, sagt sie. »Sonst wäre ich sehr enttäuscht nach dieser langen Exposition«, sagt sie. »Sie erwähnten ja eingangs auch etwas von biochemischen Prozessen.« Obwohl sie das alles amüsant fand, will sie jetzt doch, dass er zum Punkt kommt, denn eigentlich möchte sie noch Zeit mit Artur verbringen.

»Natürlich, und dazu komme ich gleich, aber um ehrlich zu sein …« Beeltz unterbricht sich selbst, lässt seinen Blick über den Tisch schweifen. »Sie haben doch sicher nichts dagegen, wenn ich Ihren Absinth trinke, Frau Kim.« Sein Kelchglas ist tatsächlich leer.

»Lassen Sie's krachen, Horatio«, sagt Mi-Ra. »Aber nur, wenn Sie uns jetzt bitte endlich sagen, wie man mithilfe von Biochemie durch die Zeit reist.«

»Nur in die Vergangenheit«, korrigiert Beeltz. »Wir reisen ausschließlich in die Vergangenheit. Denn irgendwo müssen wir ja anfangen.«

»Also erinnern wir uns einfach nur?«, sagt Artur und klingt enttäuscht.

»Nein, nein, es ist viel mehr als nur ein Erinnern, wir können die Vergangenheit nämlich verändern.«

Vermutlich setzt Horatio Beeltz auf Stille nach diesem Satz, doch Artur wischt nervös mit dem Arm über die Fläche vor sich und wirft dabei die Streichhölzer mit der schwarzen Katze auf den Boden. Beim Versuch, sie aufzuheben, stößt er sich den Kopf an der Tischkante. »Cholera!«, stößt er aus. Sie vermutet, das bedeutet so etwas wie *Scheiße*.

5

Poor old Granddad
I laughed at all his words
I thought he was a bitter man
He spoke of women's ways

Der Faces-Song auf ihrem Telefon will sie um halb sieben aus dem Schlaf holen, doch sie ist längst wach. Sie kann sich nicht erinnern, wann sie zuletzt länger als bis sechs Uhr geschlafen hat. Nicht selten wacht sie um vier auf.

Es hat sie ein bisschen gekränkt, dass er nicht über Nacht geblieben ist, aber zu gehen, um die eigene Ehefrau nicht zu beunruhigen, lässt sie gelten.

Artur und Beeltz haben sich gestern noch eine dritte Runde Absinth kommen lassen, und dieser merkwürdige Horatio hat ihnen das weitere Vorgehen erklärt. Irgendwann ist er zudem so betrunken gewesen, dass er angefangen hat, ausführlich von einer Ballonfahrt über Frankfurt an der Oder mit einer Anna zu erzählen. Einer Ballonfahrt Ende des 18. Jahrhunderts wohlgemerkt. Was mache ich nur hier, hat sie sich gefragt.

Danach haben sie sich ein Taxi rüber nach Frankfurt geteilt. Beeltz wohnt angeblich im Palais am Kleistpark, nicht weit von ihrer Pension entfernt, und mit Artur hat sie schon im Café Absynt unter dem Tisch Händchen gehalten, es hat irgendwie in der Luft gelegen, dass er sie begleitet.

Mit ihm zu schlafen hat sich erstaunlich vertraut und unterhaltsam angefühlt, dafür, dass sie sich nicht kennen. Sie hat auch nicht das Gefühl, dass Artur ein schlechtes Gewissen gehabt hat. Er konnte sich ganz gut gehen lassen. Und dass er gegen drei Uhr nach Hause gefahren ist, liegt an seinem Pflichtbewusstsein, nicht an ihr. Trotzdem schade, weil sie seine glatten, fast haarlosen Arme gerne noch länger auf ihrer Hüfte gehabt hätte. Gerne jetzt noch.

Sie fischt nach ihrem alten Blackberry, schaltet ihn ein und steht auf. Öffnet das Fenster, draußen riecht es nach Räucherstäbchen. Warum auch immer. Sie trinkt einen Schluck warmes Leitungswasser aus dem Glas im Bad, nicht ohne vorher das Wasser eine Weile laufen gelassen zu haben, weil sie keinen fremden Leitungen vertraut. Eigentlich gar keinen Leitungen. Dann meditiert sie.

Auch wenn sie es sich nie anmerken lassen will: Oft tobt es in ihrem Kopf. Den ganzen Tag lang. Das Meditieren ist dann, wie in einen schwach beleuchteten Pool zu springen, schon nach wenigen Sekunden verklingen die Geräusche über der Wasseroberfläche, und es kehrt Ruhe ein. Doch man kann nur eine begrenzte Zeit unter Wasser bleiben, bis einem die Luft ausgeht. Bis man wieder nach oben in den lauten Teil der Existenz gezogen wird.

Danach zieht sie sich an, Leggins, ein grünes sportliches Kleid und Turnschuhe. Es wird ein warmer Tag, beschließt sie.

Frühstück gibt es erst ab halb acht, also setzt sie sich aufs Bett und klappt ihren Laptop auf. Die erste ungelesene Mail ist von ihrem Ex, und sie wünscht sich sofort, sie wäre wieder unter Wasser.

Es geht um eine Schulangelegenheit. Wer bezahlt die Klassenfahrt, wer besorgt den Schlafsack? Sie findet es unglaublich, was der Ex sich traut. Dass er sie wegen so etwas anschreibt. Dass er sich die lächerliche Gebühr für die Klassenfahrt auch noch mit ihr teilen will. Dass er überhaupt Geld von ihr will. Und gleichzeitig immer wieder in diese schreckliche Melancholie abdriftet, so als könnte die irgendetwas anderes bei ihr auslösen als Ekel.

Wir waren gestern im Trampolin-Park und haben dich vermisst. Erinnerst du dich, wie du den Sky Ninja damals in Rekordzeit geschafft hast, du Overachieverin?

Seine wehmütigen Reminiszenzen an die Familienzeit sind das Schlimmste. Nur noch übertroffen von: *Unser Sex war wirklich etwas Besonderes.*

Das Müsli am Frühstücksbüfett ist schlecht, findet sie. Zu süß, zu weich, zu viele Rosinen. Der Joghurt zu flüssig, und es gibt nur Discounter-Tee. Am Nachmittag ist sie mit Beeltz und Artur auf dem Friedhof verabredet, doch vorher muss sie an die Europa-Universität für ihr Interview mit der Denkmalkunde-Dozentin.

Natürlich kann sie sich nicht vorstellen, dass Horatios Zeitreise-Methode funktioniert. Dennoch will sie nach dem Frühstück nichts mehr essen, denn er hat ihnen empfohlen, nüchtern zu kommen. Es ist bescheuert, was sie vorhaben, doch es kommt ihr bei Weitem nicht so verrückt vor, wie es sollte.

*

Artur ist gegen halb vier nach Hause gekommen und hat geduscht. Und ist noch mal mit Jackie O rausgegangen, weil er ohnehin nicht schlafen konnte. Genauso gut hätte er auch gar nicht heimkommen können, es wäre nicht weniger auffällig gewesen.

Natürlich hat Carolina so getan, als schliefe sie. Sie hat sich sogar noch die Mühe gemacht, leicht genervt wie im Halbschlaf zu stöhnen, als er ihr aus Versehen ihren Teil der gemeinsamen Großbettdecke weggezogen und sich auf seiner Seite des Betts tot gestellt hat. Natürlich war auch sie in Wirklichkeit hellwach. Natürlich haben beide krampfhaft still gelegen, die Luft angehalten, bis es wehgetan hat, bis sie irgendwann doch eingeschlafen sind.

Denn man schläft ja immer irgendwann ein. Die Nacht kann einem noch so endlos vorkommen, der Schlaf noch so weit weg, irgendwann wacht man auf, und es ist hell. Ohne zu wissen, wie genau man es ins Tageslicht geschafft hat.

Im Krankenhaus hat er das erlebt. Auf der Intensivstation. In diesem viel zu großen Zimmer, in dem es nie richtig hell wird, komponieren die Maschinen ihre kleinen Sinfonien, egal ob man schlafen will oder nicht. Die Lebenssignale bilden Kadenzen mit den Tönen der Infusionsmaschinen und wiederholen vierundzwanzig Stunden lang dasselbe Thema. Nur hin und wieder kommt es zur Variation, wenn ein Alarm losgeht. Manchmal, weil die Infusion alle ist, manchmal, weil ein Organ versagt. Dann verstummt auch für einen kurzen Moment das gedämpfte Gelächter der Stationsschwestern draußen im Glaskasten, wo sich Besucher anmelden müssen. Dann kommen die Ärzte. Manchmal kommen sie auch einfach nur so und stehen zu sechst um ein lebloses Kind herum, diskutieren und gehen wieder, während er auf zwei Stühle verteilt neben seiner regungslosen und grotesk verkabelten Tochter liegt, einen Science-Fiction-Roman auf dem Schoß, mit leerem Magen. Inmitten dieser purgatorischen Philharmonie der Lebenszeichen. In der man denkt, man könnte nie wieder einschlafen wegen der endlosen Sorgen um das Kind, wegen des Singsangs der Messinstrumente, des andauernden Kommens und Gehens der Ärzte, des Gelächters draußen im Flur und der Gespräche der Raucher unten vorm Haupteingang. Doch irgendwann kommt der Schlaf, und zwar jedes Mal. Beruhigend und beunruhigend zugleich, dass er einen am Ende doch einholt.

Mehr als zwei Stunden hat er sicher nicht geschlafen, dann geht er erneut mit dem Hund raus, eine Runde über die Grünfläche hinter seinem Haus, die ohne Zaun an einen Autohändler grenzt. Jackie O würde am liebsten in einen Sandkasten machen, er muss sie mit Gewalt wegziehen, was er nicht gerne tut.

Wieder zurück in der Vierzimmerwohnung setzt er sich in die Wohnküche, macht sich einen entkoffeinierten Kaffee und liest auf dem Laptop einen Artikel. Die Regierung in Warschau hat eine israelische Delegation ausgeladen, die mit ihr über die Rückgabe des Eigentums von Holocaust-Opfern verhandeln will. Er weiß gar nicht, warum er das liest. Warum er überhaupt noch etwas über die Regierung liest. Überhaupt noch Nachrichten. Die eigentlich schon lange nichts mehr für ihn bedeuten. Das Nachrichtenlesen ist ein Reflex geworden – es ist, als würde er beim Zähneputzen gedankenverloren die Produktbeschreibung auf der Tube lesen. *Empfindliche Zähne können auf ein tiefer liegendes Problem hinweisen.* Das könnte ihn beunruhigen, denn er hat empfindliche Zähne. Es könnte ihn auch beunruhigen, dass die Regierung einem kritischen TV-Sender die Lizenz entziehen will. Oder fünf Mädchen in einem brennenden Escape-Room ums Leben gekommen sind. Aber es sind letztlich nur Wörter. Das Lesen ist ein Reflex, es erfüllt keinen Zweck mehr.

Er hat Kopfschmerzen, aber keinen Hunger. Und er soll ja eh nüchtern bleiben.

Die Sache mit diesem Beeltz will ihm nicht aus dem Kopf gehen. Zeitreisen sind unmöglich, sagt er sich, es ist beinahe unverschämt, das Gegenteil zu behaupten. Er verschluckt sich am Kaffee und muss husten. Jackie O bellt, und spätestens jetzt ist seine Frau auch offiziell wach.

Zeitreisen sind unmöglich – aber es ist auch unmöglich, was Mila passiert ist. Was uns allen passiert ist. Warum nicht das Unmögliche mit dem Unmöglichen konfrontieren? Nein, das ist Schwachsinn. *Bzdury.*

»Guten Morgen. Wo warst du denn gestern noch?«

Carolina ist nicht in die Küche gekommen, sie ist quasi in ihr erschienen. Es gab keine Schritte vorher, kein Geräusch, kein Räuspern, das ihr Kommen angekündigt hätte. In ihrem hellblauen Nachthemd, das sie an manchen Tagen bis zum Nachmittag trägt, steht sie vor ihm, sieht ihn an, erschöpft und schon jetzt leicht gereizt, aber noch halbwegs die Fassung wahrend, als wäre sie eine überarbeitete Sprechstundenhilfe und er habe zum wiederholten Male seine Krankenkassenkarte vergessen.

»Ich war mit zwei Arbeitskollegen im Absynt.«

»Das hat doch nur bis eins auf.«

»Danach noch in der Hotelbar in Frankfurt.«

»Mit dieser Frau, der du den Friedhof gezeigt hast?« Carolina fasst sich an den Bauch.

»Die war auch dabei, aber wir waren im Hotel eines Kollegen.«

»Welcher Kollege denn? Baran?«

»Nein, Baran wohnt ja in Frankfurt. Der braucht kein Hotel. Es war ein anderer Wissenschaftler, der sich für den Friedhof interessiert.« Artur gibt sich Mühe, so nah wie möglich an der Wahrheit zu bleiben.

Carolina friert kurz ein, dann wendet sie sich zur Spüle. Artur ist erleichtert.

»Welches Hotel?«, fragt sie dann doch und dreht sich wieder zu ihm um.

»Palais am Kleistpark«, sagt er und stellt seine Tasse weg, als bereitete er sich auf eine längere Diskussion vor. Jackie O baut sich vor ihrem Napf auf und sieht erwartungsvoll zu ihnen hoch.

»Da hat die Bar aber auch nicht nach eins geöffnet.« Sie kann durchaus wissen, wie lange die Bar dort geöffnet hat, sie hat selbst eine Weile an der Rezeption vom City Park Hotel gearbeitet. Als sie hier keinen Job als Designerin gefunden hat.

»Der Barkeeper hat eine Ausnahme für uns gemacht.«

»Ach so«, sagt sie, plötzlich desinteressiert, als hätte sie das Verhör aufgegeben und ihre eigenen Schlüsse gezogen, schwebt an ihm vorbei zum Einbaukühlschrank, greift aber in das Fach darüber, in dem sie ihre Tabletten aufbewahrt.

*

Horatio Beeltz kommt ihr wie in Zeitlupe entgegen. Er trägt einen fliederfarbenen Anzug, einen weißen Hut und keinen Umhang.

Mi-Ra ist schon seit einer Stunde mit dem Vermessen von Grabsteinen beschäftigt, es ist eine anspruchslose, aber meditative Arbeit. In der Pension hat sie die Leica TCR410C, ein Stativ und ihren Laptop schon eingepackt, sich dann aber doch nur für ein Maßband entschieden, weil sie ohnehin nicht viel Vermessungsarbeit schaffen wird heute. Da ist ja zunächst das Interview an der Viadrina und dann das ominöse Projekt von Horatio Beeltz.

»Das Schermeisel-Paradoxon«, lächelt Beeltz, als er vor ihr steht.

»Ist das so was wie das Großvater-Paradoxon, von dem Sie uns gestern im Taxi so engagiert erzählt haben, Herr Beeltz?«, fragt Mi-Ra und legt das Maßband auf den Boden. »Und guten Morgen übrigens.«

»Guten Morgen auch Ihnen, liebe Frau Kim.«

»Sie können Mi-Ra sagen, ich nenne Sie dafür Ho-Ra.«

Beeltz kichert wie ein Kind. Dann räuspert er sich und streckt den Rücken durch und legt den Kopf in den Nacken. Dabei rutscht sein weißer Hut aus der Stirn und offenbart eine dichte graue Strähne. »Der Textanfang dieses Steins spricht von einer Frau Sara, Ehefrau des Herrn Itzik Schermeisel. Doch auf der Rückseite ist eine Witwe Levin Isaac Sabatki eingetragen. Das ist das Schermeisel-Paradoxon.«

»Verstehe«, sagt sie. »Entweder die Steinmetze haben sich mit dem Namen vertan, haben *fuck it* gesagt und noch mal von vorne angefangen … oder man hat den Grabstein später mit neuem Namen recycelt, als der Friedhofsvertrag von Frau Schermeisel ausgelaufen ist.«

»Klingt beides plausibel«, stimmt Horatio Beeltz zu. »Darf ich Sie etwas fragen, Mi-Ra?«

Heftig rollendes »r«.

»Ich bin Single, aber nicht an deutlich älteren Männern interessiert. Und ich komme aus Essen und kann nicht Thailändisch kochen.« Sie legt ihr Notizbuch zur Seite. »War eine passende Antwort für Sie dabei?«

»Teilweise«, sagt Beeltz und lächelt versöhnlich. Sein dunkelgrauer, schmaler Schnurrbart glänzt in der Sonne, vielleicht hat er ihn gewachst.

»Wissen Sie eigentlich, dass Sie aussehen wie Vincent Price?«, sagt sie.

»Gestern war ich noch Ambrose Bierce. Wissen Sie eigentlich, dass Sie aussehen wie Lucy Liu?«

»Der Alltagsrassismus-Punkt geht an Sie.«

»Sie stammen aus Korea, oder?«, fragt er und nimmt seinen Hut ab. Sein graues Haar ist dick und strähnig. Grau, aber höchst vital.

»Ich stamme nicht aus Korea. Ich habe nur koreanische Eltern«, sagt sie. »Die sind in den Siebzigern ins Ruhrgebiet ausgewandert. Meine Mutter hat einen Job als Krankenschwester angenommen. Gab offenbar einen Mangel an Krankenschwestern damals. In Südkorea war das ein angesehener Beruf mit einer komplexen Ausbildung. Angeblich sind um die zehntausend damals von Korea nach Westdeutschland gekommen. Leute aus Seoul, aber auch viele Leute vom Land. Manche sind freiwillig geblieben.«

»Ich glaube, ich erinnere mich«, sagt Beeltz, was Mi-Ra nicht bezweifelt. »Die Südkoreaner haben doch sogar befürchtet, dass sich dadurch nordkoreanische Agenten in den Westen einschleusen.«

»Darüber weiß ich nichts«, sagt Mi-Ra. »Und es ist mir auch egal.«

»Ist auch nicht so wichtig. Was hat Ihr Vater beruflich gemacht? Also in Deutschland?«

»Kein Restaurant eröffnet. Warum sind Sie so neugierig?«

»In meinem Alter ist man der eigenen Biografie so überdrüssig, dass man sich lieber an der von anderen erfreut.«

»Das klingt nach einer elaborierten Ausrede für Stalking«, sagt Mi-Ra. »Mein Vater war Theologiestudent.«

»War?«

»Er ist irgendwann zu einem Verwandtschaftsbesuch nach Korea gereist und hat nie wieder mit mir persönlich gesprochen. Angeblich ist er dort jetzt Religionslehrer.«

»Wie unerfreulich.«

»Ja, das beschreibt ihn am besten. Woher kommen Sie eigentlich, Beeltz? Also ursprünglich, wie man so schön sagt …«

»Meine Eltern stammen aus Rumänien. Aber da waren wir nicht lange, weil …« Beeltz sieht kurz aus, als müsste er eine schlechte Nachricht überbringen und wüsste nicht, wie. Sein Blick schweift umher, dann hellt sich sein Gesicht auf. »Da kommt ja unser gemeinsamer neuer Freund.« Beeltz deutet in Richtung der drei neuen Rabbiner-Grabsteine.

Mi-Ra wundert sich, was oder wen er da erkennt, denn die Sicht ist durch einen Baum und mehrere Sträucher verstellt. Dann sieht auch sie Artur. In Jeansjacke und Sonnenbrille. Mit seinen kurzen grauen Haaren, die silbern die Vormittagssonne reflektieren. Beeltz lächelt Mi-Ra wissend an. Sie wirft ihm einen messerscharfen Blick zu, schneidet ihm das Lächeln sofort wieder aus dem Gesicht.

6

Das Ritual beginnt.

Der Riss befindet sich zwischen Beile, Frau des Kalman, und Esther, Tochter des Schlomo Pollack. Artur kann ihn nicht sehen, Mi-Ra kann ihn nicht sehen, doch als sie den Arm hebt und mit der Hand an die Stelle fasst, wo Beeltz den Riss beschreibt, fühlt sie so was wie einen sanften Stromschlag auf dem Handrücken. Oder bildet es sich ein.

Er hat es ihnen so erklärt, sie hat es für Blödsinn gehalten: Die Zeit ist keine glatte Fläche, sie ist eher wie eine Jalousie. In der Regel ist sie zugezogen, aber an manchen Stellen im Universum ist sie permeabel. Die Jalousie ist leicht aufgezogen. Wie das kommt, ist auch Beeltz nicht bekannt, aber er vermutet, es handelt sich um Orte, an denen Vergangenheit und Gegenwart stark aufeinander einwirken. Abrupt verlassene Orte, Orte, die keine Erlösung gefunden haben. Orte, an denen Menschen getrennt wurden. Für sie klingt das ein bisschen nach Ghosthunting-Storys. Und dann erzählt Beeltz auch noch von einem Dr. Rosen und unsichtbaren Wurmlöchern. Aber sie lässt ihn. Sie ist ja eh schon hier. *Was kann schon schiefgehen …*

Sie und Artur haben sich im Halbkreis im Schneidersitz zwischen den beiden Grabsteinen niedergelassen und die getrockneten Pilze genommen, die Horatio ihnen mitgebracht hat. Er selbst nimmt keine, dafür hat er sie mit einem Messer für die beiden zerkleinert. Die Pilze sind völlig ausgedörrt, brechen unter wenig Druck. Man erkennt gerade noch, was vom Stiel stammt und was vom Hut, Letzteres ist dunkler. Sie müssen viel Wasser dazu trinken, nicht nur weil die Pilze abartig schmecken – so stellt sie sich getrockneten Kuhmist vor –, sondern weil man sie selbst zerkleinert nicht ohne ausgiebiges Kauen schlucken kann. So brüchig sie von außen wirken, so zäh sind sie im Mund. Und je mehr man sie kaut, desto scheußlicher schmecken sie.

Artur und sie nehmen die Pilze auf Horatios Anraten im Abstand von einer Stunde, um besser aufeinander aufpassen zu können. *Tripsitting* nennt man das, hat Mi-Ra den beiden Männern erklärt, und Beeltz hat gelächelt, als würde er das Wort längst kennen und hätte nur darauf gewartet, dass sie es ausspricht. Sie hat freiwillig mit den Pilzen angefangen und wartet jetzt seit zwanzig Minuten auf die Wirkung. Horatio selbst nimmt keine, er bezeichnet sich als ihr »Reiseleiter«.

»Wie sind Sie denn auf Pilze als biochemische Zeitmaschine gekommen?«, hat sie Beeltz gestern noch im Café Absynt gefragt.

»Pilze sind omnipräsent, es gibt sie überall auf der Welt, an jedem Ort, und es gibt sie auch zu jeder Zeit. Sie sind nachgewiesenermaßen ein Organismus, der die Welt zusammenhält. Der alles verbindet. Über Zeit und Raum hinweg.«

»Jetzt fantasieren Sie«, hat Mi-Ra gesagt, doch er hat sich nicht aus der Ruhe bringen lassen.

»Sie belächeln das, weil sie nicht sehen können, was die Pilze genau machen. Sie können die Pilze streng genommen auch gar nicht sehen, für uns sind sie unsichtbar. Wir sehen im besten Fall die Fruchtkörper, das, was wir aus dem Wald kennen. Stiel, Hut, Lamellen. Das Netzwerk, das alles kontrolliert, liegt im Boden, ist so klein, dass es ohne Mikroskop nicht wahrnehmbar ist. Man muss wissen, dass –«

»Jetzt sind Sie auch noch Pilzexperte«, hat Mi-Ra ihn unterbrochen. »Sie sind wirklich ein Universalgenie.«

»Sie meinen Pilze mit psychedelischer Wirkung?«, hat Artur versucht, schneller zum Punkt zu kommen. »Die sind für die Zeitreise relevant, oder?«

»Selbstverständlich. Das Psilocybin ist der Schlüssel. Es ist der Stoff, der uns den Rest unseres Bewusstseins aufschließt. Den Teil, den wir so gut wie nie nutzen. Den verbotenen Garten.« An der Stelle hat er über sich selbst lachen müssen. »Oder weniger geschwollen ausgedrückt: der vernachlässigte, ungepflegte Teil. In dem alles wild durcheinanderwächst.«

»Würde das Experiment nicht auch mit LSD funktionieren?«

»Nicht mit dem, das ich kenne, Mi-Ra Kim. Aber ich bin vielleicht auch nicht up to date. War lange auf keiner Love Parade mehr.«

»Sie waren noch nie auf einer Love Parade, Beeltz. Vielleicht verwechseln sie das mit ihren Veteranentreffen«, hat Mi-Ra gesagt. »Und woher haben Sie überhaupt Ihre speziellen Pilze? Das Koks-Taxi hat die vermutlich nicht im Angebot. Sonst wäre der Zeit-Tourismus ja längst ausgeufert. Zumindest in Berlin.«

Beeltz hat sich von Mi-Ras Sarkasmus auch weiterhin nicht aus der Ruhe bringen lassen. »Nun, in Kasachstan gibt es weit über hundert Pilzsorten, die es sonst nirgendwo auf der Welt gibt. Die Sorte, die wir benötigen, wächst auf dem Gebiet des ehemaligen Aralsees, ein mittlerweile ausgetrockneter Salzsee, einst einer der größten auf der Erde. Leider eine sehr schadstoffhaltige Region, aber das ist Teil dieser Pilzkultur, ohne jetzt auf die Details einzugehen. Das macht sie erst so richtig wirksam, würde ich behaupten.«

»Sie meinen, erst durch die Umweltverschmutzung knallt das Zeug richtig?«, hat sie gelacht. »Und diese Schadstoff-Shrooms aus Kasachstan haben Sie selbst ausprobiert?«

»Aber natürlich, liebe Mi-Ra Kim. Ich setze Sie doch keinen unbekannten Substanzen aus.«

»Und sind damit durch die Zeit gereist?«

»Leider nein, denn dazu benötigt es ja eben einen –«

»Lassen Sie mich raten: einen Riss.«

Beeltz hat genickt und sein Kinn gestreichelt.

»Ist Kasachstan Ihr favorisiertes Urlaubsland?«, hat Mi-Ra dann gefragt. »Wie ist es da in der Nebensaison?«

»Zumindest ist es für mich eins der interessantesten«, hat Beeltz geantwortet. »Es gibt dort Fauna und Flora, die nichts mit dem zu tun haben, was wir hier kennen. Es ist fast, wie einen fremden Planeten zu besuchen. Fremde Tiere, fremde Pflanzen, fremde Pilze.«

»Und was genau bewirken die Pilze aus Kasachstan?«, hat sich Artur eingebracht, dem man die Nervosität auch daran angemerkt hat, wie oft er mit der Handfläche unsichtbare Flecken auf dem Tisch wegwischen wollte.

»Haben Sie schon mal Pilze genommen, Artur?«

»In meiner Jugend.«

»Und was haben Sie erlebt?«

»Also. Mir war schwindlig. Und zunächst heiß. Dann nicht mehr. Und ich habe gefühlt, wie ein kleiner Baum in mir wächst, seine Äste in meinen Armen und seine Zweige in meinen Fingern. Und am Ende habe ich ganz lange geschlafen und komische Sachen geträumt.«

»Sehr gut. Wie ein Traum wird es Ihnen auch in diesem Fall vorkommen. Doch der Unterschied ist: Es handelt sich um einen Traum mit Konsequenzen. Wenn Sie sich beide auf eine bestimmte Situation in ihrer Vergangenheit konzentrieren, wenn Sie sich mit aller Kraft daran erinnern, wird aus der bloßen Erinnerung eine Realität. Aus dem Bewusstsein ein Sein, wenn Sie so wollen. Technisch gesehen betreten Sie damit ein Paralleluniversum und können auch nicht mehr in das alte zurück. Die alte Realität geht unverändert ohne Sie weiter. Das klingt zunächst furchtbar, aber das muss Sie nicht erschrecken und auch gar nicht groß kümmern, denn Sie werden den Unterschied nicht bemerken. Im neuen Universum ist alles so, wie Sie es aus dem alten kennen. Dennoch gilt: Sobald Sie etwas verändern, und sei es die kleinste Variable wie ein Wort mehr oder weniger zum Kassierer im Bio-Supermarkt, öffnen Sie damit die Tür zu einer neuen Wirklichkeit. Und streng genommen auch wieder nicht, denn auch die neue Variante ist nur ein Teil desselben vierdimensionalen Gefüges. Derselben Realität.«

»Herr Beeltz, entschuldigen Sie, aber Sie wollen doch eigentlich nur einen Dreier mit uns, oder?«

»Ich mag Ihren Humor, Mi-Ra Kim, aber es ist mir vollkommen ernst.« Tatsächlich sind Beeltz' Mundwinkel dabei unverändert gerade geblieben. »Wenn Sie die Pilze genommen haben, werden Sie sich in Ihrer eigenen Vergangenheit wiederfinden, an einem Ort und in einer Zeit Ihrer Wahl. Vorausgesetzt, Sie haben sich ausreichend darauf konzentriert. Aber Sie werden dort nicht in einer Art und Weise physisch präsent sein, dass Sie Ihrem eigenen Ich begegnen oder gar mit ihm kollidieren können. Das ist nämlich tatsächlich physikalisch unmöglich, so reizvoll ich die Vorstellung immer gefunden habe, mit mir selbst einen Kaffee zu trinken. Sie werden aber trotzdem in der Lage sein, sich frei in der physischen Welt zu bewegen, sobald Sie den Dreh raushaben.«

»Und wenn ich jetzt zum Beispiel, um bei diesem Großvater-Paradoxon zu bleiben, im Rahmen der Pilz-Zeitreise meinen eigenen Opa umbringen würde – werde ich dann nicht geboren und löse mich sofort in Luft auf?«, hat Artur wissen wollen.

»Nein, dann haben Sie einfach nur Ihren Opa umgebracht, so komisch das klingt. Denn Sie können ja nur an Orte und Zeitpunkte reisen, wo sie bereits existiert haben. Um es noch mal in Laiensprache auszudrücken: Es gibt zwei populäre Zeitreise-Theorien. Nach der einen kann man die Vergangenheit verändern und erfährt die Konsequenzen in der Gegenwart. Nach der anderen ist der Zeitstrahl unveränderbar, egal was man tut, bleibt die Realität der Gegenwart unverändert, alles fügt sich einem resistenten Zeitstrahl. Ich glaube jedoch zu wissen, dass die Wahrheit zwischen diesen beiden starren Theorien liegt. In unserer Variante von Zeitreise bewegen Sie sich ausschließlich entlang des Zeitstrahls Ihrer eigenen Biografie. Zu mehr ist Ihr Geist nicht in der Lage. Auch nicht mit den stärksten Pilzen. Wenn Sie also Ihren Großvater umbringen, und Sie kehren in die Gegenwart zurück, dann ist er einfach tot, denn Sie haben ihn umgebracht. In der alten Realität lebt er allerdings noch, denn diese können Sie nicht verändern, aber Sie haben mit dem Mord an ihm ein Paralleluniversum betreten. Nur werden Sie den Unterschied nicht bemerken. Es gibt also streng genommen gar kein Großvater-Paradoxon, denn Sie können, zumindest nach jetzigem Stand der Wissenschaft, nicht weiter zurückreisen, als sie bereits existieren. Im besten Fall können Sie schon als Kind Ihren Opa erschlagen, wenn Sie das wollen.« Horatio hat sich nach diesem Satz zufrieden übers Kinn gestrichen und von seinem Absinth getrunken. Artur hat ratlos ausgesehen.

»Natürlich können wir nicht weiter zurückreisen, weil wir uns ja auch nur erinnern und nicht wirklich durch die Zeit reisen und schon gar keine Paralleluniversen betreten oder gar kreieren«, hat sie triumphierend angemerkt. »Aber angenommen, ich mache Ihren Nonsens mit und verändere etwas in der Vergangenheit, schreibe mich zum Beispiel nicht für Archäologie an der Uni ein – dann werden wir uns doch nie hier in Słubice treffen, oder? Dann wäre ich gar nicht hier. Wie und wo wache ich dann von meinem Pilztrip auf?«

»Ich muss dazusagen, dass ich natürlich auch nur Theorien aufstellen kann, aber meinem Verständnis nach landen Sie dennoch am Ausgangspunkt, denn der Ort ist eine feste Größe. Vielmehr wird sich Ihre Biografie dann so angeglichen haben, dass Sie letztlich wieder in Słubice im Jahr 2019 ankommen, egal ob Sie Archäologin sind oder nicht. Vielleicht sind Sie mit unserem Artur hier verheiratet und haben acht Kinder, vielleicht haben Sie aber auch nur eine Autopanne auf dem Weg nach Warschau, wo Sie eine Fortbildung machen.«

Was für eine Fortbildung?, hätte sie beinahe gefragt. Aber dann hat sie Beeltz lieber gesagt, dass er komplett verrückt sei, und dabei gedacht: Das ist eigentlich ein schöner Abend. Wie sie ihn lange nicht mehr erlebt hat. Und unter dem Tisch hat sie Arturs Hand festgehalten.

Es fängt an. Mi-Ra bemerkt einen sanften Schweißfilm auf ihrer Stirn. Ihr Magen scheint sich langsam einmal um sich selbst zu wickeln. Sie könnte sich auch übergeben, aber sie reißt sich zusammen. Sie hat schon mal LSD genommen. Mit dem Ex zusammen. Auch das hat mit Übelkeit angefangen, und die hat eigentlich auch nicht mehr richtig aufgehört. Zehn Stunden lang. Dazu kamen dann Bauchschmerzen. Dazwischen haben die Bilder auf den Jazzplattencovern vom Ex ein Eigenleben entwickelt, und sein Duschkopf, der die Farbe wechseln kann, hat versucht, sie aufzufressen, hat ein Maul bekommen, hat nach ihr geschnappt. Ab da hat es ihr gereicht mit LSD.

»Ich glaube, es geht los«, sagt sie.

»Das ist doch schön«, sagt Horatio Beeltz. »Gute Reise.«

Mi-Ra sitzt auf dem Boden und starrt regungslos auf den Grabstein von Esther, Tochter des Schlomo Pollack. Natürlich ist das alles Blödsinn mit einer pilzinduzierten Zeitreise. Natürlich ist Beeltz ein egomanischer Spinner, mit einem seltsamen Modegeschmack. Dennoch ist sie neugierig. Beeltz hat gestern auch diesen Satz gesagt: *Ist etwas weniger real, nur weil man es nicht sieht? Sehen Sie gerade den Nordpol, Mi-Ra? Und gibt es ihn deswegen nicht?* Das hat einen Nerv getroffen, weil es ja im Prinzip nur das bestätigt, was sie bereits denkt. Dass da mehr ist, als man im Moment sieht. Was auch ein Leitsatz der Archäologie sein könnte. Sie sagt sich: Selbst wenn das nur ein mieser Pilztrip wird, ist sicher auch hier in Słubice mehr zu finden als nur das, was sie sieht. Mehr als Beeltz und Artur oder der Friedhof. Egal was gleich passiert, sie hat das ganz sichere Gefühl, dabei etwas über sich selbst herauszufinden. Vielleicht noch mehr darüber herauszufinden, warum sich ihre ganze Existenz die meiste Zeit so mühsam und schwerfällig anfühlt. Warum sie so wenig Freude empfindet.

Wie lange sitzt sie jetzt schon so? Vielleicht zwanzig Minuten, vielleicht eine Stunde.

Irgendwann sagt sie: »Es tut mir leid, Papa.«

7

»Es tut mir leid, Papa.«

Ihr Vater sieht sie an. Seine Augen, sein ganzes Gesicht sind so stark zusammengekniffen, dass sie das Gefühl hat, es saugt sich gleich selbst ein. Es könnte lustig aussehen, wäre die Situation auch nur im Ansatz lustig. Doch das ist sie nicht.

»Mi-Ra«, sagt ihr Vater und streckt seinen Rücken durch. Ihr Name klingt nicht wie ihr Name, wenn er ihn sagt. »Es muss gemacht werden.« Sein Deutsch ist immer noch nicht besonders gut, ihr Koreanisch ist besser. »Und raus mit dir«, herrscht er Mi-Ras Bruder an, der sich nicht zweimal bitten lässt.

Auch ihre Mutter verlässt die Szenerie, geht in die Küche, kocht weiter oder tut nur so, doch es hätte Mi-Ra auch nicht gewundert, wenn sie sich aufs Sofa gesetzt hätte und nebenbei ferngesehen.

Tu doch was.

Doch sie ist schon weg, als ihr Vater den Rundholzstab aus der Ecke holt und Mi-Ra sich an den runden Esstisch lehnt, wie es ihr von klein auf beigebracht worden ist. Die Ellenbogen auf den Tisch, den Kopf nach vorne, Po ausgestreckt. Sie hat sich oft gefragt, wozu er den Stab eigentlich ursprünglich benötigt hat. Er wird ihn sich ja nicht nur deswegen gekauft haben, um seine Kinder zu schlagen.

Während sie auf den ersten Hieb wartet, sieht sie sich das schwarze Bücherregal neben der Fototapete mit der Tulpenwiese an. Die Bibel. Auf Deutsch und auf Koreanisch. Andere religiöse Bücher.

Etwas von Konsalik. *Doch mit den Clowns kamen die Tränen* von Simmel. Geschenke von Bekannten, Nachbarn. Damit die arme koreanische Familie in den Genuss guter deutscher Literatur kommt.

Die *Clowns* hat sie gelesen. Es hat sie irgendwie berührt, denn Simmels Frau ist auch an Krebs gestorben, und die Suche nach einem Heilmittel hat ihn sicher beschäftigt. Und sie selbst hat sich mit Norma Desmond identifiziert und ihrer Suche nach der Wahrheit. Nach irgendeiner.

Moment, ich habe das Buch nie gelesen. Immer nur gesehen. Wieso weiß ich von Norma Desmond?

Der Stock landet auf ihrem Hintern, und es tut eigentlich nicht besonders weh. Es bestärkt sie in ihrer Gleichgültigkeit. Aber auch in dem stillen Wunsch nach Rache. Irgendwann. Wenn sie älter ist. Wenn er alt und krank ist und sich fragt, wo sie ist, aber er wird noch nicht einmal ihre Telefonnummer haben. Jetzt ist sie elf, es ist zu früh für Rache. Jetzt braucht sie nur ihre Gleichgültigkeit.

Was hab ich eigentlich getan?

Sie hört ihn atmen. Die Schläge strengen ihn mehr an als sie. Als es vorbei ist, geht er zu ihrer Mutter in die Küche. Trinkt etwas. Sie muss sich wirklich Mühe geben, um sich daran zu erinnern, was genau sie falsch gemacht hat.

Ich glaube, es hat damit angefangen, dass ich ein Mohnbrötchen gegessen und auf den Fußboden gekrümelt habe.

Er hat sie angeschrien, auf Koreanisch, er war nach dem Mittagsschlaf oft zu schlecht gelaunt für Deutsch. Sie hat nur gesagt, er solle sich beruhigen. Oder sie hat nur die Augen verdreht. Das hat ihn richtig wütend gemacht. Das war ausschlaggebend, nicht das Mohnbrötchen.

Auch ihr Bruder bekommt hin und wieder ein paar Schläge, aber nicht so oft und mit Abstand nicht so viele wie sie. Er ist ein Junge.

Nach ihrer Hinrichtung schreitet Mi-Ra betont langsam ins Kinderzimmer, das sie sich mit ihrem Bruder teilt. Den kurzen dunklen Gang hinunter, dann links. Min-Ho liegt oben auf dem Hochbett, liest ein Batman-Comic, das er vermutlich gar nicht besitzen dürfte, und hört Mi-Ras Cranberries-CD.

Musik hilft, die Strafgerichte ihres Vaters schneller zu vergessen.

»Warum hilfst du mir eigentlich nie?«, fragt Mi-Ra ihren Bruder.

Er schaut von seinem Comic auf, hinunter zu ihr. Seine Haare fallen ihm ins Gesicht, er wischt sie zur Seite wie lästige Insekten. Die Frage scheint ihn zu ärgern.

»Bist doch selbst schuld, wenn du dich mit ihm anlegst«, sagt er und setzt sich auf, lässt die Beine aus dem Bett baumeln. Die Decke ist so niedrig, dass er seinen Kopf einziehen muss. Hier im Philosophenweg 17, Wohnsiedlung Bergmannsfeld, muss man andauernd seinen Kopf einziehen.

»Wenn wir zusammenhalten, dann kann er sich das nicht erlauben. Wir dürfen keine Angst vor ihm haben. Er hat nämlich eigentlich Angst vor uns.«

Hat sie das wirklich gesagt? Woher will sie das wissen?

»Du redest komisch«, sagt Min-Ho. »Kommst du trotzdem mit ins Freibad?«, fragt er.

Das Schwimmzentrum Oststadt, das Osti, ist nicht weit weg, sie können zu Fuß hinlaufen. Nur kurz durchs Bergmannsfeld, zwischen den Häusern hindurch, über die Grünanlagen.

Es ist Mitte August, es ist heiß und stickig in ihrer Erdgeschosswohnung, aber es bringt nichts, die Fenster aufzureißen, denn draußen ist es noch heißer, und es riecht nach Benzin.

»Dürfen wir denn?«, fragt Mi-Ra.

»Ich auf jeden Fall. Aber du solltest lieber noch mal fragen.«

»Ich will nicht mit ihm reden«, sagt sie.

»Er hat sich garantiert wieder hingelegt. Du kannst Mama fragen. Sie ist froh, wenn wir eine Weile weg sind.«

»Okay«, sagt sie und geht zu ihrer Mutter in die Küche.

Ihre Mutter. Mit ihrem vorstehenden Unterkiefer, den riesigen weißen Zähnen und den viel zu dichten Augenbrauen. Den kurzen widerspenstigen Haaren. Sie möchte später nicht so aussehen wie ihre Mutter.

Da steht sie mit einem Glas Tee in der Hand und diesem gequälten Blick, der alles andere als Mitleid ausdrückt. Ihre Mutter stellt die Teetasse weg, holt etwas aus der Gefriertruhe neben der Waschmaschine. Die Gefriertruhe ist ihr heilig. Ohne ihre Gefriertruhe gäbe es praktisch nichts zu essen in der Erdgeschosswohnung im Philosophenweg 17.

»Kann ich ins Freibad mit Min-Ho?«

Ihre Mutter schließt die Gefriertruhe. Langsam. Jede ihrer Bewegungen, jeder Blick ist quälend langsam. Das Leben zu Hause ist eine Qual für sie, die Kinder sind eine Qual, Kochen ist eine Qual, Reden ist eine Qual. Doch sie kann auch anders. Mi-Ra hat sie ein paarmal ins Krankenhaus begleitet. Da ist sie aktiv, motiviert mit den Patienten, nicht unbedingt liebenswert oder lustig, aber zumindest aufmerksam. Für die Patienten ist sie da.

»Ins Freibad«, wiederholt sie, und ihre Stimme klingt, als würde sie leiern. »Wie lange?«

»Bis sechs?«, fragt Mi-Ra.

»Gut. Aber ihr gebt dort kein Geld aus. Nur den Eintritt«, sagt sie.

»Danke, Mama«, sagt Mi-Ra und will gehen. Dann hält sie inne und fragt: »Macht es dir nichts aus, wenn Papa uns schlägt?«

Hat sie das ihre Mutter wirklich je gefragt?

Die sieht ihre Tochter verwirrt an. Für einen kurzen Moment wirkt es so, als wollte sie sofort antworten, dann kehrt der gequälte Gesichtsausdruck zurück. Und sie wartet lange, bis sie spricht.

»Du bist selbst schuld«, sagt sie.

Mi-Ra will etwas darauf sagen, nichts kommt ihr über die Lippen.

Als sie mit ihrem Bruder über die Grünanlage vor ihrem Wohnblock läuft und ihr kleiner türkisblauer Rucksack schon nach wenigen Metern an ihrem Rücken klebt, denkt sie daran, was ihre Eltern über die Wohnsiedlung Bergmannsfeld sagen: »Für Kinder ideal. Es gibt viele Spielplätze, eine Schule ist da, Schwimmbad, Kindergarten, Supermarkt. Viele Bäume. Es ist alles da für Kinder.« Sie selbst hat nicht das Gefühl, dass hier alles für sie da ist. Sie hat auch nicht das Gefühl, in einer echten Stadt zu wohnen. Die eigentliche Stadt ist schöner, denkt sie. Dort gibt es das Kaufhaus und den Bahnhof. Und die Eiscafés. Hier gibt es nur das Osti und die Wohnsiedlung.

Auf dem Weg treffen sie ihre Nachbarin, eine ältere Frau aus Jugoslawien. Oder aus Kroatien. Jugoslawien gibt es nicht mehr, hat sie in der Schule gelernt. Jugoslawien hat sie sich vorgestellt wie eine Insel, umgeben von sehr blauem Meer, und überall gibt es lachende und laute Menschen, die ständig grillen und Eis essen. So ähnlich hat Frau Protić früher ihren Urlaub da beschrieben.

»Nicht auf der Grünfläche laufen. Es gibt extra Wege«, sagt Frau Protić. Ihr Bruder zeigt den Mittelfinger, doch Frau Protić ist schon vorbei.

Im Osti sitzen sie am Beckenrand und essen ein Super-Mario-Eis. Mi-Ra hält Ausschau nach dem Bademeister, denn mit einem Eis darf man nicht am Beckenrand sitzen. Während sie den Blick über die Leute schweifen lässt, darunter auch etliche Kinder, die sie aus der koreanischen Gemeinde kennt, verändert sich das Freibad.

Sie sitzt immer noch am Beckenrand, doch es riecht jetzt anders. Nicht mehr nach Chlor. Neben ihr sitzt nicht Min-Ho, sondern ein kleinerer Junge. Mit einer ganz ähnlichen Frisur wie ihr Bruder. Aber hellbraunen Augen. Und hellerer Haut. Da sitzt Janni. Sie schließt kurz die Augen, und da sitzt wieder ihr Bruder.

Sie lässt das Super-Mario-Eis ins Wasser fallen.

»Bist du bescheuert?«, fragt Min-Ho entsetzt. »Der Bademeister schmeißt uns raus.«

Sie will etwas entgegnen, doch es kostet sie zu viel Kraft. Sie dreht den Kopf, um auf die große Uhr am Eingang des Freibads zu sehen. Es könnte halb vier sein, doch die Ziffern sind verschwommen, und die Uhrzeiger wirken leicht verbogen. Da ist ein Sog, der sie ins Wasser zieht, er wird immer stärker, sie schließt die Augen und lässt sich fallen.

*

»Wollen Sie sehen, wie die Apparatur genau funktioniert?«, fragt die Sozialpädagogin, und Artur schüttelt den Kopf, während Carolina nickt.

Er versucht, nicht auf den Monitor zu schauen, auf dem ein monströses Gerät mit schwenkbaren Extremitäten abgebildet ist, das ihn an eine Krankenstation aus einem dystopischen Science-Fiction-Film erinnert.

»Und soll ich Ihnen auch mal eine der Masken zeigen, die Ihre Tochter gleich tragen wird?«, lautet die nächste Frage. Die Sozialpädagogin trägt eine enge dunkelblaue Jeans und hellbraune Stiefel darüber, dazu einen luftigen weißen Strickpullover. Sie sieht aus, als wäre sie in ihrer Kleidung gealtert, selbst ihr Lächeln ist Neunzigerjahre, aber die Haut ist 2016, darüber kann sie nicht hinwegtäuschen.

Carolina will die Maske natürlich sehen, und Artur versucht, irgendwie aus dem Arztzimmer zu verschwinden und trotzdem darin sitzen zu bleiben. Die Maske ist aus elastischem Material und voller kleiner Löcher. Die Sozialpädagogin zeigt ihnen, auf welcher Seite der Protonenstrahl auftrifft und wie ihre Tochter atmen kann, wenn sie auf dem Bauch liegt.

Irgendwann sagt Mila, sie möchte jetzt Wasser trinken, und fängt an zu weinen. Dann zu schreien. Artur wundert sich eh, dass sie so lange nicht geschrien hat. Sie schreit eigentlich immer, wenn sie im Krankenhaus jemand anderem außer ihren Eltern begegnet. Ihre Kooperationsbereitschaft ist gleich null. Was er irgendwie auch bewundert. Er würde sich manchmal selbst gern allem hier verweigern. Außerdem hat eine Schwester aus der Tagesklinik in Warschau mal gesagt, es sei ein gutes Zeichen, wenn sie sich wehre. Das sei die Lebensenergie in ihr.

Im Moment schreit und weint sie aber nicht nur aus Wehrhaftigkeit, sondern weil sie sechzehn Stunden lang weder gegessen noch getrunken hat, die Nacht mitgezählt. Die Bestrahlung muss immer auf nüchternen Magen erfolgen.

»Ich hoffe nur, dass sie nicht taub wird«, sagt Carolina.

»Ich hoffe nur, dass sie nicht stirbt«, sagt Artur.

Dann bringen sie Mila nach unten. Sie hat einen Zugang unter der Kopfhaut, als würde eine kleine Murmel in ihrem Kopf stecken. Selbst nach all den Monaten kann er nicht aufhören, darauf zu starren. Er hofft, dass ihre Haare bald wieder länger werden und er die Murmel unter der Haut nicht mehr sehen muss, aber die Bestrahlung wird vorerst das Gegenteil bewirken.

Ein Narkosearzt mit Bart und sanften dunkelgrünen Augen versucht, sie mit einer Art Spieluhr abzulenken, doch Mila kennt die Tricks längst. Sie schreit. Also bittet der Anästhesist Artur, sie festzuhalten, und presst ihr eine Atemmaske mit dem Betäubungsmittel auf den Mund. Sie ballt kurz die Fäuste und kneift die Augen zusammen, wie sie es auch vor einem ihrer Wutanfälle tut, dann sackt sie in Arturs Armen zusammen. Sie nehmen sie ihm ab, und er muss gehen.

Danach wartet er mit Carolina in der Empfangshalle des Westdeutschen Protonentherapiezentrums in Essen, die aussieht wie ein Raumschiffbahnhof. Als würden sich hier die Kolonialisten-Familien sammeln und warten, bis ihr Raumschiff zum Mars oder sonst wohin sie abholt. Die Bestrahlungspatienten sind überwiegend Kinder ohne Haare mit riesigen Operationsnarben und implantierten Ports für die Chemotherapie. Vereinzelt sieht man auch Erwachsene mit klaffenden Löchern in der Frisur oder sogar fehlenden Teilen ihres Schädels.

Es ist ruhig hier, die Kinder spielen, die Erwachsenen lesen, das Personal ist freundlich, und alles ist in Grüntönen gehalten. Manchmal lacht jemand.

Nach zwanzig Minuten dürfen sie zu ihr in den Aufwachraum. *Nur ein Elternteil, bitte.* Er bietet sich an, will Carolina so viel wie möglich abnehmen, weil sie auch schon ein paar Tage länger hier in Essen ist als er.

Nur kurz die Treppe hinunter in den Keller vom Protonenzentrum, dann den Gang entlang, die erste Abzweigung links und dann an die Tür klopfen, auf der steht, man solle bitte jederzeit seine Chipkarte mit sich führen. Eine vielleicht spanisch aussehende Schwester mit einem langen Zopf und warmen Augen öffnet ihm und sagt, es sei alles gut gelaufen.

Mila liegt auf der Seite in einem Gitterbett und schläft. Sie trägt hellblaue Leggins und einen rosa Pullover mit goldenen Sternen. Ihr Daumen steckt in einer Klemme, die ihren Puls und den Sauerstoffgehalt im Blut misst.

Er setzt sich auf einen Stuhl neben das Gitterbett und liest einen Roman über einen englischen Journalisten, der kurz vor Hitlers Angriff auf Polen in Berlin lebt und trotz des Wissens um den aufziehenden Krieg nicht das Land verlassen will, weil er einen deutschen Sohn in Berlin hat.

Irgendwann wird Artur ungeduldig und auch besorgt, versucht, sie aufzuwecken. Mila stöhnt kurz, schiebt sich im Halbschlaf die Klemme vom Finger, schläft weiter. Die Fingerklemme beginnt sofort, rot zu blinken. Jetzt kommt ein Pfleger und stellt den lautlosen Alarm ab. Prüft ihren Puls. Geht wieder.

Als sie endlich die Augen öffnet, sieht sie ihn kurz, aber abwesend an und versucht, sich aufzusetzen. Er will ihr Bananenstücke aus einer Tupperbox geben, doch die will sie nicht. Eine andere Mutter neben einem ebenfalls circa zweijährigen Kind bietet ihr Salzbrezeln an. Das ist das Richtige.

»Mili geht's besser«, sagt Mila und kaut auf den Brezeln herum. Das Gitterbett ist schon voller Krümel.

Es ist schön, sie wiederzusehen.

Dann trägt er sie nach oben, wo sie gleich wieder laufen will. Natürlich fällt sie hin und weint, aber sie beruhigt sich schnell. Es ist der zweite von dreißig Bestrahlungsterminen.

Er braucht eine Pause. Er muss raus. Das Strahlenzentrum gibt ihm das Gefühl, nicht mehr zur normalen Welt zu gehören. Einmal hier, gibt es kein Zurück mehr. Man ist für immer Kolonialist auf dem Weg zu anderen Planeten. Er befürchtet, dass das alles nichts bringen wird. Der Protonenstrahl wird ein Loch in Milas gerade erst wieder nachgewachsenes dunkelbraunes Haar brennen, sie wird ständig müde und wütend sein, und ihre Haut wird noch blasser werden als ohnehin schon. Dann wird es ihr eine Weile besser gehen, bis der Tumor zurückkehrt. Er denkt das, weil er sich im Internet über die

Tumorart informiert hat. Weil er die Blogs von anderen Eltern gelesen hat, deren Kinder dieselbe Art haben. Und dann ist da noch ein anderer fremdartiger Gedanke.

Ich weiß ja eh, wie es endet, dass es bald endet. Sie stirbt. Ich war dabei.

Während Carolina auf Mila aufpasst und wartet, bis sie wieder ins Elternhaus dürfen, gestiftet von McDonald's, geht er im angrenzenden Grugapark spazieren. Er denkt über seine Ehe nach. Ihn und Carolina verbindet diese Ungeheuerlichkeit aus Schmerz und Sorge. Ein Angstmonster, wie Mila sagen würde, wie sie manchmal ihre Albträume beschreibt. Sonst verbindet sie nichts mehr.

Das Angstmonster lässt uns noch ein paar Monate stärker zusammenhalten denn je, dann reißt es uns endgültig auseinander.

Heute Morgen, als sie im Weltraumbahnhof gewartet haben, hat Carolina eine andere Frau kennengelernt. Ihrem Baby ist gerade ein Tumor hinter dem Auge entfernt worden. Es wird lebenslang blind sein. Und doch weint die andere Mutter, als sie hört, wie es Mila geht.

Grugapark. Er kommt an einen See, an dem ein z-förmiger Holzsteg ins Wasser und wieder heraus führt. Ein kleiner Baum mit leeren Ästen steht im Wasser, als hätte er sich verlaufen und wüsste jetzt nicht mehr, wohin. Am anderen Ufer spaziert eine asiatische Frau mit ihrem Kind, einem Jungen. Sie kommt ihm bekannt vor. So bekannt, dass er sie beinahe ansprechen will.

Stattdessen bückt er sich und steckt seine Hand in den See, so als müsste er sich überzeugen, dass er auch real ist. Das Wasser ist eiskalt, die Kälte dringt in seinen ganzen Körper ein, er schließt die Augen und hat das Bedürfnis, sich fallen zu lassen.

8

Hubert Freund bewegt sich in rasender Geschwindigkeit durch die Zeit. Eben ist er noch der kleine, übergewichtige, dauerschwitzende Junge gewesen, der seinem Vater die schwere Arbeitstasche in den Laden getragen hat, dann reißt ihn etwas vorwärts durch die Jahre in sein Internatszimmer, wo der Hansi Gandorfer sein Bein streichelt. Er will dem Hansi sagen, dass er aufhören soll, obwohl es ihm eigentlich gefällt, doch dann katapultiert es ihn weiter in den Speisesaal eines Hotels, in dem er allein an einem Tisch sitzt, der nur für ihn gedeckt ist. Eine endlose Auswahl an Vorspeisen steht vor ihm, doch jedes Mal, wenn er versucht, nach etwas zu greifen, zum Beispiel dem Algensalat oder den kalten Rindfleisch-Streifen, steht das Essen zu weit weg. Als er aufblickt, hat sich ein Kreis von Bekannten um den Tisch versammelt und sieht ihm kopfschüttelnd beim vergeblichen Versuch zu, den Algensalat zu erreichen. Er erkennt den Bankvorstand, den Verleger, den Sportartikelhersteller, den Abgeordneten, den Konsul und den Ziegelmillionär. Jemand setzt sich ihm gegenüber an den Tisch. Er trägt einen weißen Hut mit unzeitgemäß breiter Krempe, hat einen Schnurrbart, und unter der Hutkrempe stechen links und rechts dicke graue Haare heraus. Der Mann, der ihn an einen Filmschauspieler aus den Sechzigerjahren erinnert, schiebt ihm die Schüssel mit dem Algensalat hin. Aufwachen, Hubert, sagt der Mann, es ist Zeit.

Hubert liegt in einem nassen Lappen, der vorher mal ein schwarzes T-Shirt gewesen ist, auf dem Bett, auch die Innenseiten seiner Schenkel sind nass. Seit Wochen schwitzt er jede Nacht das gesamte Bettzeug durch und weiß nicht, warum. Es ist nicht die Hitze, in seiner Villa läuft nachts die Klimaanlage, und auch hier im Hotel ist es angenehm kühl. Er schlägt die nasse Decke zur Seite und setzt sich auf, greift zu der gestern angefangenen Zigarre auf dem Nachttisch. Natürlich darf er hier nicht rauchen, aber er kann dem Personal ja was zustecken, falls sich jemand beschwert.

Lebhaft zu träumen ist nichts Neues für ihn. Tatsächlich hat er sich schon als Kind an die meisten Träume erinnern können, sie lang und breit seiner Mutter beschrieben, sein Vater wollte so einen Humbug nie hören. Seine Träume sind immer schon so intensiv, dass sie fast einem zweiten Tag gleichkommen. Als Kind hat er instinktiv gelernt, sich frei in seinen Träumen zu bewegen, luzides Träumen nennt man das, hat er Jahre später gelesen. Das ermöglicht ihm seit Langem eine Freiheit, die ihm sein Wachleben nicht gestattet.

Nur leider ist ihm die Fähigkeit, seine Träume zu steuern, in den letzten Jahren immer mehr abhandengekommen. Es ist ihm zunächst nicht aufgefallen, denn seine Träume waren so aufsehenerregend, dass er seinen schwindenden Einfluss auf sie kaum bemerkt hat. Erst als diese brutalen Zeitsprünge überhandnahmen.

Rückblickend ist es wohl so gewesen, dass das Gerichtsverfahren ihm nicht nur die Kontrolle über sein Leben, sondern auch über seine Träume entzogen hat.

Seine Schlafanzughose klebt an den Innenseiten seiner Schenkel. Er zieht sie aus, legt die Zigarre wieder weg und läuft in Unterwäsche zum Schrank. Zieht sich eine Trainingshose und einen Kapuzenpullover an, schlüpft in Badelatschen. Macht das Fenster auf, zündet die Zigarre dann doch an und schaut auf den Kleistpark, in dem ein riesiger Kastanienbaum anfängt zu blühen.

Wenn er nicht gerade in Deutschland vor Gericht steht, wohnt er auf Korfu. Dort hat er eine kleine Yacht, die in der Marina von Benitses liegt. Auf dem Boot spielt er Schafkopf mit dem Gynäkologen und dem Restaurantbesitzer. Hoch über Benitses, mit Blick auf Korfu-Stadt und sein gewaltiges Fort, auf halbem Weg zum Bergdorf Stavros, in seiner zweistöckigen Villa mit drei Schlaf- und zwei Badezimmern und einem Balkon, der um das halbe Haus führt, wohnt er die meiste Zeit des Jahres.

Auf einen deutschen Park mit einer blühenden Kastanie zu schauen erfüllt ihn mit einer seltsamen Ruhe.

Kurz bevor Benitses in den Achtzigern von Touristen überrannt worden ist, hat er das Haus gekauft, es aber die ersten beiden Jahrzehnte meist nur vermietet, weil ihn der wütende Zustrom an Touristen und das ausufernde Nachtleben in dem kleinen Hafenort verschreckt haben. Vor zehn Jahren hat er die Villa sanieren, den Hanggarten mit Wein bepflanzen lassen, Personal eingestellt. Personal, das es nicht mehr gibt. Der Hanggarten ist mittlerweile verwildert, Fremde haben ihren Müll dort abgeladen. Ein paar wilde Katzen wohnen dort. Die Hausangestellte kommt zweimal die Woche, die meiste Zeit geht er selbst nach Skaloma und kauft auf dem Markt ein. Er ist ein ganz passabler Koch geworden, seit die Haushälterin nicht mehr so oft kommen kann, weil sie sich um ihren dementen Mann kümmert.

Wie die meisten touristischen Küstenorte auf Korfu war auch Benitses früher nur ein weiteres Fischerdorf, das im Schatten von Korfu-Stadt vor sich hin dämmerte. In der Antike muss es wohl etwas Besonderes gewesen sein, eine Art Naherholungsort für reiche Leute. Das Aquädukt und seine römischen Bäder deuten zumindest darauf hin. Vielleicht liegt es auch daran, dass das Meer hier besonders sauber ist, wegen des Neptungrases, das die Giftstoffe aus dem Salzwasser herausfiltert. Sogenannte Neptunwiesen liegen grün und dunkelbraun auf der Wasseroberfläche und schrecken Schwimmer ab.

Nachdem er zu Ende geraucht hat, ruft er Beeltz an.

»Hier ist Hubert Freund.«

»Sind Sie angekommen, mein Lieber?«

»Ja, ich bin im Palais Kleistpark. Dem Hotel, das Sie vorgeschlagen haben.«

»Ach, wie schön. Dann können wir uns ja gegen Nachmittag im Park treffen.«

»Von mir aus auch gern an der Hotelbar«, sagt Hubert und kratzt sich an seinem Vollbart, den er sich in den letzten Wochen hat wachsen lassen. Sein Schnauzer ist sein Markenzeichen gewesen, aber damit ist er leider auch in den meisten Zeitungen abgebildet worden. Er nimmt sein Handy, liest noch mal die Mail von Beeltz, die der ihm letzte Woche geschrieben hat. So hat er ihn kennengelernt, über diese E-Mail. Aus seinen Träumen kennt er ihn schon länger.

Lieber Hubert Freund!
Ich kenne Sie aus dem Fernsehen, zudem haben wir gemeinsame Bekannte in München. Ich schreibe Ihnen, weil ich Ihnen die Sorgen erleichtern kann. Keine Angst, ich bin nicht an Geld interessiert. Nur an Ihrer Anwesenheit und an Ihrer Lebensgeschichte. Kommen Sie vorbei, am besten noch diese Woche, dann schlage ich Ihnen ein Geschäft vor, das Sie begeistern wird. Sie finden mich im Hotel am Kleistpark in Frankfurt an der Oder. Ich freue mich. Es grüßt herzlich,
Horatio Beeltz (Goldfuß Verlag)

Hubert Freund legt das Handy weg und öffnet eine Packung Korinthen, die er aus Griechenland mitgebracht hat. Er mag die deutschen Rosinen nicht.

Er ist misstrauisch nach der Mail gewesen, hat aber nicht das Gefühl gehabt, dass dieser Beeltz ihn erpressen will. Oder ein Sensationsjournalist ist. Oder dass es etwas mit dem Gerichtsverfahren zu tun hat. Er nimmt ihm den Verleger ab, man kann ihn ja auch googeln. Ein bisschen hat er gehofft, dass Beeltz ein Buch über ihn schreiben will. Oder ihn selbst eine Autobiografie schreiben lässt. Hubert Freund bedauert es sehr, die Kontrolle über seine Biografie verloren zu haben.

Aber dann haben sie telefoniert. Und natürlich klingt Beeltz' Idee irrwitzig, aber es ist ein Irrwitz, mit dem man ihn locken kann. Er ist kein Esoteriker, aber schon als Kind hat er fest daran geglaubt, dass es neben der physischen noch eine andere Ebene gibt, die man mit ein bisschen Geschick ebenso für sich nutzen kann.

Es hat mit den Rollern angefangen – er handelte neben dem Studium mit Vespa-Rollern. Da hat er festgestellt, dass er Leute von Dingen überzeugen kann, von denen sie anfangs nicht überzeugt sind. Nicht nur durch seine rhetorischen Fähigkeiten oder seinen Humor und schon gar nicht durch die Qualität seiner alten, oft dürftig restaurierten Vespas, sondern durch die simple Vorstellung, dass ihm sein Gegenüber gleich einen Roller zu einem ganz bestimmten Preis abkaufen würde. Vorausgesetzt, er hat diese Vorstellung bis ins Detail visualisieren können. Seitdem hat er fast alle seine Geschäfte schon vorher visualisiert. So ist er zu seinem Geld gekommen. Roller oder Immobilien, der Unterschied lag nur im Gewinn.

Daher ist er auch davon überzeugt gewesen, dass man ihm die Restauration und Wiedereröffnung der Alten Getreidehalle anvertrauen wird, eine Lagerhalle aus dem 19. Jahrhundert, im Zweiten

Weltkrieg bis auf die Grundmauern abgebrannt, direkt neben dem Jüdischen Museum. Freund hat den Zuschlag bekommen, nachdem er den Bürgermeister persönlich überzeugt hat, und zwar mit genau jener Visualisierung, mit dieser vorausahnenden Gewissheit, mit der er auch einst Vespas an Kommilitonen verscherbelte.

Der gefeierte Architekt, den er beauftragt hat, hat sich nur leider nicht an den von der Stadt genehmigten Bauplan gehalten, das hat ihn und seine Bank Millionen gekostet. Der Architekt hat sich mit einem Gutachten nach dem anderen aus der Affäre gezogen. Zwei Jahre zu spät wurde eröffnet, er hat zusammen mit dem Bürgermeister und einer bekannten Schauspielerin das rote Band durchschnitten. Dann ist ihm leider gleich im ersten Jahr ein dummer Fehler unterlaufen. In der Diskothek, an die er das Untergeschoss vermietet hatte, hat ein äußerst solventes Pornografie-Portal eine Party ausgerichtet, und die Stadt, die schon wegen der Sperenzien des Stararchitekten in Lauerstellung lag, ist jetzt richtig widerspenstig geworden. Auf infame Weise hat man ihm die Nebenkosten erhöht, ihn gezwungen, die Händlermieten anzupassen, bis sich niemand mehr dort niederlassen wollte. Seine Holding hat Insolvenz angemeldet, und die Getreidehalle wurde vom Amtsgericht weitergeführt. Die Stadt hat eine Versteigerung abgelehnt, seine eigene Bank musste für die Schulden aufkommen und hat ihn verklagt. Ein beliebter Großgastronom hat unter Beifall der Presse die Getreidehalle übernommen, und ihn hat man am Ende wegen Betrugs angezeigt. Und er hat sich gefragt, warum in Gottes Namen er so hat scheitern können. Trotz seines Geschäftssinns. Trotz seiner Gabe.

Und jetzt ist er so weit weg von all seinen ursprünglichen Plänen, dass er einen völlig Fremden in Frankfurt an der Oder aufsucht, um mit ihm eine innere Reise zu unternehmen, um die Dinge wieder geradezubiegen.

Hubert Freund zieht an seiner Zigarre, nimmt sich danach eine Handvoll Korinthen aus der kleinen Pappschachtel und steckt sie in den Mund, in dem sie einen ganz eigenen Geschmack aus Zigarrenrauch und Fruchtzucker ergeben. Die traubenartigen weißen Blüten der Kastanie im Kleistpark bewegen sich bei genauerer Betrachtung leicht im Wind. Hubert Freund freut sich auf das, was kommt. Schlechter kann es nicht werden, denkt er.

9

Mi-Ra rennt den ganzen Weg zurück nach Frankfurt. Ihr Maßband und den Grabatlas hat sie liegen lassen.

Sie hat das Gefühl, die Pilze, die Erinnerung, den Schrecken aus sich herausrennen zu müssen. Eigentlich hätte sie gern auf Artur gewartet. Eigentlich hätte sie gern gewusst, wie seine Reise verlaufen ist, hätte ihn ein weiteres Mal mit in die Pension genommen, hätte ihn beim Aufwachen in den Arm genommen, aber das scheint gerade nicht mehr wichtig.

Kurz vor der großen Oderbrücke, genauer gesagt am Wikipedia-Denkmal, bleibt sie stehen und übergibt sich in ein paar Büsche. Da kommt nur Magensäure. Das Wikipedia-Denkmal besteht aus vier Plastikstatuen, die eine Weltkugel aus Puzzleteilen in die Luft heben. Umgeben ist die Skulptur von roten Holzleisten, die wie eine Art Sonnensegel wirken. Es ist ihr schon auf dem Hinweg aufgefallen, und sie hat sich gewundert, warum ausgerechnet hier ein Wikipedia-Denkmal steht. Die Beteiligung der Polen an Wikipedia sei prozentual sehr hoch, steht auf der Infotafel. Sie hat nicht vorgehabt, in das Denkmal zu kotzen, aber here we are, denkt sie.

Nachdem sie sich gefangen hat, rennt sie nicht mehr, aber geht zügig über die Oderbrücke, den Fluss entlang in Richtung Süden, bis sie gegenüber der Insel Ziegenwerder bei ihrer Pension ankommt. Kurz reißt sie sich zusammen, wischt sich den Schweiß von der Stirn und den Lippen, um an der Rezeption keinen schlechten Eindruck zu hinterlassen, dann eilt sie die zwei Treppen hoch in ihr Zimmer, reißt das Fenster auf und fällt in ihr Doppelbett. Schließt die Augen. Fällt weiter.

Als sie sie wieder öffnet, riecht es von draußen schon nach Abend. Wie lange ist sie auf dem Friedhof in Trance gewesen? Ihr ist es wie maximal eine Stunde vorgekommen. Sie sieht auf die Uhr, es ist fast sechs. Das würde bedeuten, dass sie vier Stunden auf diesem Pilz-Trip gewesen ist. Und vielleicht ist sie es immer noch. Ihr ist schwindlig, wenn sie das Bild über dem Bett anschaut, die Bäume und die Wolken darauf bewegen sich. Sie fühlt sich von Beeltz hintergangen. Was hat sie erlebt außer einer furchtbaren Erinnerung, die sie in so einer gnadenlosen Detailschärfe nicht hat erleben wollen? Was hat ihr das gebracht? Und vor allem: Was hat es verändert? Was hätte sie verändern können? Hat sie die Chance verpasst, hat sie es nicht hinbekommen? Und ist das überhaupt das Szenario in ihrem Leben gewesen, in dem sie unbedingt etwas verändern wollte? Nein.

Hab ich was falsch gemacht?

Doch dann denkt sie: Das ist alles nur weirder Shit in deinem Kopf, Miri, ein schlechter Trip, mehr nicht.

Bevor sie losgerannt ist, hat sie Horatio angeschrien: »Bullshit war das! Ich konnte überhaupt nichts tun. Nichts beeinflussen.«

»Das habe ich anders empfunden«, hat Beeltz gelassen entgegnet. Damit hat er sie ziehen lassen.

Und darüber denkt sie jetzt wie im Fieber nach. Ob das wirklich nur eine Erinnerung war und ob sie wirklich nichts tun konnte. Ob sie wirklich keinen Einfluss auf ihr elfjähriges Ich gehabt hat. Je mehr sie darüber nachdenkt, desto unsicherer wird sie. Sie wirft einen Blick auf ihre Arme. Auf dem Ärmel ihres grünen Kleids ist ein roter Fleck. Sie reibt mit dem Finger daran und saugt an ihrem Finger. Es schmeckt süß. Nach Eis. Nach Super-Mario-Eis. Sie zieht das Kleid aus, sie liegt jetzt in Unterwäsche auf dem Bett. Und es riecht nach Chlor. Ganz eindeutig.

Wie kann das sein?

Sie geht ins Bad und sieht sich im Spiegel an, dreht sich um, und ihr fällt ein schon erblassender roter Striemen am Po auf.

*

Artur öffnet die Augen, aber er kann noch die vom Spätwinter unterdrückte Frische der Pflanzen und Bäume riechen, das brackige Wasser des künstlich angelegten Sees im Grugapark. Er erinnert sich an die Frau, die mit einem Kind an der Hand dort spazieren gegangen ist. Und doch weiß er auch, dass er sich jetzt wieder auf dem jüdischen Friedhof befindet, dass Horatio Beeltz neben ihm an einen Grabstein gelehnt sitzt, seine langen Beine ausgestreckt und in einem Buch lesend, während er auf dem Rücken liegt und spürt, wie das kurze trockene Gras in seinem Nacken sticht. Er hebt den Kopf, stützt sich auf seinen Ellenbogen. Die Schuhe mit dem Budapester Muster hat Beeltz ausgezogen, er trägt gelbe Socken. Artur wirft einen Blick auf den Buchrücken. *Sternstunden der Menschheit.*

»Ist das hier auch eine Sternstunde der Menschheit?«, fragt Artur.

Horatio schaut interessiert von seinem Buch auf. »Sie sind wieder da? Wie geht es Ihnen?«

»Es geht mir gut.«

»Keine Übelkeit?«

»Nein, alles gut. Ich sehe noch ein bisschen verschwommen.«

»Das gibt sich bald«, versichert ihm Beeltz.

»Dann bin ich ja beruhigt. Ich bringe mir gerade ein bisschen Gravur bei, da braucht man gute Augen. Welche Geschichte lesen Sie gerade?«, fragt Artur.

»Ach, Sie kennen das Buch? Ich bin bei *Der versiegelte Zug.* Wissen Sie, Artur, ich fühle mich manchmal selbst ein bisschen wie der verstoßene Lenin, bin aber nicht sicher, ob ich überhaupt nach Hause zurückkehren will.«

»Wo ist denn zu Hause für Sie?« Artur steht auf und klopft sich Gras, Staub und trockene kleine Äste von der Hose. »In Rumänien?«

»Nein. Mein Zuhause ist eher ein Kreis von Personen, eine Art Familie, wenn man so will. Aber wie das oft so ist mit Familien, man zieht nicht immer am selben Strang, man wird sie nach langen Querelen endlich los und will sie dann doch irgendwann wiederhaben.« Beeltz klaubt seinen Hut auf, der neben ihm liegt, und fächert sich damit Luft zu.

»Haben Sie Kinder?«, fragt Artur und zieht sein linkes Bein hoch, sodass er nur noch auf dem rechten steht. Er muss sich unbedingt dehnen, so als wäre er laufen gewesen.

»Nein«, sagt Beeltz tonlos. »Was haben Sie gesehen, Artur?«

»Ich war in Essen. Zu der Zeit, als meine Tochter dort bestrahlt wurde«, antwortet er wahrheitsgemäß. Er hat Beeltz gestern Nacht von Mila erzählt und bereut es jetzt. Womöglich hat das diese schlimme Erinnerung hervorgerufen. Diese *Zeitreise.*

»Und warum waren Sie da?« Beeltz setzt seinen Hut auf.

»Ich weiß es nicht genau. Ich denke nicht gern an diese Zeit. In Essen ist mir klar geworden, dass das alles kein gutes Ende nehmen wird. Es klingt vielleicht komisch, aber ab da habe ich das Leben ein bisschen *jenseitig* empfunden. Ist das das richtige Wort?« Er macht eine Atempause, wartet, bis Beeltz nickt, während er sich gleichzeitig den Hut richtet. »Immer wenn ich meine Tochter angeschaut habe, habe ich mir vorgestellt, wie sie schon tot in ihrem Kinderbett liegt. Aber sie ist noch viel älter geworden, sie ist in den Kindergarten gegangen, und die Haare sind ganz lang geworden. Sie war sogar richtig wild. Und hat sich über alles Mögliche gefreut. Und trotzdem habe ich seit den Bestrahlungen nicht mehr das Bild von ihrem Tod aus dem Kopf bekommen. Und hab mich dafür geschämt.«

»Das hat in Essen angefangen?«

Artur nickt.

»Wussten Sie, dass Mi-Ra aus Essen kommt?« Beeltz steht jetzt ebenfalls auf.

»Sie hat es gestern erwähnt.«

»Sie beide haben eine außergewöhnliche Verbindung. Das ist gut für unseren ... unsere Konstellation.« Beeltz fährt mit der Hand sanft durch die Luft, und Artur fragt sich, ob er erneut den Riss sucht.

»Wir können bald weitermachen«, sagt Beeltz.

»Vielleicht will ich das gar nicht«, sagt er. »Es hat doch auch nicht funktioniert. Ich konnte nur zusehen. Es war nichts anderes als eine Erinnerung.«

»Tatsächlich?« Aus Beeltz' tiefen Augenhöhlen dringt ein fragender grüner Blick zu ihm.

Artur überlegt. Es riecht nach Lungenkraut und Löwenzahn und irgendwoher nach Chlor. »Also. Gegen Ende des Traums hatte ich kurz das Gefühl, ich kann mich frei bewegen, ich hätte Mi-Ra ansprechen können. Aber vielleicht bilde ich mir das nur ein.«

»Sie beide müssen sich erst an die Situation und die Fähigkeit gewöhnen. Ich hätte es mir zwar anders gewünscht, aber es war schon zu erwarten, dass es nicht so schnell geht. Wir müssen weitermachen.«

Er hält erneut die Luft an. »Wie lange war ich eigentlich weg?«

»Ein paar Stunden.«

»Und wo ist Mi-Ra? Also ...?«

»Ich weiß es nicht genau, aber ich denke, sie ruht sich in ihrer

Pension aus. Sie hat ein bisschen mitgenommen gewirkt. Sie haben es offensichtlich besser vertragen als Frau Kim.« Horatio steckt die *Sternstunden* in seine Manteltasche.

»Wer sagt, dass wir das noch mal machen wollen?« Auch Artur steht jetzt auf.

»Niemand. Aber ich vermute mal, sie haben beide gespürt, dass etwas dran ist an dem, was ich Ihnen erzählt habe.«

»Dass wir etwas an der Vergangenheit ändern können?«

»So unglaubwürdig das in Ihren Ohren klingt, aber ich denke, wir waren schon erfolgreich. Geben Sie mir Ihre Hand, Artur.«

Eigentlich will er nicht, trotzdem streckt er Beeltz seine rechte Hand hin. Der nimmt sie und führt ihn zwischen die Grabsteine von Beile, Frau des Kalman, und Esther, Tochter des Schlomo Pollack. »Fühlen Sie das?«

Artur spürt ein Kribbeln auf dem Handrücken, aber das kann er sich auch nur einbilden.

»Sie haben noch genügend Psilocybin im Blut für ein kleines Experiment. Stellen Sie sich noch mal vor, wo Sie gerade waren.«

Das tut Artur.

Er spürt etwas Kaltes auf seiner Haut.

»Sehen Sie sich Ihre Finger an«, sagt Beeltz.

Arturs Fingerspitzen sind nass und kalt. Wie das Wasser vom See im Grugapark. Horatio Beeltz sieht zufrieden aus.

Er schüttelt seine Hand, will die Nässe wieder loswerden.

»Ich mache Ihnen und Frau Kim einen Vorschlag«, sagt Horatio Beeltz. »Wir treffen uns heute Abend noch mal im Absynt und besprechen das weitere Vorgehen. Wenn Sie nicht wollen, dann wollen Sie nicht. Außerdem würde ich Ihnen gern einen Bekannten von mir vorstellen, der Ihnen vielleicht bei der Entscheidung über eine erneute Reise helfen kann.«

»Ich denke drüber nach«, sagt er. »Ich muss jetzt auf meinen Friedhof.«

»Tun Sie das, Artur. Wir sehen uns.«

Als Artur gegen Abend nach Hause kommt, sitzt Carolina am Esstisch, den Kopf in den Armen vergraben, und weint.

»Warum weinst du denn?«

»Warum nicht? Muss man vorher fragen?«

»Das war doch kein Vorwurf, ich wollte nur wissen, was los ist.«

»Ich will eine Trennung, Artur.« Carolina hebt ihren Kopf, legt die Hände vor sich auf den Tisch, alle zehn Finger ausgestreckt.

»Was ist denn los mit dir?« Artur nimmt sich vor, gefasst zu bleiben, aber das Wort »Trennung« macht ihn dann doch wütend, je mehr er darüber nachdenkt. So etwas entscheidet man nicht aus einer Laune heraus. Wirft man dem anderen nicht so vor die Füße. Und vor allem entscheidet man es nicht alleine. Aber vermutlich tut man das doch.

»Jetzt schau mich nicht so an, als wäre ich verrückt. Das hier ist kein Nervenzusammenbruch«, sagt sie und holt ihre Arme wieder zurück. »Ich habe mir das überlegt. Ich überleg mir das schon seit ein paar Monaten.«

»Seit ein paar Monaten?« Artur zieht seine Jacke aus und würde sie am liebsten auf den Boden werfen. Stattdessen geht er langsam zur Garderobe im Flur und hängt sie sorgfältig an seinem Haken auf. Sodass er keine ihrer Jacken oder Mäntel berührt. Er spürt ihren Blick in seinem Rücken, merkt, wie seine Gefasstheit sie anwidert.

Doch als er sich umdreht, ist ihr Blick erstaunlich weich. Fast so, als wollte sie ihn gleich um etwas bitten.

»Es tut mir leid«, sagt sie, »ich will einfach nicht mehr so traurig sein die ganze Zeit. Und ich will auch nicht ständig das Gefühl haben, dich mit meiner Trauer zu nerven. Zu überfordern. Aufzuhalten.«

»Das tust du nicht«, sagt er und verschränkt seine Finger.

Carolina lächelt jetzt gequält. »Klar tu ich das.« Dann verschwindet das Lächeln wieder. »Auf jeden Fall will ich hier wegziehen. Ich will zurück nach Warschau. Artur, ich will zurück zu ihr.«

»Aber wir hatten doch überlegt, ihr Grab hierher zu verlegen, dein Vater wollte uns unterstützen.« Er hat die Finger wieder entschränkt, und seine Arme und Hände hängen jetzt willenlos an ihm herunter, als wären sie nur nutzlose Accessoires.

»Das machen wir aber nicht«, widerspricht sie. »Mila bleibt in Warschau. Wo sie aufgewachsen ist.« Carolina steht auf, wischt sich mit der Hand die Tränen ab, nimmt eine Serviette aus der Halterung auf dem Tisch und trocknet ihr Gesicht. Dann öffnet sie eine der Küchenschubladen, holt sich ein Messer heraus. Dann aus dem Kühlschrank eine Aubergine.

»Was machst du?«, fragt er.

»Abendessen«, sagt sie.

»Auch für mich?«

»Natürlich auch für dich. Was denkst du denn?«

Jackie O bellt im Schlafzimmer.

»Ich muss heute Abend noch mal weg«, sagt er.

»Das ist kein Problem«, sagt sie und schneidet die Aubergine.

10

»Es ist schön bei Papa«, sagt Janni und bohrt sich dabei im Ohr.

»Das freut mich«, sagt Mi-Ra und macht ihren Laptop ein bisschen lauter, weil Janni immer ein wenig zu leise spricht bei Videocalls. »Was habt ihr heute gemacht?«

»Wir waren bei den Vogel Straußen.«

»Auf der Straußenfarm beim Baldeneysee?«, fragt sie nach.

»Genau«, tönt es aus dem Hintergrund. Sie hofft, dass Georg nicht gleich sein Gesicht in die Kamera hält.

»Hast du die gestreichelt?«, fragt Mi-Ra.

»Neeein!«, ruft Janni entsetzt. »Das darf man doch nicht, Mama.«

»Ich weiß, ich weiß«, sagt Mi-Ra und überlegt, was sie als Nächstes fragen könnte. Irgendetwas über Superhelden, das könnte den Gesprächsfluss in Gang bringen. Sie hätte schneller sein sollen, denn jetzt hält Georg doch sein Gesicht in die Kamera. Gleichzeitig küsst er Jannis Kopf. Was sie nicht gerne sieht.

»Wie läuft's bei dir?«, fragt er.

»Gut«, sagt sie. Und denkt an Artur. Und an Beeltz. Und an ihr altes Zuhause in der Wohnsiedlung Bergmannsfeld.

»Was gibt's denn zum Abendessen?«, fragt sie Janni und hofft, dass nicht wieder der Ex antwortet.

Janni blickt hilfesuchend zu seinem Vater.

»Pizza«, sagt der.

»Pizza!«, wiederholt Janni jubelnd.

»Kann ich dich was fragen?«, fragt Georg.

»Vor dem Kind?«, fragt sie zurück, weil sie nichts Gutes ahnt.

»Janni, sag der Mama mal Tschüss, dann kannst du in dein Zimmer und noch ein bisschen auf dem iPad spielen.«

»Tschüss«, sagt ihr Sohn, ohne zu zögern, und ist schon weg. Übrig bleibt Georg mit seinen braun gefärbten Haaren, seiner unendlich alten Haut und dem massiven Unterkiefer.

»Was gibt es denn?«, seufzt sie.

»Ich wollte fragen, ob du vielleicht am Wochenende herkommst. Janni vermisst dich.«

»So wirkt es gar nicht. Ihr kommt doch klar«, sagt sie. Und ich hab's dir auch schon gesagt: Ich weiß nicht, ob ich diese Wochenendtrips zeitlich schaffe.«

»Ich vermisse dich übrigens auch«, sagt Georg, wischt sich über die Stirn, als würde er schwitzen. Gut möglich, dass er schwitzt. Er schwitzt andauernd.

»Bitte, Georg, nicht.«

»Ich weiß. Tut mir leid. Aber es stimmt.«

»Das macht es nicht besser.«

»Aber sag mal, denkst du nicht, dass es irgendwann wieder eine Zeit geben wird, in der wir –«

Sie hatte den Mauszeiger ohnehin längst auf *Call beenden* liegen und hat jetzt nur noch auf das Touchpad getippt.

Liebe Mi-Ra Kim,
sehen wir Sie heute um 20:00 Uhr im Absynt
für die Vorbereitungen zur zweiten Reise?
Artur wird da sein, und auch sonst
habe ich gute Neuigkeiten.
Verbindlichst, Ihr Horatio Beeltz

… lautet die Mail, die ihr Beeltz schon vor anderthalb Stunden geschickt hat, die sie aber nicht hat lesen wollen. Doch das Gespräch mit Georg hat ihren Widerstand gegenüber Beeltz fast gebrochen. Außerdem will sie Artur wiedersehen, allerdings ohne ihn direkt kontaktieren zu müssen. Sie ist jetzt doch etwas verstört davon, wie schnell sie was miteinander hatten. Obwohl er verheiratet ist. Egal ob glücklich oder nicht, es ist rein karmisch gesehen keine gute Sache. Das kann sie nicht nur auf ihn schieben. Eine Ehe lässt man in Ruhe.

Dazu kommt, dass Artur sie vermutlich völlig ungeschützt erlebt hat, während sie auf ihrer Pilzreise war. Wer weiß, ob ihr Speichel aus dem Mund gelaufen ist. Ob sie geweint hat. Oder gepupst. Es wäre insgesamt besser, ihn noch mal von Neuem kennenzulernen. Langsamer. Ohne Sex und Pilze. Reset heute Abend im Absynt. Reset auch mit Beeltz.

Sie duscht, hat aber keine Lust, sich die Haare zu waschen. Nach dem Duschen sieht sie sich im Spiegel an. Sie ist durchtrainiert. Sie will nicht klein oder zierlich wirken. Auf keinen Fall. Sie mag ihre Muskeln. Nur ihr Gesicht mag sie nicht besonders. Es drückt etwas aus, vor dem sie Angst hat, es interpretieren zu müssen. Eine Unzufriedenheit, eine Strenge. Eine Skepsis. Auf Fotos zu lachen kommt ihr wie die unnatürlichste Sache der Welt vor. Sie meidet Fotos, wo's nur geht. Und Selfies kann sie eh nicht machen mit ihrem alten Blackberry.

Sie zieht eine schwarze Hose und einen lila Pullover an, bindet ihre Haare streng zusammen und steckt sie hoch. Sie benutzt kein Deo, trägt nur ein bisschen Hautcreme auf. Allerdings sagt man ihr eh nach, dass sie nie nach irgendetwas riecht. Sie schminkt sich auch nicht, bis auf ein kleines bisschen Wimperntusche. Dann zieht sie eine hellbraune Wildlederjacke drüber, die sie schon seit dem Abitur besitzt, und verlässt die Pension frühzeitig, um drüben auf der Insel Ziegenwerder spazieren zu gehen.

Sie überquert die Alte Oder an der Holzbrücke hinter dem Gräfin-Dönhoff-Gebäude, dem Hauptgebäude der Universität, wandert an der Uferpromenade entlang, an einer Vielfalt von Hecken und Sträuchern vorbei. Manche sind zu Blättersäulen zurechtfrisiert, manche von allen Fesseln und Formen befreit. Wilde Bäume werfen ihre Äste über den Weg, andere sind eingeschnürt und halten brav Abstand vom gepflasterten Fußgängerweg, und immer wieder markieren Stelen aus von grünen Gittern umfassten Steinhaufen den Fortschritt ihres Wegs. Es ist, als hätte sich jemand nicht entscheiden können, ob man die Insel der Natur überlässt oder die Natur zur Ordnung ruft.

Auf einer Parkbank telefoniert sie mit Baran.

»Baran?«

»Hier ist Frau Kim.«

»Ah, Frau Kim. Wie kommen Sie zurecht im Niemandsland?«

»Sehr gut, danke der Nachfrage.« Sie fragt sich, was er mit *Niemandsland* meint. Vielleicht nur den deutschen Friedhof auf polnischem Boden? Für sie klingt die Metapher umfassender.

»Ich werde dann am Freitag zu Ihnen stoßen, aber das wissen Sie ja. Wie kann ich Ihnen akut helfen? Was brauchen Sie?«

Das ist ein Satz, den sie gerne hört. *Was brauchen Sie?* Das wird sie viel zu selten gefragt. Sie kennt Baran bisher auch nur vom Telefon, aber seine Stimme ist angenehm, er wirkt glaubwürdig, wenn er Hilfe anbietet.»Sie kennen nicht zufällig einen Horatio Beeltz?«, fragt sie. »Verleger und Wissenschaftler aus Berlin. Schon bisschen älter.«

»Der Name sagt mir jetzt spontan nichts«, antwortet Baran. »Den hätte ich mir garantiert gemerkt.« Man hört ihm an, dass er lächelt. »Wieso?«

»Er ist auch gerade hier und forscht.«

»Auf dem Friedhof? Dazu hat er gar keine Genehmigung, das wüsste ich von Herrn Arkadiusz.«

»Die kennen sich, es ist kein Problem«, rudert Mi-Ra zurück, weil sie nicht will, dass Baran Artur kontaktiert. »Es hat mich nur interessiert, denn ich kann im Internet fast nichts über ihn finden, und ich habe überlegt, ihn in den Artikel einzubauen. Er kennt den Friedhof wirklich ziemlich gut.«

»Da kann ich Ihnen leider nicht weiterhelfen.« Barans Bedauern klingt aufrichtig. »Der Name sagt mir nichts.«

»Kein Problem, eine schöne Konferenz noch.«

»Warten Sie«, sagt Baran, als sie das Telefon schon vom Ohr nimmt. »Ich erinnere mich jetzt doch an eine Begegnung vor ein paar Monaten. Da war jemand Obskures bei mir im Büro. Der hieß aber nicht Beeltz, glaube ich. Wie sieht denn Ihr Beeltz aus?«

»Wie aus der Zeit gefallen. Wie eine Mischung aus Vincent Price und Ambrose Bierce, falls Sie die kennen. Er trägt einen Hut und eine Art Umhang.«

Jetzt muss Baran lachen. »Ja, das muss er sein. Aber er hat sich anders genannt, ich komme nur jetzt nicht auf den Namen. Aber warum sollte er unterschiedliche Namen angeben? Vielleicht halten Sie sich von dem lieber fern.« Jetzt klingt Baran dann doch nicht mehr so amüsiert.

»Was wollte er denn von Ihnen?«, fragt Mi-Ra.

»Er wollte wissen, ob ich mehr über eine Anna Wünsch weiß.«

»Wer soll das sein?«

»Die Urenkelin von Christian Wünsch, dem letzten Rektor der alten Frankfurter Universität, bevor die Uni 1811 nach Breslau verlegt wurde. Diese Anna Wünsch war auf jeden Fall Malerin.«

»Bekannt?«

»Nicht wirklich. Sie hat ein paar Bilder gemalt, die unter den Namen männlicher Maler ausgestellt wurden. Quasi eine Art Ghostmalerin. Aber sie war gut.«

»Und was wissen Sie noch über diese Anna Wünsch?«

»Wo sie gewohnt hat und wo ihr Atelier war. Aber das wusste dieser Mann mit dem Umhang schon. Im Stadtmuseum Viadrina sind ein paar der wenigen Bilder ausgestellt, die sie unter eigenem Namen veröffentlicht hat. Entschuldigen Sie, Frau Kim, ich muss leider los. Mein Vortrag über den Berliner Hostienschänder-Prozess hält sich nicht von allein.«

»Kein Problem, wir sehen uns ja bald, Herr Baran«, sagt Mi-Ra.

»Genau, übermorgen schon. Viel Erfolg noch und einen schönen Abend«, wünscht Baran und legt auf.

Auch ein Kauz, dieser Baran, denkt Mi-Ra. Wenn auch ein freundlicher. Dann fällt ihr etwas ein, und sie ärgert sich, dass sie nicht vorher draufgekommen ist. Sie läuft an einem Abenteuerspielplatz vorbei und biegt zum Ufer ab. Lehnt sich an eine Baumleiche, von der nur noch der Stamm und der Ansatz von zwei starken Ästen stehen, und ruft Jost an.

»Mi-Ra. Dich wollte ich eh anrufen. Wie geht es dir, meine Liebe?«

»Mir geht es gut. Du, ganz kurz, Jost. Kennst du einen Horatio Beeltz? Verleger und Wissenschaftler. Er sagt, er kennt dich gut.«

»Ach, der Beeltz.« Jost scheint erfreut, den Namen zu hören. »Wie kommst du denn auf den?«

»Er ist gerade hier in Frankfurt.«

»Tatsächlich? Dann grüß ihn mal schön. Wie findest du Frankfurt? Warst du schon drüben in Słubice?«

»Ja, da war ich schon.«

»Und wie findest du ihn?«

»Er kleidet sich seltsam.«

»Nein, ich meinte den Friedhof«, lacht Jost. »Aber du hast recht, er kleidet sich wirklich seltsam.«

»Der Friedhof ist völlig zugewachsen. Es ist schlimmer, als ich dachte.«

»Aber hat er nicht eine faszinierende Ausstrahlung? Wie er nach allem, was mit ihm passiert ist, so friedlich wirkt. Oder?«

Sie denkt kurz darüber nach, ob das stimmt.

»Bist du noch dran, Miri?«, fragt Jost.

»Du wolltest mich doch nicht mehr Miri nennen«, sagt sie.

»Entschuldige, bitte. Wo bist du jetzt grade? Bist du draußen? Ist das Wetter gut?«

»Ich bin auf der Insel Ziegenwerder.«

»Wie schön. Das ist ein wundervoller Ort. Den Namen hat die Insel, weil die Ziegen der Oderfischer von dort ihr Futter bekommen haben. Früher gab's da verschiedene Strände und sogar Badeanstalten. Schade, dass das tolle Open-Air-Kino noch nicht aufhat, sonst könntest du da deine Abende verbringen.«

Sie ist immer irgendwas zwischen interessiert und verärgert, wenn Jost so doziert, als wäre sie seine kleine Nichte. Und dann ist es ihr unmöglich, an Sex mit ihm zu denken. Dann kommt er ihr dreißig Jahre zu alt vor. »Ich wollte dich noch was zu Beeltz fragen«, sagt sie.

»Dann frag doch.« Jost klingt immer noch fröhlich, obwohl ihr Ton längst frostiger geworden ist. Das wiederum mag sie an ihm. Er ist unerschütterlich ihren Launen gegenüber. Oder tut zumindest so. Aber das reicht ja.

»Ist er seriös?«

»Was meinst du mit seriös?«

»Ist er ein Hochstapler?«

»Wieso sollte er ein Hochstapler sein? Sein Verlag hat viele gute Bücher veröffentlicht. Er ist ein intelligenter, charmanter Mensch, auch wenn er sehr von sich selbst eingenommen ist und manchmal von Dingen redet, von denen er eigentlich keine Ahnung haben kann. So als wäre er selbst dabei gewesen.«

»Hat er mal von Zeitreisen gesprochen?«

Jost will womöglich lachen, doch er verschluckt sich und hustet stattdessen. »Aber hallo. Man könnte sagen, das ist sein Steckenpferd. Ich hab ihn mal H. G. Beeltz genannt. Weißt du, wegen H. G. Wells. Das hat ihm gefallen. Wie hast du ihn denn eigentlich kennengelernt?«

»In einer Bar. Hat mich und den Friedhofswärter angesprochen, weil wir über den jüdischen Friedhof geredet haben.«

»Hm. Ich wusste gar nicht, dass er gerade in Frankfurt ist. Dass er überhaupt im Land ist. Hab ihn jahrelang nicht gesehen oder von ihm gehört. Zuletzt war er in Berlin. Hab auch keine Nummer. Aber Horatio und Handys sind eine contradictio in se.«

»Alles gut, ich sehe ihn ja gleich.«

»Dann richte ihm einen herzlichen Gruß aus.«

»Das mach ich. Ich muss jetzt los.« Sie will auflegen.

»Warte kurz, Miri. Geht es dir gut?«

»Ja, klar. Warum sollte es mir nicht gut gehen?«, sagt sie, obwohl sie natürlich weiß, dass Jost es hören kann, wenn sie sich unwohl fühlt. Aber darauf kann sie jetzt nicht eingehen. Und sie weiß, dass er sich damit zufriedengibt, wenn sie einfach auflegt. Auch das mag sie an ihm. Dass er sie einfach auflegen lässt.

»Dann lass uns doch nächste Woche mal sprechen, wie weit du mit der Arbeit auf dem Friedhof bist. Ich wünschte, ich könnte dich begleiten. Es ist ein außergewöhnlicher Ort.«

Mi-Ra legt auf.

11

»Darf ich euch Hubert Freund vorstellen?«, fragt Horatio Beeltz und legt seinen langen Arm um einen kleineren Mann mit Bart und Bauch, der mit einer dampfenden Zigarre neben ihm Platz nimmt.

Dieses Mal sitzen sie draußen, am Anfang einer kleinen Fußgängerzone, neben einem riesigen Kreisverkehr. Von ihrem Tisch aus können sie auf das nahezu unbebaute Oderufer und die große Oderbrücke blicken. Und auf ein Schild, auf dem *Bazar 500m* steht. Das Absynt ist in einem für Słubice seltenen Altbau mit jeder Menge Außenstuck und Zierbalkonen untergebracht, und wenn man den Kopf ein bisschen dreht, kann man auf der anderen Straßenseite die kastenförmige Stadtbibliothek sehen. Es sind noch nicht die hellen Abende und noch sind sie auch nicht besonders warm, aber das ist alles im Kommen, denkt sie. Drinnen läuft wieder dieser polnische Sechzigerjahre-Soul.

»Ich grüße Sie«, sagt jener Hubert Freund und legt die Zigarre in den Aschenbecher. Er trägt ein weißes Hemd und ein blaues Jackett mit weinrotem Einstecktuch und schwitzt so stark, dass Schweißtropfen auf seiner Stirn stehen. Mi-Ra sieht ihn schon auf der Stroke-Unit liegen. Links von Hubert Freund, an der Tischecke, die zum Fluss deutet, sitzt Artur. Seine Haare glänzen in den letzten roten Sonnenfetzen, vermutlich hat er Gel oder so was benutzt. Er ist nicht rasiert und riecht trotzdem stark nach Aftershave. Eigentlich mag sie kein Rasierwasser und auch kein Parfüm, aber Artur trägt selbst diesen etwas aufdringlichen Duft so unschuldig, dass sie ihm das fast als Plus anrechnen will. Ansonsten hat er ein schwarzes Hemd an, die oberen zwei Knöpfe sind offen, und ein paar graue Haare schauen raus. Am liebsten hätte sie ihn zur Begrüßung umarmt, doch sie hat sich beherrscht. Sich gesetzt, ihm beiläufig zugenickt.

»Kein Absinth, auch heute nicht«, ist das Erste, was sie sagt, als der Kellner zum Tisch kommt, noch bevor er ein Wort sagen kann.

Horatio lächelt. Er wirkt aufrichtig erfreut, sie alle hier zu sehen. »Wir werden heute auch eher bei traditionellen Getränken bleiben, versprochen. Wir haben ja morgen viel vor.«

»Haben wir das?«, fragt Mi-Ra, bevor sie den Neuankömmling mustert. »Was führt Sie nach Frankfurt, Herr Freund?«

»Hubert reicht«, sagt Hubert Freund. »Ein Weißbier bitte«, wendet er sich an den Kellner. Er hat eine tiefe Stimme, ernsthaft und vertrauenerweckend, ein bisschen wie ein Radiomoderator mit einem süddeutschen Schnarren. »Ich bin von Horatio eingeladen worden.«

»Sind Sie einer seiner Autoren?«, fragt Artur, nachdem auch er sich ein Bier bestellt hat.

Bei *Autoren* lacht Hubert Freund guttural.

»Nein, kein *Autor*. Ein Geschäftspartner«, springt Horatio ein. »Und ein Freund.«

»Für jedes Freund-Wortspiel zehn Euro in die Schnapskasse«, sagt Hubert Freund und lacht erneut.

Artur lacht mit. Mi-Ra nicht.

Horatio wirft einen wertschätzenden Blick in die Runde, als wäre er stolz auf die kleine Gruppe, die er heute Abend hier versammelt hat. Mi-Ra ist nicht ganz wohl bei dem Gedanken, ihre intimen Erfahrungen von der kasachischen Pilzreise mit einem Fremden zu teilen. Sie würde diesen Hubert Freund eigentlich gern wieder loswerden.

Als spürte Horatio das, fängt er an, sich zu erklären: »Ich will gar nicht lange drum herumreden, was ich mit diesem Treffen bezwecken will. Ich möchte euch beide überzeugen, noch einmal auf den Friedhof und mit mir auf eine zweite Reise zu gehen. Ich weiß, dass ihr auf der ersten noch nicht das erreicht habt, was ihr euch vielleicht vorgenommen habt, aber zum einen musstet ihr euch erst zurechtfinden, zum anderen habe ich vielleicht ein paar Tipps, wie ihr mehr Einfluss nehmen könnt.«

Mi-Ra hebt den Kopf fragend in Richtung Hubert Freund.

»Und ich weiß auch, dass ihr skeptisch seid. Dass ihr euch fragt, ob ich nicht nur ein größenwahnsinniger Giftmischer bin, der psychedelische Drogen an euch ausprobiert. Aber ich will euch versichern, dass es tatsächlich möglich ist, auf der Reise etwas in eurer Vergangenheit zu verändern. Etwas, das Auswirkungen auf eure Gegenwart hat. Eins weiß ich aber auch: Nicht jeder kann das. Der Wille muss stark genug sein. Die Empathie. Und leider auch das Trauma, das euch widerfahren ist. Nennt mich von mir aus einen Scharlatan, aber ich spüre diese Traumata in euch. Nein, falsch formuliert, ich spüre sie nicht, ich sehe sie. Wie eine Farbe, die euch umgibt. Ein dunkles Rot. Das Rot, das ich auch bei Hubert hier gesehen habe.«

Hubert zieht völlig ungerührt an seiner Zigarre. Mi-Ra fragt sich, ob er merkt, dass es von seiner Stirn tropft, letztlich vielleicht in sein Weißbierglas.

Horatio macht eine Redepause und trinkt eine mattrote Flüssigkeit aus einem großen Glas, das schon vor ihm stand, als sie kam.

»Was trinken Sie da?«, will sie wissen.

»Grapefruit-Schorle«, sagt Beeltz. »Unterschätztes Getränk, sobald es draußen wärmer wird.«

»Fahren Sie gerne fort«, sagt Artur, dem es offensichtlich nicht schnell genug geht.

»Vorher muss ich noch etwas gestehen«, sagt Horatio und schiebt die Grapefruit-Schorle von sich weg, als hätte er Angst, sie mit seinen nächsten Sätzen umzuwerfen. Dann sieht er sich kurz um. Am Tisch hinter ihnen sitzt eine Gruppe Jugendlicher mit etwas, das wie B-52 aussieht, diese grässliche Mischung aus Kaffeelikör, Irish Cream und Rum. Als Jugendliche hat sie das ein paarmal zum Kotzen gebracht. Weil sie ja ohnehin nur wenig Alkohol verträgt, aber auch, weil das eine übersüßte Brühe ist, die kein Magen der Welt freundlich aufnehmen will. Sie kann sich gar nicht vorstellen, dass man das heute immer noch freiwillig trinkt. Haben die jüngeren Menschen denn nichts dazugelernt? Doch vermutlich liegt es einfach daran, dass man es anzünden kann. Genau wie den Absinth. Das hier scheint eine Bar zu sein, in der man einfach gern Dinge anzündet. »Dann gestehen Sie bitte«, sagt sie zu Beeltz, als der eh schon ansetzt.

»Ihr beiden wart nicht meine erste Wahl für die Reise. Eher so etwas wie eine schicksalhafte Begegnung. Ursprünglich war ich mit Hubert hier verabredet. Und deshalb hat er gestern nach euch ebenfalls die Reise angetreten. Er stand schon in meinem Kalender, als ich euch noch gar nicht kannte. Mit ihm habe ich auch schon vor ein paar Wochen besprochen, was ich vorhabe – dann seid ihr mir über den Weg gelaufen und habt quasi Pionierarbeit geleistet.«

Artur scheinen diese neuen Informationen zu beunruhigen. Er will etwas sagen, das sieht sie ihm an, aber er tut es nicht. Stattdessen wirft er ihr einen kurzen Blick zu. Unsicher, fragend. Vermutlich wartet er darauf, dass sie über Beeltz herfällt. Doch für einen Moment hat sie überhaupt kein Interesse mehr an Zeitreisen, dem Friedhof, ihrem Artikel, Jost oder einer Brandrede gegen Horatio Beeltz, weil er auf Friedhöfen Experimente mit Menschen und Psilocybin durchführt. Sie möchte eigentlich jetzt nur mit Artur am

Oderufer sitzen und sich nicht über Zeitreisen unterhalten, ihretwegen kann er auch von seiner Ehe erzählen oder Grabpflege. Hauptsache, sie sitzen eng zusammen und sie kann sein Rasierwasser aus nächster Nähe riechen. Sie wundert sich selbst, dass sie dieses Bedürfnis so klar benennen kann.

Beeltz hingegen scheint sich zu wundern, dass kein Widerspruch oder wenigstens ein sarkastischer Einwurf von ihr kommt. »Hubert, ich würde dich bitten, ab hier zu übernehmen«, sagt er und legt Hubert die Hand auf die Schulter. Beeltz' Finger sind dünn, vereinzelte lange graue Haare stehen unterhalb der Gelenke ab. Die Haut ist weiß und fleckenlos.

»Soll ich die Powerpoint anwerfen?«, sagt Hubert mit heiserem Gelächter. Dann legt er die Zigarre in den Aschenbecher.

»Was ist das eigentlich für eine Musik?«, fragt Mi-Ra. Einfach nur, weil sie Hubert Freund ein bisschen die große Ansprache versauen will.

Artur hört kurz genauer hin. »Das könnte –«, will er sagen, doch Beeltz unterbricht ihn: »Big Band Katowice. Polnischer Jazz.« Artur sieht beeindruckt aus.

»Entschuldigen Sie, Herr Freund, ich hab Sie unterbrochen. Das war *unfreundlich*. Gilt das als Wortspiel?«, fragt sie und tut so, als würde sie ihr Portemonnaie aus der Wildlederjacke ziehen, während Big Band Katowice ein schier endloses Saxofon-Solo spielen.

»Ich versuche, mich kurzzufassen«, sagt Hubert Freund, sichtbar bemüht, ihrem Blick standzuhalten. »Ich habe vor circa sieben Jahren nicht nur ein großes Bauprojekt in den Sand gesetzt, sondern dabei auch meine Bank ruiniert, mich hoch verschuldet, mich mit meiner Familie überworfen, mich von meiner Partnerin getrennt, bin wegen Steuerhinterziehung verurteilt worden und hab anderthalb Jahre im Gefängnis gesessen.«

»Sie hatten eine eigene Bank?«, fragt Artur ungläubig.

Sie nickt Freund aufmunternd zu, denn er soll weitererzählen und nicht rekapitulieren, warum er eine eigene Bank gehabt hat. Das interessiert sie nicht.

»Herr Beeltz hat mich davon überzeugt, dass man gewisse Aspekte dieses Unglücks in einer seiner sogenannten Reisen korrigieren kann.« Dann räuspert er sich, als merkte er gerade selbst, wie absurd das geklungen hat. »Nun, also, jetzt muss ich doch kurz ausholen.«

Mi-Ra überlegt, ob sie hörbar ausatmen soll, aber sie lässt es.

»Ich bin seit meiner Kindheit jemand, der regelmäßig intensive luzide Traumerfahrungen gemacht hat und der Theorie folgt, dass das Traumleben einen ebenbürtigen Stellenwert neben dem Wachleben verdient hat. Aber das führt vielleicht zu weit …«

Mi-Ra nickt.

»Auf jeden Fall bin ich offen für vieles, um es mal so auszudrücken. Deshalb habe ich heut am späten Nachmittag ein paar ziemlich widerlich schmeckende Schwammerln aus Kasachstan gegessen.«

»Heute am späten Nachmittag?«, fragt Artur nach.

»Dann haben wir uns ja quasi die Zeitreise-Klinke in die Hand gegeben«, sagt Mi-Ra.

»Das kann gut sein«, sagt Hubert Freund.

Artur schüttelt ungläubig den Kopf.

»Und wo sind Sie hingereist, Hubert, wenn Ihnen die Frage nicht zu persönlich ist?«

»Nein, kein Problem, Frau …?«

»Kim.«

»Nein, kein Problem, um das Persönliche geht's ja schließlich hier, Frau Kim. Ich war in einem Moment, in dem ich mich seit Jahren immer wieder hineinfantasiere, wenn ich daran denke, was schiefgelaufen ist. Einem ganz konkreten Moment.«

»Als Sie Ihren Namen unter den Vertrag für das Bauprojekt gesetzt haben?«, mutmaßt Artur.

»Nein, ganz so einfach geht das ja leider nicht«, mischt sich Beeltz ein. »Man kann so einen signifikanten Moment zwar imaginieren, aber wenn man in der eigenen Biografie in so einem Moment entschieden und ohne große Zweifel gehandelt hat, also sehr überzeugt von seinem Handeln war, dann wird es schwer, das vergangene Ich davon zu überzeugen, es nicht zu tun.« Arturs Gesicht drückt Ratlosigkeit aus. Vielleicht ist es die Sprachbarriere, vielleicht Beeltz' umständliche Ausdrucksweise oder die Tatsache, dass sie hier längst die Grenze zwischen Pseudowissenschaften und purer Fantasy überschritten haben. »Was ich sagen will: Wer in der Vergangenheit äußerst selbstbewusst gehandelt hat, wird das schwer rückgängig machen. Wir suchen eher nach Momenten des Haderns. Wollen die berechtigten Zweifel identifizieren.«

»Ich verstehe«, sagt Artur, und sie sieht ihm an, dass es ihm unangenehm ist, dass Beeltz das noch mal für ihn vereinfacht ausgedrückt hat.

»Und zu radikale Kursänderungen könnten die Biografie auch aus dem Gleis werfen, selbst wenn sie gelingen. Kurz: Es ist also nicht ratsam.« Horatio Beeltz nickt Hubert Freund zu, nach dem Motto: Jetzt bist du wieder an der Reihe.

Freund nimmt einen Schluck Bier. Einen Zug von der Zigarre. Und redet weiter: »Ja, über genau das Problem hab ich tatsächlich im Vorfeld mit Horatio gesprochen …«

Mi-Ra fragt sich jetzt, wie lange die beiden diese Sache schon planen. Woher sie sich kennen. Und vor allem, wie sie und Artur da ins Bild passen. Natürlich hat sie das Gefühl, dass Beeltz sie ausnutzt und vielleicht sogar hintergeht, aber irgendetwas lässt sie das aushalten. Vielleicht weil Beeltz das noch nicht einmal groß verheimlicht. Die Gedanken reißen ab, als sie merkt, dass Freund längst weiterredet.

»... und mich auf eine andere Begebenheit konzentriert, die ursächlicher, also grundlegender mit dem Fehler zusammenhängt. Eine, in der ich noch viel mehr Entscheidungsgewalt habe. Wo ich mir der Sache noch nicht so sicher bin. Wo ich noch mehr auf meinen Bauch höre.«

Sie fragt sich, ob Hubert Freunds Bauch auch mit diesem breiten Akzent spricht.

»Also, passen Sie auf: Ich war im Museum mit meinem Vater, da war der schon richtig schwach. Alte Pinakothek in München, das hat er sich gewünscht. Mein Bruder war auch dabei. Muss um Weihnachten gewesen sein, denn der Bruder ist sonst das ganze Jahr in Brasilien. Wir sind also in der Pinakothek, stehen vor Rubens' *Höllensturz*. Das hat dem Vater immer gut gefallen, obwohl er eigentlich Angst vor der Hölle gehabt hat. Die Angst hat er früher eins zu eins an uns Kinder weitergegeben. Hat schon gereicht, wenn man einen Fußball in eine Fensterscheibe geschossen hat. Sofort kam was von Sünde, Hölle, Teufel. Die *Höllenkeule* haben wir das später genannt, mein Bruder und ich. Pädagogisch gesehen also nicht mehr ganz der neuste Stand.« Hubert erfreut sich an seinem Exkurs und lacht und hustet in sein Weißbierglas. Horatio zuckt gut gelaunt mit den Schultern. Mi-Ra macht ihr spitzes Gesicht, und Artur muss ein Gähnen unterdrücken. »Entschuldigung. Wo war ich?«, fragt Hubert Freund.

»Beim Höllensturz«, sagt Beeltz.

»Richtig. Ich war zu der Zeit schon Gesellschafter bei der Privatbank Häusler und hab eine Menge Geld verdient, aber mein Vater war immer noch der Meinung, ich hätte keinen vernünftigen Beruf, weil ich sein Schuhgeschäft nicht übernommen hatte. Das sich dann übrigens meine Schwester geschnappt hat, weil der Bruder ja nach

Brasilien ausgewandert ist. Auf jeden Fall hatte ich an dem Tag schon das Angebot für die Getreidehalle, also mein Bauprojekt, vorliegen, mir erschien das aber noch ziemlich riskant. Und dann hat der Vater mit Blick auf den *Höllensturz* folgenden Satz gesagt: *Wenn wir am End alle vorm Herrgott stehen, wird er uns fragen, ob wir uneitel waren und unsere Gemeinde unterstützt haben. Oder einfach nur dem Geld und dem Luxus hinterhergelaufen sind, genau wie diese fettleibigen Höllenfahrer auf dem Bild.* Und was soll ich sagen: Diese furchtbare Weltabgewandtheit, dieses Verleugnen jeglicher irdischer Freude, die er auch uns so rücksichtslos eingeimpft hat, sodass wir bei allem, was Spaß gemacht hat, ein schlechtes Gewissen bekommen haben. Also diese Freudlosigkeit hat mich in dem Moment so unglaublich angekotzt, dass ich ihm am liebsten eine geschossen hätte. Und da hab ich stattdessen beschlossen, diese blöde Getreidehalle zu kaufen, zu renovieren und am besten nach mir selbst zu benennen. Sodass sich die Stadt für immer an mich erinnert. Ich war mit Vorsatz eitel und selbstsüchtig. Und außerdem damals schon leicht übergewichtig.«

Hubert Freund scheint fertig zu sein. Er nimmt erneut einen Schluck Bier, zieht an der Zigarre, legt sie wieder weg und verschränkt selbstzufrieden die Finger. Wirft Artur und Beeltz erwartungsvolle Blicke zu, als wären ab jetzt Fragen an den Autor erlaubt.

»Und auf Ihrer Reise haben Sie genau diesen Moment dann noch mal erlebt?«, fragt Artur.

»Ganz recht. Herr …«

»Arkadiusz.«

»Herr Arkadiusz. Ihr Deutsch ist übrigens sehr gut. Ihres natürlich auch, Frau Kim.« Freunds Augen strahlen, unter dem Tisch zeigt ihm Mi-Ra den Mittelfinger.

»Ich habe mir den Moment nicht nur im Vorfeld genau aufgeschrieben, ich habe mir auch minutiös überlegt, an welcher Stelle ich eingreife.« Hubert Freund pausiert, aber der Blick in die Runde sagt ihm, dass sein Cliffhanger keinen besonderen Zuspruch findet. Sogar Beeltz sieht man an, dass er das alles schon mal ausführlichst gehört hat. »Ich mach's kurz. Sobald mein Vater diesen Satz vom Herrgott und der Eitelkeit sagt, geh ich also nicht vom *Höllensturz* weg und such die Nummer vom Architekten auf dem Handy raus, sondern leg dem Vater ganz versöhnlich den Arm um die Schultern und sag: Du zum Beispiel musst dir gar keine Gedanken wegen dem Himmelreich machen, Papa, du hast doch immer alles für die Gemeinde gegeben. Ohne dich hätte in Sünching doch niemand Schuhe gehabt.« Lachen. Husten.

»Und das haben Sie genau so machen können? Genau so, wie sie es sich vorgenommen haben?«, fragt Artur.

»Genau so«, sagt Hubert Freund. »Und mein Vater hat sich gefreut über den Satz, er ist ja eh keiner für ironische Untertöne. Ich hab dann ganz bewusst *nicht* mit dem Architekten telefoniert. Und dann war die Reise zu Ende, und ich war wieder auf dem Friedhof.«

»Einfach so zu Ende?«, fragt Artur. »Sind Sie denn freiwillig aus der Reise erwacht?«

Hubert Freund wirft Beeltz einen fragenden Blick zu. »Nein, natürlich nicht«, springt ihm Beeltz bei. »Ihr wisst ja selbst, wie das bei euch war: Es kommt der Moment, in dem man die Vision nicht mehr aufrechterhalten kann.«

»Bei mir war's die Rückfahrt, als wir von der Pinakothek heimgefahren sind«, sagt Hubert Freund etwas hastig. »Auf der A9 ist alles verschwommen und dann –«

»Dann haben Sie einen Massenauffahrunfall verursacht«, sagt MiRa. »Und brauchten dann einen neuen Mercedes. Insofern haben Sie die Gegenwart ja wirklich verändert, denn der neue Mercedes hat ja Geld gekostet, und jetzt hat ein Mercedes-Händler 100.000 Euro mehr.«

»Ich fahre Audi und außerdem …«, setzt Freund an, aber jetzt merkt er, dass das nur ein Witz war.

»Entschuldigung«, sagt Mi-Ra. »Wollen Sie damit sagen …, also, haben Sie die Getreidehalle jetzt wirklich nicht gekauft? Und waren auch nie im Gefängnis?«

»Es gibt zwar diese bescheuerte Getreidehalle, aber sie ist von einem ganz anderen Investor restauriert worden«, sagt Freund. »Und richtig, offensichtlich musste mich auch niemand im Gefängnis besuchen.«

»Aber wie können Sie sich dann überhaupt daran erinnern, dass Sie sie mal erworben haben, wenn Sie die Vergangenheit verändert haben?«, fragt Artur.

Hubert Freund zuckt mit den Schultern.

»Darüber denke ich gerade auch noch nach«, springt Horatio Beeltz ein und zieht nach langer Zeit die Grapefruit-Schorle wieder zu sich heran. Doch er trinkt nicht. »Im Grunde ist Hubert durch seine veränderte Handlungsweise ja in ein Paralleluniversum eingetreten. Streng genommen sitzt hier also nicht mehr derselbe Hubert, der sich gestern auf die Pilzreise begeben hat. Trotzdem besitzt er das Wissen seines parallelen Ichs. Es ist komplex und sehr interessant. Und womöglich bekommen wir durch Frau Kim und Herrn Arkadiusz mehr Aufschluss über dieses Phänomen.«

Mi-Ra denkt, dass selbst ihre aggressive Skepsis jetzt nichts mehr gegen diese Männer und ihre Zeitreise-Fantasien ausrichten kann. *Die sind all in. Die sind nicht aufzuhalten.*

Und Hubert Freund ist nicht fertig. Oder will einfach noch nicht wieder das Rampenlicht Beeltz überlassen. »Ich habe noch bis eben alle möglichen Leute angerufen und das halbe Internet durchforstet. Es gibt bei mir definitiv keine Spuren einer Vergangenheit mit der Getreidehalle. Kein Artikel erwähnt was von Immobilienmogul Hubert Freund im Gefängnis. Und auch die Privatbank Häusler ist nie pleitegegangen. Ich bin allerdings nicht mehr im Vorstand. Ich bin Privatier. Aber ich hab noch eine Menge Geld auf dem Konto und immer noch mein Haus auf Korfu.«

»Na dann«, sagt Mi-Ra und zieht die Augenbrauen höher, als sie das selbst für möglich gehalten hat. »Und was ist mit Ihren privaten Verhältnissen? Ehe, Freunde, Verwandte? Was hat sich da geändert? Was ist mit Ihrem Vater?«

»Ich hab noch nicht alles herausgefunden, aber der Vater ist natürlich trotzdem irgendwann verstorben. Und verheiratet war ich weder vorher noch nachher. Die Partnerin, die ich aus dem alten Leben kenne, ist auch im jetzigen nicht mehr meine Partnerin. Ich muss noch ein paar E-Mails lesen und rekapitulieren, was da genau passiert ist. Aber eins nach dem andern.«

Mi-Ra macht ihr spitzestes Gesicht. Ernsthaft, so gut hat sie das noch nie hinbekommen.

»Entschuldigen Sie, es ist nichts gegen Sie, aber ich kann das nicht so richtig glauben«, sagt Artur.

»Nehmen Sie Ihr Telefon, googeln Sie *Hubert Freund Getreidehalle*. Oder *Privatbank Häusler*. Oder auch nur meinen Namen«, empfiehlt Hubert Freund und drückt den überfälligen Zigarrenstumpen in einem roten Aschenbecher aus, der für eine polnische Zigarettenmarke wirbt.

»Jetzt sofort?«, fragt Artur.

»Machen Sie ruhig«, pflichtet ihm Horatio bei.

Artur holt sein Telefon aus der Jackentasche, aktiviert es per Fingerabdruck und tippt dann irgendetwas ein. Scrollt. Liest. Scrollt wieder. Mi-Ra beobachtet sein Gesicht. Es bleibt ausdruckslos, als er sagt: »Da steht nichts von einem Gerichtsprozess. Und das hier sind ja wohl auch nicht Sie.« Er zeigt Freund ein Bild auf seinem Handy. Der lacht nur.

»Wollen Sie auch googeln?«, fragt Hubert Freund jetzt Mi-Ra.

»Das kann mein Handy nicht«, sagt sie.

Ein paar Sekunden sagt niemand ein Wort.

Mi-Ra nutzt die Pause, um einen Kellner mit rot gefärbten kurzen Haaren herbeizuwinken und ein stilles Wasser zu bestellen.

»Nichts«, sagt Artur, der offensichtlich weiter im Netz sucht, und zuckt mit den Schultern. »Ich verstehe trotzdem nicht, dass Sie sich an ein Leben erinnern, das so gar nicht existiert hat.«

»Vielleicht hab ich das alte Leben ja auch nur geträumt.« Freunds Bier ist auch leer, und zu spät winkt er dem rothaarigen Kellner hinterher. Er wirkt jetzt zufrieden mit sich, schwitzt auch nicht mehr. Es ist aber auch ein wenig kühler geworden, denkt sie mit Blick auf die schmucklose Stadtbibliothek.

»Sie sehen aus, als überzeugte Sie das alles nicht, Frau Kim«, stellt Beeltz fest und nimmt seinen Hut ab. Hängt ihn über die Lehne seines Stuhls. Dann streicht er sich sein dickes graues Haar zurecht.

»Natürlich überzeugt mich das nicht. Sie sind doch selbst angeblich Wissenschaftler. Ist die Skepsis da nicht Ihr bester *Freund?*«

»Natürlich«, ignoriert Beeltz den *Freund.* »Aber auch das Selbstvertrauen, als Erster etwas zu finden, das andere noch nicht gefunden haben. Das passt doch auch zu Ihnen als Archäologin, oder?«

»Aber ist das nicht nur Eitelkeit? Oder sogar die Angst vorm Scheitern? Sich nicht eingestehen wollen, dass man selbst nicht den Unterschied macht. Dass man selbst nicht die eine große Entdeckung macht. Den großen Durchbruch erzielt. Die Angst vor dem Eingeständnis, dass man eben doch nichts Besonderes ist.«

Beeltz wirkt nachdenklich. »Gute Rede. Und gar nicht so einfach zu bestimmen, ob Sie jetzt über mich oder über sich selbst gesprochen haben.«

»Kann doch beides sein«, sagt Mi-Ra, und aus dem Augenwinkel nimmt sie wahr, wie Artur sie mit einer Mischung aus Bewunderung und Erschrecken anschaut. Vielleicht überlegt er gerade, ob sie *girlfriend material* ist, und tendiert eher zum Nein.

»Sie beide sind eine echte Bereicherung«, sagt Beeltz und setzt seinen Hut wieder auf. »Es wäre schade, Sie morgen nicht wieder am *Guten Ort* zu sehen. Wie sieht's bei Ihnen aus, Artur?«

Artur hat die Hände gefaltet, als erwartete er die Frage schon seit geraumer Zeit. »Ich werde noch mal kommen.«

»Fein«, sagt Beeltz, vermutlich bemüht, sich keine Genugtuung anmerken zu lassen. »Und Sie überlegen noch, Mi-Ra?«

»Ich überlege noch«, sagt sie und zupft ihren lila Pullover zurecht. Sie merkt, wie Hubert Freund sie fasziniert anstarrt.

»Dann trinken wir jetzt noch was«, sagt Hubert Freund, und irgendwoher hat er eine neue Zigarre, die er mit einem Zigarrenschneider köpft. Den Zigarrenkopf wirft er freudestrahlend aufs Pflaster in Richtung Oderufer. Eine jüngere Frau am Nebentisch, über deren Teller mit einer Art Gemüsesalat in Unmengen von Sahne oder Mayonnaise der Zigarrenkopf hinweggeflogen ist, sagt etwas Vorwurfsvolles auf Polnisch. »I'm sorry«, sagt Hubert Freund.

»Sie wirken so fröhlich, Herr Freund«, stellt auch Artur fest.

»Was denken Sie denn, junger Mann, ich hab ja auch was zu feiern.« Er hebt sein leeres Bierglas.

*

Wenn er und Mi-Ra gehofft haben, dass sie vor morgen noch mal mit Beeltz allein sein würden, dann haben sie sich geschnitten. Denn

Hubert Freund ist aus dem Absynt und aus diesem Maiabend auf der polnischen Oder-Seite gar nicht mehr wegzudenken. Eine Zeit lang versucht Mi-Ra, Hubert und Horatio noch weiter auf den Zahn zu fühlen, denn sie scheint Freund seine Geschichte nicht abzunehmen, doch irgendwann muss sie sich der allgemeinen Ausgelassenheit geschlagen geben. Spätestens als – entgegen Horatios Beteuern – die ersten Absinths serviert werden. Nur Mi-Ra bleibt bei stillem Wasser.

Gegen zehn tritt sie ihn unter dem Tisch ein bisschen stärker als nur leicht gegen das Schienbein und macht eine Bewegung mit dem Kopf. Er versteht.

Sie zahlen und verabschieden sich, und sie nimmt ihn mit hinüber auf die Insel Ziegenwerder, wo sie sich am Ufer einer Art Landzunge, die hinüber nach Słubice zeigt, ins frisch gemähte Gras setzen. Ein bisschen Licht von den Hanselinien genannten Wegen der ehemaligen Gartenschau dringt noch zu ihnen hinüber. Es ist kälter, als er gedacht hat.

»Ich muss bald nach Hause«, sagt Artur und legt zur Sicherheit den Arm um sie, damit sie es nicht als Abweisung auffasst.

»Wie alt ist deine Frau?«, will Mi-Ra wissen.

»Wie alt bist du?«, fragt er zurück.

»Dreiunddreißig.« Sie rückt ein Stück von ihm weg, er muss seine Umarmung lösen.

»Carolina ist neununddreißig«, sagt er und weiß gar nicht so genau, warum er den Namen seiner Frau nennt.

»Bin ich dann jugendlich und erfrischend für dich?«, fragt sie.

»Ich sehe da nicht so viel Unterschied«, sagt er. »Und Carolina sieht auch nicht aus wie neununddreißig.« Er bereut den Satz sofort und hofft, dass sie ihn nicht mit einer weiteren ihrer sarkastischen Antworten bedenkt.

»Will Carolina nicht mehr mit dir zusammen sein?«, fragt sie.

Er schüttelt den Kopf, rückt ein paar Zentimeter an sie heran. Letzter Versuch.

»Weshalb willst du die Zeitreise machen?«, fragt sie und rutscht zumindest nicht noch weiter weg, als Artur sich leicht an sie lehnt. Weil er deutlich größer ist, berührt seine Schulter ihre Schläfe. Er findet keine Antwort auf ihre Frage. Vielleicht wird sein Blick leerer.

»Was ist los?« Sie legt ihre Hand auf seine Hand, die im Gras liegt.

»Uns ist einfach nur viel Scheiße passiert«, sagt er.

»Was denn?«, fragt Mi-Ra und lehnt jetzt ihre Schläfe ganz bewusst an seine Schulter.

»Unsere Tochter ist gestorben.«

»Wann ist das passiert?« Sie lässt sich weder Überraschung noch Schock anmerken.

Er überlegt. Natürlich weiß er genau, wann sie gestorben ist. Wie Carolina auf dem Boden vor der Badezimmertür gesessen hat. Gekauert. Kein Wort mehr gesagt hat. Ewig lang. Und Mila in ihrem Bett gelegen hat, als hätte Carolina sie extra für ihn zurechtgemacht: friedvoll, mit noch roten Wangen, den Kopf auf ihrem Lieblingseulenkissen, die rosa Decke bis zum Hals hochgezogen, die kleinen Arme darübergelegt. Die Augen halb offen, schläfrig wirkend, aber auch irgendwie gelassen. Er hat ihr die Augen geschlossen. Was hätte er sonst noch tun können? Er weiß noch, dass er überlegt hat, dass er beobachtet hat, ob er Milas Anwesenheit noch spürt. So etwas wie eine Seele. Da, in ihrem leblosen Körper oder wenigstens irgendwo in diesem Raum, doch da war nichts. Nicht das Geringste. Keine Spur mehr von ihr außer dem schönen toten Kind vor ihm auf dem Bett. Dann hat er alle Messer in der Wohnung versteckt.

Natürlich hat er den Tag nicht vergessen. Keine Sekunde davon. Aber wenn Mi-Ra ihn jetzt fragt, wann das alles passiert ist, dann denkt er viel weiter zurück. Denn Milas Sterben und damit auch das Ende seiner Beziehung haben viel früher begonnen. Drei Jahre vorher im Sommer. Einem viel zu heißen Sommer. Er kann nicht vergessen, wie schief sie den Kopf gehalten hat, als sie bei Freunden im Ferienhaus waren. Es ist sogar den Freunden aufgefallen. Als sie barfuß um den See mit ihr gelaufen sind. Wie schief sie dabei den Kopf gehalten hat. Plötzlich war es so ersichtlich. Vorher war es ihm nicht aufgefallen. Erst als die Freunde es auch gesehen haben. Er erinnert sich, wie sie sich am nächsten Morgen das erste von vielen Malen auf nüchternen Magen übergeben hat. Wie er das erste Mal das Gefühl gehabt hat, dass etwas nicht stimmt, aber sauer wurde, wenn Carolina ihn darauf ansprach.

»Das ist ein paar Jahre her«, sagt er zu Mi-Ra.

»Und du denkst, du kannst sie mit den Pilzen irgendwie zurückholen? Wie heißt sie denn?«

»Mila. Nein, ich denke das natürlich nicht. Sie zu sehen, reicht mir schon«, sagt er, aber das stimmt nicht.

Gegenüber auf der polnischen Seite ist dieses riesige unbebaute Gebiet, wild und stockdunkel. Keine Häuser, keine Zivilisation. Überall ist der Platz knapp, und die Bauplätze sind begehrt. Überall drängeln sich Industrie und Bevölkerung an den Flussläufen, nehmen sich gegenseitig den Platz weg, nur in Słubice hat es niemand eilig, am Fluss zu bauen.

Mi-Ra fragt nicht weiter nach. Er sieht sie an, sie starrt aufs Wasser, aber drückt ihre Hand noch fester auf seine und ihre Schläfe gegen seine Schulter.

»Was willst du verändern?«, fragt sie.

»Ich weiß es noch nicht genau«, antwortet er wahrheitsgemäß.

»Hätte sie irgendeine bestimmte Entscheidung retten können?«

Er zuckt mit den Schultern, und sie versteht, dass er nicht unbedingt darüber reden will.

»Was willst *du* verändern?«, fragt er nach einer Weile, fast schon pflichtbewusst.

»Ich hoffe, es fällt mir dann ein.«

Er lächelt sie zustimmend an. »Glaubst du an Zeitreisen und an den Zeitriss?«

»Nein«, sagt sie. Lässt seine Hand los, steht auf. »Lass uns gehen.«

12

»Wie kommt es zu der Entscheidung, sich zu trennen?«, fragt die Therapeutin Carolina, und Artur vermeidet es, seine Frau anzuschauen. Er will gar nicht wissen, was für ein Gesicht sie macht. »Erscheint Ihnen der Zeitpunkt geeignet?«

Da nichts kommt und die Therapeutin weiterredet, nimmt er an, dass Carolina genickt hat.

»Was, wenn ich Ihnen sage: Der Tod Ihrer gemeinsamen Tochter ist knapp zwei Jahre her, und Sie befinden sich in einer emotionalen Ausnahmesituation. Sie sollten vielleicht keine überhasteten Entscheidungen treffen.«

»Ich glaube nicht, dass das eine überhastete Entscheidung ist«, hört er sich selbst sagen.

Die Therapeutin wendet sich ihm jetzt zu. Sie trägt denselben beigen Pullover wie vor ein paar Tagen, nur ihre Brille hat sie heute nicht auf, sie hängt an einer dünnen Silberkette um ihren Hals.

»Möchten Sie mir das erklären, Herr Arkadiusz?«

Artur hat Angst, dass er den Mund zu voll genommen hat. Aber er will jetzt auch nicht zurückrudern. »Ich denke, sie will sich schon länger trennen. Vielleicht schon seit Mila krank war.«

Die Therapeutin richtet ihren Blick wieder auf Carolina, und diesmal sieht auch Artur, wie Carolina nickt. Aber man muss sehr genau hinsehen, um es wahrzunehmen. Ganz genau auf die Spitze ihres Kinns achten, wie sie kurz nach unten zuckt und sofort wieder die ursprüngliche Position einnimmt.

»Und warum ausgerechnet jetzt? Können Sie mir das sagen?«, fragt die Therapeutin. Sie ist heute direktiver als sonst.

»Weil er es jetzt auch will«, sagt Carolina, und jetzt tut sie etwas Überraschendes. Sie sieht ihn an, ihr hängt eine Träne im linken Auge, die sich noch nicht von der Iris trennen will, und sie nimmt seine Hand. Er kann sich nicht erinnern, wann sie das letzte Mal seine Hand genommen hat. Vielleicht bei der Beerdigung. »Das stimmt doch, oder?«

Artur kann nichts sagen. Will auch nichts sagen. Plötzlich kommt er sich wie der Schuldige vor. Gerade eben hat seine Geschichte noch gelautet, dass sich seine Frau von ihm trennen will, ihn allein lassen. Jetzt richten sich alle Augen auf ihn.

»Herr Arkadiusz«, setzt die Therapeutin an. Es fühlt sich an, als wären ihm sowohl Carolina als auch die Therapeutin auf die Schliche gekommen, was sein Interesse an Mi-Ra angeht. Und bei seinen Experimenten mit Beeltz fühlt er sich ertappt. Auch das ist ein Fremdgehen. Ein weiteres Geheimnis. In nur zwei Tagen hat er sich eine verbotene Parallelexistenz aufgebaut. Er steht auf. Er will gehen.

»Artur«, sagt Carolina, aber es klingt gar nicht unbedingt nach der Bitte hierzubleiben. Er passt auf, dass er nicht auf Jackie O tritt, die vor dem Therapiezimmer an einen Regenschirmständer angeleint ist. Auch die Therapeutin versucht nicht, ihn aufzuhalten. Er weiß, dass die beiden jetzt allein über ihn weiterreden werden.

Er will noch mal auf den katholischen Friedhof. Auf *seinen* Friedhof. Der Efeu auf dem Mazur-Familiengrab hat seine Fangarme hinüber auf die angrenzenden Gräber geworfen und ist dabei, dort im

Boden ein eigenes Wurzelwerk zu etablieren. Artur hat das lange vor sich hergeschoben, weil er es eigentlich mag, wie der Efeu ohne Hemmungen wächst, wie er um sich greift und die schmucklosen Gräber nebenan infiziert. Doch die Nachbarn der Mazurs haben sich beschwert, und schweren Herzens geht er jetzt mit der Gartenschere in die Reihe XII, rechter Flügel.

Wenn Carolina wirklich nach Warschau zurückkehrt, was hält ihn dann in Słubice? Was außer diesem Friedhof hält ihn dann hier? Vielleicht hat sie recht, vielleicht ist es sinnvoller, in Milas Nähe zu sein. Heilsamer. In Warschau zu sein. Oder eben nicht. Warschau hat seine Familie schon einmal vergiftet.

Vielleicht zieht er lieber rüber nach Frankfurt, da ist mehr los. Andererseits, wo wäre der Unterschied? Die große Oderbrücke führt in ein anderes Land. Und doch bliebe vermutlich alles beim Alten. Bei dem Gedanken muss er lächeln. Wie absurd. Ein paar Meter, eine Brücke, ein anderes Land. Und was will er auch in Deutschland? Hier in Słubice kann er in Ruhe in Vergessenheit geraten. Hier sucht ihn keiner, hier kommt keiner hin, hier muss er sich nicht neu erfinden. In Frankfurt fiele er vielleicht auf. Nein, er bleibt lieber auf seiner Seite der Oderbrücke.

Doch vielleicht will er irgendwann nach Berlin oder Hamburg, auf keinen Fall nach Essen. Vielleicht sucht er sich in Berlin mit MiRa eine Altbauwohnung mit großen Fenstern. Im vierten Stock, hoch über einer Straße, in der gegenüber eine Eisdiele ist und eine alte mechanische Wasserpumpe aus grün lackiertem Stahl, an der im Sommer Kinder spielen. Vielleicht ja auch eins ihrer Kinder.

Reiß dich zusammen, schwimmender Totengräber.

Und vielleicht erübrigen sich diese Gedanken auch alle, wenn Beeltz sich doch nicht als Scharlatan herausstellt. Bei diesem Hubert Freund hat es doch offenbar funktioniert.

Noch zwei Stunden bis zum Treffen. Er schneidet das erste Büschel Efeuzweige durch.

Er fragt sich, wie sehr er Carolina vermissen wird, falls sie sich wirklich trennen. Die Vorstellung, allein zu wohnen, behagt ihm nicht. Aber stimmt das überhaupt? Hat er sich nicht oft gefreut, nach Hause in die leere Wohnung zu kommen, wenn sie bei ihren Eltern in Warschau war? In eine Wohnung, durch die sie nicht wie ein stummer Vorwurf schwebt? Die nicht von ihrer unausgesprochenen Trauer durchsetzt ist? Der er sich nie hat erwehren können? Wäre es nicht eine ungemeine Erleichterung, allein zu sein? Und wer sagt denn, dass er danach wirklich allein ist? Vielleicht sieht er Mi-Ra hin und wieder. Er schneidet das zweite Büschel Efeuzweige durch.

Er fragt sich aber, was mit dem Hund passieren soll. Er mag Jackie O, keine Frage, aber wenn er schon allein ist, dann bitte ganz allein. Dann auch kein Hund, der ihn an die letzte Zeit mit Carolina erinnert. Der sowieso nur ein Ersatz für das zweite Kind ist, das sie nicht bekommen haben. Es ist eine unangenehme Erinnerung, aber sie haben versucht, noch während Milas Krankheit ein Kind zu bekommen. Sex nach Kalender, meistens keine schöne Angelegenheit. Und auch ergebnislos. Nach Milas Tod haben sie einander dann nicht mehr angefasst. Nein, das stimmt nicht. Einmal noch. Willkürliche sechs Wochen nach der Beerdigung. Bei einem Kurzurlaub in der Danziger Bucht im Hotel. Ein bisschen durchgedreht sind sie nach ganz viel Wein. Sie hat ihn blutig gekratzt, er hat sie an den Haaren gezogen. Nach einem ewig langen Spaziergang und dem Besuch einer Pizzeria, deren Hinterhof zu einem Feld hinausging. Ein Feld, mitten in der Stadt. Das hat sie beide offensichtlich irgendwie scharfgemacht, dazu kam der Grauburgunder.

Er fragt sich, wie Carolina ohne ihn zurechtkommen wird. Aber vermutlich wird sie sich so lange einreden, dass sie zurechtkommt, bis sie es irgendwann tut, denkt er und schneidet das dritte Büschel Efeu ab.

*

Auf dem Gemälde trägt er einen gut getrimmten dunklen Vollbart, aber auch der weist schon Spuren von Grau auf. Seine längliche Nase bestimmt auch hier das Gesicht. Die grünen Augen schauen skeptisch, aber auch irgendwie verführerisch nach links. Als wollte der Mann auf dem Bild signalisieren, dass hier nicht alles so ist, wie es scheint. Und auch wenn die Farben und die Konturen des Gemäldes langsam zu verblassen scheinen, bleibt sein grüner Blick stechend. Auf dem Bild trägt er einen Zylinder, ein weißes Hemd mit hohem Kragen und Halstuch, eine braune Weste, ein Jackett und einen Gehrock zwischen blau und lila. Im Hintergrund sind eine blaue Wand und ein Holzstuhl zu sehen, daneben ein kleiner runder Tisch mit einem Becher und einer Flasche Wein darauf. Ganz links ein schwarzer Spalt, vermutlich eine Türöffnung, aus der ein verschwommenes weibliches Gesicht hervorschaut. Schwer zu sagen, ob das weibliche Gesicht damals beim Malen noch erkennbarer war. Sie schaut auf das Schild neben dem Bild. *Mann mit Zylinder, Anna Wünsch, ca. 1912.*

Sie begutachtet seine farblosen, aber vollen Lippen und muss feststellen, dass der Mann mit Zylinder entweder tatsächlich Horatio Beeltz ist oder ihm zumindest sehr ähnlich sieht. Vielleicht hat er sich aber auch selbst diesem Gemälde nachempfunden. So wie manche Menschen aussehen wollen wie ihre Stars, sich so kleiden, frisieren und rasieren.

Im Netz hat sie nichts über Anna Wünsch finden können. Und natürlich auch weiterhin so gut wie nichts über Horatio Beeltz, außer Einträgen, die seinen Verlag betreffen. Zuletzt hat er das Buch eines Berliner Zoologen über Tiefseefische veröffentlicht. *Der extreme Raum* heißt es. Und natürlich hat sie noch mal versucht, mehr über Hubert Freund herauszufinden. Es stimmt, dass er im Vorstand der Privatbank Häusler gewesen ist. Aber das ist dann auch schon alles. Ein LinkedIn-Profil hier, eine private Facebook-Seite da. Sie hat ihm eine Freundschaftsanfrage geschickt, denn im Moment kann sie nur sein Profilfoto sehen, auf dem er in einer Art Bob in die Zielgerade einer Sommerrodelbahn einfährt. Und darunter nur Geburtstagswünsche der letzten fünf Jahre. Viele davon auf Bayrisch.

Das alles hat sie letzte Nacht in der Pension nachgeschlagen. Danach hat sie nicht einschlafen können und versucht, ganz spät noch zu meditieren. Es ist nichts Besonderes, dass sie manchmal während einer Meditation von Gedanken geradezu überschwemmt wird, das geht ja selbst ihren Meditationslehrern so, aber in der letzten Nacht ist ein Tsunami gekommen, der schwere Schäden an ihren Gedankenküsten hinterlassen hat. Danach hat sie versucht, sich erneut einzureden, dass diese ganze dubiose Beeltz-Sache ein Segen für den Artikel ist und die Begegnung mit Artur ein Segen für ihr Sexualleben, doch das hat alles nicht lange gehalten. Denn sie spürt, wie sie dabei ist, sich selbst in Einzelteile zu zerlegen. Wie sie alles zu hinterfragen beginnt. Noch mehr als ohnehin. Und wie weh das tut. Wie sie erodiert.

Auf dem Weg zum Museum hat sie sich in die Uni-Mensa gesetzt und einen Tee bestellt. Und mit ihrem Sohn telefoniert. Wozu sie natürlich immer erst den Ex anrufen muss.

»Wie geht es dir?«, hat der gefragt.

»Das interessiert dich doch gar nicht«, hat sie gesagt.

»Puh, das Gespräch fängt ja wieder gut an. Ein bisschen mehr gewaltfreie Kommunikation würde ich dir empfehlen.«

»Schenk mir doch ein Buch darüber.«

»Ich geb dir Janni«, hat er geseufzt. Und sie hätte ihm allein für das überhebliche Seufzen eine reinhauen können. Als wäre sie hier das Problem. Sie, die Unbequeme, die Anstrengende, die Pathologische.

Fick dich, Georg.

»Hey, Schatz.«

»Hallo, Mama. Bist du auf dem Friedhof?«

»Nein, an der Uni.«

»Aber du bist doch keine Studentin. Du darfst da nicht rein. Gibt es da keinen Wachmann?«

»Doch, da darf jeder rein«, hat sie gesagt, und es hat ihr nicht gutgetan, seine Stimme zu hören. Vielleicht hätte sie nicht anrufen sollen. »Aber ich gehe später zum Friedhof.«

»Gräbst du Tote aus?«

»Nein, ich untersuche nur den Friedhof.«

Dann ist nichts mehr gekommen. Er hatte das Interesse am Friedhof verloren. An ihr. »Was machst du so?«, hat sie gefragt.

»Ich bin krank.«

Und natürlich, da ist es ihr aufgefallen. Es war ja Donnerstag, fast neun Uhr, er hätte schon in der Schule sein müssen. Sie hat sich gefragt, warum ihr das nicht schon am Anfang des Gesprächs klar gewesen ist. *Lässt sie nach?*

»Was hast du denn?«

»Fieber. Aber nicht viel.«

»Hast du Kopfweh?«

»Nein, hab ich nicht. Ich darf Spider-Man schauen. Kennst du die Folge, wo er mit Doctor Strange gegen Baron Mordo kämpft?«

»Nein, kenn ich leider nicht.«

»Tschüss!«, hat er gesagt, und plötzlich hatte sie wieder Georg am Telefon.

»Ich wusste gar nicht, dass er krank ist«, hat sie gesagt. Und es wie einen Vorwurf klingen lassen.

»Woher auch?« Er hat so selbstzufrieden geklungen, als hätte er einen Stich beim Kartenspielen gemacht. Nicht reagieren, hat sie sich gesagt. Einfach nur noch ein paar Sekunden im Gespräch bleiben und einen friedlichen Abschluss finden.

»Wie lange lässt du ihn zu Hause?«

»Diese Woche noch. Also heute und morgen. Es war zwar nur ein bisschen überhöhte Temperatur, aber er ist ziemlich schlapp. Und hat mich viel gefragt, was du auf Friedhöfen so machst.«

»Und du hast ihm gesagt, dass ich Tote ausgrabe?«

»Nein, hab ich nicht.«

»Woher kommt das plötzliche Interesse?«

»Vermutlich von einer Spider-Man-Folge.«

Sie hat unfreiwillig grinsen müssen und es sich sofort weggebissen. »Ich leg jetzt auf, muss los.«

»Mach das«, hat er gesagt. »Warte noch kurz.«

»Was ist?«

»Es ist … nichts eigentlich. Ich wollte nur …«

Sie hat es nicht hören wollen. Er hat es trotzdem gesagt.

»Weißt du, es tut mir leid. Mi-Ra. Alles.«

Sie hat aufgelegt.

*

Hubert Freund sitzt im Auto und denkt über Schrödingers Katze nach. Bis zu dem Gespräch mit Horatio Beeltz gestern Nachmittag hat er noch nie davon gehört. Aber es hat ihn ein bisschen mehr davon überzeugt, dieses Experiment zu wagen. Er ist schon in Ludwigsfelde, überholt grade einen Konvoi aus drei Lastwagen mit seinem weißen Audi A8. Das Radio ist so leise, dass er nur ein bisschen Schlagzeug und Frauengesang hört.

Horatio hat es ihm so erklärt: Da ist ein geschlossener Kasten, in dem sitzt eine lebendige Katze, und in einer angeschlossenen Vorrichtung ist ein instabiler Atomkern installiert, der mit großer Wahrscheinlichkeit in der nächsten Stunde zerfällt und damit ein giftiges Gas freisetzt, das die Katze tötet.

»Warum ist das so kompliziert aufgebaut? Stirbt die Katze an der radioaktiven Strahlung oder am Giftgas?«, hat Hubert gefragt.

»Ja, das verwirrt viele Leute«, hat Beeltz gesagt.

»Warum setzt man nicht nur das Giftgas frei?«

»Es geht um die Wahrscheinlichkeit, mit der der Atomkern zerfällt. Und in welchem Zeitraum man ihn und die Katze betrachtet.«

»Versteh ich nicht. Und warum muss dafür eine Katze sterben?«, hat Hubert gefragt.

»Es geht darum, ein Exempel der Quantenphysik zu statuieren. Aber bevor ich es noch komplizierter mache: Es ist zwar wahrscheinlich, aber nicht sicher, dass der Atomkern innerhalb einer Stunde zerfällt. Jetzt kann man eine einzige Stunde auch als sehr kleine und irrelevante Zeiteinheit sehen, wenn man sich mental weit genug davon entfernt. Mal angenommen, man ist ein Historiker oder vielleicht ein Außerirdischer mit einem anderen Zeitgefühl oder zum Beispiel jemand Unsterbliches, einfach jemand, für den eine Stunde nichts bedeutet. Würde er oder sie sagen, die Katze ist tot oder lebendig?«

»Tot. Denn der Atomkern zerfällt ja auf jeden Fall.«

»Richtig. Und damit ist die Katze also sowohl tot als auch …«

»Lebendig.«

»Ganz genau, Hubert. Ganz genau. Es hängt von den Variablen ab. Nur weil wir sie eine Weile als lebendig betrachten, muss das nicht stimmen.«

»Trotzdem ist das ein ziemlich verrücktes Experiment. Hätte nicht der Atomkern alleine gereicht? Musste man die arme Katze opfern?«

»Das müssen Sie Erwin Schrödinger fragen. Er hat selbst zugegeben, dass sein Fallbeispiel ein bisschen burlesk ist.«

»Burlesk, haha«, hat Hubert gesagt.

»Ich fürchte, dass ihm die Katze nicht wirklich leidgetan hat. Er galt als Snob«, hat Horatio gesagt.

»Aber wenn ich ehrlich bin, versteh ich immer noch nicht, was er mit dem Experiment genau sagen will. Will er zeigen, dass sein Quantendings komplexer ist als unsere Physik?«

»Na ja, ich glaube, er denkt laut darüber nach, ob Quantenmechanik die echtere Welt ist. Echter als jene, die wir wahrnehmen. So wie sich Atome und die ganzen Partikel ständig in Zwischenzuständen befinden, ständig in Veränderung sind und multiple Wege einschlagen, so ist auch das, was wir als echtes Leben empfinden, nur ein Zwischenzustand. Er kommt uns nur so starr und unveränderbar vor, weil wir es nur ungenügend wahrnehmen. Weil uns die Distanz fehlt. Und die wissenschaftliche Methode. Vor allem, was die Größe *Zeit* betrifft.«

»Ah, jetzt wird langsam ein Schuh draus«, hat Hubert gesagt, der da schon bei seinem fünften Bier gewesen ist. Die Asiatin und der Pole waren längst weg. Vermutlich hatten sie Sex.

Beeltz hat sich jetzt in seinem Stuhl aufgerichtet und nicht nur zu ihm, sondern fast in die Słubicer Nacht gesprochen: »Bald weiß ich mehr. Nach der nächsten Runde werde ich Ergebnisse haben, die für sich sprechen. Bis dahin kann ich nur argumentieren, dass die Wirklichkeit, die wir wahrnehmen, höchst variabel ist. Und damit jederzeit veränderbar. Auch im Nachhinein. Weil es ja kein Nachhinein gibt in Wirklichkeit. Wir müssen nur unsere eigene Zeitvorstellung ignorieren und uns die kosmische Zeit zunutze machen.«

»Jaja«, hat Hubert gesagt. Tatsächlich war ihm jetzt ein bisschen flau. Vielleicht hätte er sich die dritte Zigarre sparen sollen. »Aber heißt das, dass alles, was ich gerade wahrnehme – zum Beispiel, dass ich dringend pieseln muss –, gar nicht wirklich ist? Oder nicht wirklich genug?«

»Nein, natürlich nicht. Das haben auch die Quantenforscher mittlerweile eingesehen, dass unsere Realität nicht weniger wert ist als die kosmische. Wenn Sie pinkeln müssen, müssen Sie pinkeln. Wir tricksen mit der Pilzreise einfach ein bisschen. Wir dopen uns. Verstärken für einen Augenblick massiv unsere Wahrnehmung von Zeit, bringen sie auf eine Ebene, auf der sie evolutionär gesehen noch nicht ist.«

»Und das geht nur hier an der polnischen Grenze und mit Ihren Schwammerln?«

»Das kann ich natürlich nicht mit vollkommener Sicherheit behaupten. Aber so schnell werde ich keinen weiteren Zeitriss mehr finden, und wer weiß, ob der hier in Słubice sich nicht auch bald wieder schließt. Temporale Frakturen reparieren sich irgendwann selbst, sie heilen quasi im Lauf der Zeit, das sagt auch Rosen. Das kann in diesem Fall noch zweihundert Jahre dauern oder zwei Tage. Auch das weiß ich nicht. Denn ich weiß ja nicht, wie lange dieser Riss hier schon existiert. Deshalb bin ich dank der Reisen von Frau Kim und Herrn Arkadiusz bald ein ganzes Stück schlauer.«

»Die armen Laborratten. Sympathische junge Leute. Ich muss jetzt wirklich dringend aufs Klo«, hat Hubert gesagt.

»Danach könnte ich Ihnen dann mit der Viele-Welten-Theorie von Everett den Rest geben«, hat Beeltz gelacht.

»Nein, danke«, hat Hubert gesagt.

Hubert Freund ist immer noch ein wenig übel, hier auf der Autobahn auf der Höhe von Ludwigsfelde. Er hat mal vor ein paar Jahren lange mit einem Physiker in der Bar vom Vier Jahreszeiten gesessen, und der hat ihm das mit der Dekohärenz erklärt. Also dass in der Quantenphysik im Prinzip alles im Fluss ist und quasi in chaotischem Zustand. Man weiß nie genau, wie sich welches Teilchen verhält. Deshalb muss man diesem Teil der Physik, der eben nicht so eindeutig ist, wie man sich das wünscht, eine notwendige, aber mangelhafte Struktur überstülpen. *Vorläufige Naturgesetze,* hat der Physiker das genannt. Aber wir alle spüren die Dekohärenz, hat er gesagt. In unseren Träumen, Visionen und all den metaphysischen Dingen, die Menschen so erleben, die immer wieder als Spinnerei abgetan werden. Manchmal auch als Willenskraft, Motivation oder Spiritualität anerkannt. Das hat Hubert eingeleuchtet. Darin gründet ja auch *sein* Erfolg im Leben. Seine Fähigkeit, Geschäfte zu machen. Und mehr Geld zu verdienen als andere. Dass nichts gesetzt ist, dass man die Realität noch formen kann. Zu eigenen Gunsten.

Hubert hat es dennoch nicht gefallen, Kim und Arkadiusz diesen Bären aufbinden zu müssen, aber es ist ihm auch nicht allzu schwergefallen. Er hat schon oft in seinem Leben Halbwahrheiten von sich gegeben, um jemanden von etwas zu überzeugen. Und in dem Moment, in dem er es mit Überzeugung ausgesprochen hat, war selbst der größte Blödsinn dann auch wieder irgendwie wahr. Wirklich dadurch.

Beeltz hat ihm plausibel erklärt, dass durch die Erkenntnisse von Kim und Arkadiusz viel gewonnen sei. Dass Huberts Reise in der kommenden Woche dadurch viel höhere Erfolgsaussichten habe. Und er hat ja nicht ausschließlich gelogen. Den Museumsbesuch mit seinem Vater hat er nicht erfunden. Es war ja tatsächlich der Moment, der das Getreidehallen-Desaster in Gang gesetzt hat. Das er unbedingt rückgängig machen will. Das wahrscheinlich auch seine Krankheit verursacht hat. Die Krankheit, die er vielleicht ebenso rückgängig machen kann. Dafür ist er auch bereit, Beeltz eine Menge Geld zu bezahlen. Genau wie diesem IT-Spezialisten, der unerwünschte Suchergebnisse im Internet beseitigen kann.

Er macht das Radio lauter als seine Gedanken und beschleunigt seinen Audi in Richtung Süden. Höllensturz, denkt er und lacht in sich hinein.

13

Auf dem Weg zum Friedhof denkt Mi-Ra an den ersten Sommer nach dem Abitur. Als es noch keinen Ex gab. Keinen Georg und keinen Janni. Als das alles noch vor ihr lag und sie sich hätte entscheiden können.

Sie hat sich damals den alten orangefarbenen Golf ihrer alkoholkranken Nachbarin ausgeliehen. Das ist kein Problem, denn sie erledigt oft die Einkäufe damit und bringt sie Frau Kranich nach Hause.

Jetzt nimmt sie mit ihrem Freund Christoph die A3 nach Amsterdam und fühlt sich wie der erwachsenste Mensch der Welt. Sie sitzt am Steuer und raucht, Chris durchwühlt die CDs im Handschuhfach, das Radio singt »California, here we come«. In der Mittelkonsole liegt ihre Abizeitung, *CannABIs 2005*, das Logo besteht aus einem Schriftzug unter drei Hanfblättern vor einer aufgehenden Sonne. Christoph findet eine CD, die ihm gefällt, und legt sie ein. *California* wird durch Goa-Trance ersetzt. Christoph überspringt ein Intro, dreht die Lautstärke auf, und die Bassdrum scheint mit der Stoßdämpfung des Autos zu verschmelzen, denn bei jedem Bassdrum-Schlag vibriert der orangefarbene Golf, und Mi-Ra hat Angst, dass er jeden Moment auseinanderfallen könnte.

»Mach nicht so laut«, sagt sie.

»Bleib locker, Miri«, sagt Christoph, macht aber wieder leiser und fährt sich langsam durch die dunklen Locken, die ihr heute aufsässiger als sonst vorkommen. Christoph ist erst in der 12. Klasse zu ihnen in die Oberstufe gekommen, sie hat ihn auf der Klassenfahrt vom Leistungskurs Geschichte kennengelernt. In Rom haben sie auch das erste Mal rumgeknutscht. In der Abi-Zeitung steht über ihn:

Christoph ist zwar ein etwas passiver, doch sehr angenehmer Zeitgenosse, denn er ist immer positiver Dinge. Bei Musik hat Christoph sehr eigene Ansichten, hängt lieber auf Goa-Partys ab als auf dem Oberstufen-Ball. Warum manche ihn auch Acid Chris nennen, lassen wir am besten offen. Wasch dir die Haare!

Das mit den Haaren kommt von ihr, denn Christophs Haare sind fettiger als ihre Finger, wenn sie mit ihrem Bruder Hotteok-Teig macht. Doch wirklich stören tut es sie nicht, denn es hebt ihn irgendwie von den Spießern in seinem Jahrgang ab. Und er riecht ja nicht schlecht. Im Gegenteil, eher interessant. Sein Schweiß immer ein bisschen nach Hanf.

Sie kann nicht behaupten, dass sie Christoph liebt, und sie weiß gar nicht, wie es sich anfühlen müsste, um das zu behaupten. Sie weiß auch nicht, wie sehr er sie mag, aber es reicht offensichtlich, um mit ihr zu schlafen und oft mit ihr Zeit zu verbringen, selbst wenn sie nicht miteinander schlafen. Seine Langsamkeit, die manchmal wie Gleichgültigkeit wirkt, hat eine beruhigende Wirkung auf sie, weil er nichts von ihr zu wollen scheint, außer hin und wieder ihre Zeit. Mit ihm kann man stundenlang Auto fahren. Oder nachts spontan zu McDonald's in Steele. Und auf dem Parkplatz Pommes essen. Und danach ein bisschen rummachen. Christoph ist niemand, der ihr Grenzen aufzeigt oder Termine für sie plant. Niemand, der enttäuscht von ihr ist. Gleichzeitig kann sie ihm sehr wohl sagen, was er tun soll, ohne dass er sich unterdrückt fühlt, und sie kann ihn beleidigen, ohne dass er beleidigt ist. Sie kann ihm sagen, was für ein Slacker er ist, und er zuckt nur teilnahmslos mit den Schultern. Er ist extrem verplant, doch irgendwie auch völlig bei sich. Und er würde ihr nie sagen, was ihn an ihr nervt. Lieber zieht er sich ein paar Tage zurück, aber nie in stummem Vorwurf. Vielleicht liebt sie ihn ja doch ein wenig.

»Ich les dir noch mal dein Profil vor«, sagt Christoph und beißt vorher in einen Apfel. Sie ist sich sicher, dass er schon was geraucht hat, bevor er heute Morgen zu ihr ins Auto gestiegen ist.

Christoph liest vor: »Man muss erst mal jemanden finden, der einen gleichzeitig so inspiriert und provoziert. Erst mal jemanden finden, der so rätselhaft und tiefgründig, so mitfühlend und mitreißend, so ungeduldig und impulsiv, so reflektiert und kritisch, so autofahrphobisch ist wie Mi-Ra.«

Autofahren mag sie nur nicht, wenn andere am Steuer sitzen. Wenn sie selbst fährt, ist es okay. »Hör auf, ich will das nicht hören.«

»Weil du weißt, dass das stimmt mit der Ungeduld.«

»Da stehen ja wohl mehr positive als negative Eigenschaften drin, Acid Chris.«

»Sie haben natürlich recht, Lieutenant Mi-Ra Neris«, sagt Christoph und salutiert. Das ist eine Anspielung auf einen weiblichen Charakter in seiner Lieblingsserie *Deep Space Nine,* die sie vor ihrer Beziehung zu Christoph noch nie gesehen hat.

Während sie über die A3 fliegen, liegt rechts ein See träge glitzernd in der frühen Junisonne, und Mi-Ra fragt sich, wie lange es noch dauert, bis das Leben wirklich anfängt. Bis dieser Limbo-Zustand endet. Bis sie wegkann von zu Hause. Bis ihr Leben einen sinnigeren Zweck erfüllt, als nur das Kind ihrer Eltern zu sein. Sie will für irgendwas nützlich sein. Am besten sogar unverzichtbar. Sie ist lange Mitglied im Bergmannsfelder Christlichen Chor gewesen, hat jedes zweite Jahr auf dem Kirchentag gesungen. Der Chor hat sie dringend gebraucht. Im Sopran. Auch Greenpeace hat sie dringend gebraucht. Dort hat sie mit den anderen Infostände gebaut und die Leute zu Unterschriften gegen Walfang in Norwegen bewegt. Ihr Musiklehrer hat sie dringend gebraucht. Damit sie Vorspielwettbewerbe am Klavier gewinnen konnte. Bis zu einem ersten Platz auf Landesebene hat sie es gebracht. Dann hat sie das Abitur mit einem Schnitt von 1,3 absolviert, damit sie Jura studieren kann. Damit sie noch mehr gebraucht wird.

Doch kurz vor der 12. Klasse, es ist noch kein Jahr her, ist ihr Vater zurück nach Korea gegangen. Wegen eines Jobs als Religionslehrer. Eure Mutter bleibt ja hier, hat er gesagt, als wäre das ein Trost. Seitdem hört sie von ihm nur noch an den Feiertagen, wenn seine exakt gemalten Schriftzeichen plötzlich auf Postkarten auftauchen. Immer mehr kommt es ihr so vor, als wäre sie von allen Verpflichtungen entbunden. Als brauchte sie gerade keiner. Es ist erstaunlich, dass sich das eher gut als schlecht anfühlt, aber so ist es. Gerade braucht niemand dringend Mi-Ra Kim aus der Wohnsiedlung Bergmannsfeld.

Mittlerweile verdient sie überwiegend ihr eigenes Geld in einem Café am Moltkeplatz, in dem man Bücher ausleihen kann, fragt ihre Mutter bei nichts mehr um Erlaubnis, und ihre Mutter stöhnt auf, wenn die beiden sich zufällig im Philosophenweg begegnen. Seit der Vater weg ist, hat alles an Kontur verloren, sogar das Abi hat sie fast schlafwandelnd bestanden. Und jetzt wartet sie darauf, dass dieser Zustand, zu dem auch Christoph so wunderbar passt, wieder aufhört und das Leben anfängt. Ein Leben, in dem sie sich wieder gebraucht fühlt, in dem sie dringend gebraucht wird. Doch noch ist es auch schön.

Mit dem Weggang ihres Vaters ist es, als hätte sich die enge Wohnung im Philosophenweg auf die dreifache Größe aufgeklappt. Aus drei Zimmern wurden neun. Und das ewig isolierte Bergmannsfeld wird dank des Golfs der Nachbarin endlich ein Teil der restlichen Stadt, es erlaubt jetzt übergangslosen Transit zwischen den Stadtteilen. Sie hat nach so vielen Jahren endlich das Gefühl, in Essen zu leben, nicht mehr nur auf einer einzelnen Eisscholle. Hat sie sich verändert oder ihre Umgebung? Sie ist früher immer schon um sechs wach gewesen, egal was am Vortag war, egal wie viel Schlaf sie abbekommen hat. Jetzt kann sie verschlafen, sogar den Wecker überhören. Sie will jetzt kein Jura mehr studieren und auch nicht mehr nach Berlin gehen. Sie will grade nur kiffen und hin und wieder mit Christoph schlafen, sie will Auto fahren, ohne zu wissen, wohin, und wachbleiben, ohne zu wissen, wofür. Sie will sich an der Uni Köln für Archäologie und Politologie einschreiben. Aber eigentlich will sie auch noch eine Weile weiterhin nichts tun. Obwohl sie ahnt, dass dieser Zustand nicht sehr lange anhalten wird.

»Kannst du mir noch eine drehen?«, fragt sie Christoph.

»Du bist ja Kettenraucherin«, sagt der.

»Und du bist Kettennerver«, sagt sie.

»Haha«, sagt er.

Sie überholt einen Lastwagen und drückt ihre Zigarette aus, schaut kurz zu ihm. Sein Kopf ist gesenkt, während er in der Abizeitung liest und nebenbei eine Zigarette für sie auf der Lehrerwitz-Seite dreht. Er hat Sommersprossen und Mitesser auf der Nase, am liebsten würde sie ihm die aufkratzen. Er bemerkt ihren Blick und lächelt zufrieden. Er ist zufrieden mit ihr. Vielleicht braucht er sie ja. So wie Artur und Horatio Beeltz sie jetzt brauchen.

Sie ist schon eine Stunde vor dem vereinbarten Treffen da. Also schon um eins. Sie will den Friedhof für sich haben. Da nur Artur den Schlüssel zum Haupttor hat, ist sie auf der Rückseite über die Friedhofsmauer gestiegen und durch die Bäume mit den nach ihr stechenden Ästen zu Sektor 1 gelaufen. Dahin, wo der Grabstein von Salman Prausnitz steht, mit dem Beeltz angeblich verwandt ist. Sie hat im Grabatlas nachgeschaut: Der Stein wurde 2006 im Unterholz des hinteren Teils entdeckt und zwei Jahre später wieder dort aufgestellt, wo er vor 180 Jahren schon einmal gestanden hat. Es war der Fund, der die Archäologen zur Suche nach weiteren Steinen ermutigt hat. Der Prausnitz-Stein steht auf einem Betonsockel, hellbraun und gepflegt, die Oberfläche wurde irgendwann in den letzten zehn Jahren nachgeschliffen. Die hebräischen Schriftzeichen werden von einem Kranz aus Zweigen eingerahmt. Schlicht, aber schön. Sie kann die hebräische Schrift einigermaßen lesen, zur Not hat sie ihren Grabatlas dabei.

Hier ist begraben
der Jüngling Salman
Sohn des ehrenwerten Herrn Jaakow Prausnitz
Er starb am Montag und wurde begraben
am Dienstag 23. Ijar 588 nach der kleinen Zählung
Seine Seele sei eingebunden im Bund des Lebens

Wer bist du, Salman Prausnitz?

Aber noch viel interessanter: *Wer bist du, Horatio Beeltz? Was tust du hier?* Das fragt sie sich. Die ganze Zeit. Aber vielleicht ist genau die Frage auch gar nicht so relevant. Vielleicht stellt sie sich die nur, weil sie nicht darüber nachdenken will, was *sie* hier eigentlich tut. Wer *sie* ist. Lieber dem Mysterium Beeltz auf den Grund gehen als dem Mysterium Kim. Ist die Tatsache, dass sie jetzt hier ist, nicht der Beweis, dass sie gleich die zweite Pilzreise antreten wird? Hat sie überhaupt je wirklich gezögert?

Beim Nachdenken darüber verkrampft ihr Bauch. Vielleicht sollte sie doch wieder über Horatio Beeltz und seinen ominösen Zeitriss nachdenken statt über sich selbst. Das tut ihrem Magen nicht gut.

Sie bleibt in Sektor 1, geht hinüber zum Stein von Esther. Es ist warm, doch bewölkt, es riecht nach verbranntem Laub. Sie muss an den Chlorgeruch denken, der nach der letzten Reise an ihr haften geblieben ist. Zumindest bis sie geduscht hat. Esthers Grabstein steht genau wie der von Prausnitz aufrecht und wirkt gepflegt. Allerdings durchläuft ihn auf der unteren Seite ein Riss, der die letzte Zeile – *Ihre Seele sei eingebunden im Bund des Lebens* – in zwei Teile spaltet.

Inschriften auf jüdischen Grabsteinen folgen meist ein und derselben Struktur und Syntax. Einleitend steht eine abgekürzte Form von *Hier ist begraben,* dann folgt der Name der oder des Verstorbenen, meist mit Nachnamen des Vaters oder bei verheirateten Frauen dem Namen des Ehemanns. Gelegentlich kommt noch ein Wohnort, ein Beruf oder eine biografische Information dazu. Zum Beispiel der gute Ruf oder die gute Lebensführung. Dann folgen Datum und Wochentag nach jüdischem Kalender und schließlich das *Ihre Seele sei eingebunden in den Bund des Lebens.*

Sie fragt sich, was das bedeutet: *Eingebunden im Bund des Lebens.* Was ist der Bund des Lebens? Ein Bund, der über den Tod hinausreicht vermutlich. Sonst müsste man ihn ja nicht auf einem Grabstein erwähnen. Vielleicht ist das Leben ein viel zu großes Konstrukt, als dass man es einfach so verlassen könnte. Oder ist das nur der Trostgedanke, den die Leute brauchen, weil die physikalische Wahrheit so harsch ist? Wir lösen uns auf, als wär nichts gewesen. Vorher nichts, nachher nichts.

Der Stein von Esther, Tochter des Schlomo Pollack, ist oben abgerundet, und auf den Ecken sitzen zwei steinerne Rosetten, ein grob stilisiertes Blütenornament, bei dem die Blätter im Kreis um einen Mittelpunkt angeordnet sind. Das ist kein häufiges Symbol, die meisten der wieder aufgestellten Grabsteine sind kaum bis gar nicht ornamentiert. Auch der von Beile, Frau des Kalman, ist karg und glatt, und aus seiner Kopfrundung ist ein Dreieck herausgebrochen.

Eine bescheidene Frau,
die angesehene Frau Beile,
Tochter des Gelehrten Schmuel,
Ehefrau des Herrn Kalman Storkow.

Bescheidene Frau. Was bedeutet das? Dass sie zu Hause geblieben ist, während Herr Kalman Storkow geschäftlich tätig war?

Sie sucht den ominösen Zeitriss, dort, wo Beeltz ihn ihr gezeigt hat. Auf einer unsichtbaren hüfthohen Linie zwischen den Grabsteinen beider Frauen. Sie führt ihre Hand entlang der Linie und achtet darauf, ob sie etwas spürt. Sie spürt nichts, nur riecht etwas wie geröstet. Jetzt hat sie Hunger.

*

Artur ist halbwegs guter Dinge, als er das Tor zum jüdischen Friedhof aufschließt. Die Luft ist warm, das ist schon die Luft des kommenden Sommers, und es riecht, als hätte irgendwo ganz in der Nähe jemand einen Grill angezündet. Im Idealfall nicht auf dem jüdischen Friedhof.

Die Therapiesitzung steckt ihm noch ein wenig in den Knochen, doch er fühlt sich auch erleichtert. Es ist seltsam, denn hätte man ihn gestern noch gefragt, ob er sich von Carolina trennen wolle, hätte er sicher verneint. Aber heute hat er das Gefühl, dass die Zukunft endlich wieder ein bisschen offener ist, seit es ausgesprochen ist. Er erinnert sich, wie er mal einen Freund in Tel Aviv besucht hat. Es ist seine erste Reise ohne Carolina gewesen, relativ kurz nach Milas Tod. Schon beim Aufstehen morgens hat er Angst gehabt. Vor dem Flug, der Grenzpolizei, vor Anschlägen. Und er erinnert sich auch, wie lebendig er sich gefühlt hat auf dem Weg zum Flughafen. Und wie schön die Tage in Israel letztlich waren. Wie sie im überfüllten Bus von Tel Aviv nach Jerusalem gefahren sind, neben ihm hat ein junges Mädchen in Uniform gesessen, ihre Maschinenpistole poliert und sich gleichzeitig nachgeschminkt. Und überall waren Soldaten und Soldatinnen, an jeder Bushaltestelle, an jeder Synagoge. Alles voller Soldaten. Als stünde etwas ganz Bedrohliches unmittelbar bevor, und doch fand er es aufregend. Er hat die ganze Zeit geschwitzt. Als er dann am späten Nachmittag die Stadt durchs Löwentor betreten hat, war er fast sicher, dass jetzt etwas völlig Neues anfangen würde. Was eine Illusion war, denn schon wenige Tage später, zurück in Warschau, ist erst der Schmerz wieder zurückgekommen und dann die Betäubung. Da hat er verstanden, dass diese Neuanfänge nur von kurzer Dauer sind – aber besser als nichts. Viel besser als nichts.

Womöglich ist es auch jetzt so. *Jeder Versuch ist einen Versuch wert,* hat sein alter Trainer Jędrzejczak gesagt.

»Artur«, hört er eine nasale Stimme. Horatio Beeltz hat hinter ihm die Anlage betreten.

Artur dreht sich um und streckt ihm die Hand entgegen. »Hallo, Horatio.« Es ist das erste Mal, dass er ihn beim Vornamen nennt. Vielleicht ist Horatio Beeltz gerade sein einziger Freund, selbst wenn er an ihm herumexperimentiert. Horatio trägt einen cremefarbenen Anzug mit einem fliederfarbenen Einstecktuch, seinen schwarzen breitkrempigen Hut und riecht nach Zitrone und Minze. Gestern ist er Artur noch viel bleicher vorgekommen, heute hat er fast so etwas wie eine gesunde Gesichtsfarbe. Als wäre er zwischen gestern und heute im Urlaub gewesen.

»Sind Sie aufgeregt, Artur?«, fragt Horatio.

Artur schüttelt den Kopf. »Nein. Ich freue mich.«

»Ach so? Das ist ja schön.« Horatio Beeltz wirkt positiv überrascht. »Dabei kommt heute ja vermutlich der anstrengendere Teil.«

»Den hab ich schon hinter mir«, sagt er.

»Wenn Sie das sagen, Artur, dann ist das so.« Er lächelt wohlwollend. »Kommen Sie, wir gehen zum Riss. Ich bin sicher, dass Mi-Ra längst auf uns wartet, sie ist ja immer die Erste.« Er weist ihm mit der Hand den Weg, so als würde er sich deutlich besser auf dem Friedhof auskennen als Artur.

Mi-Ra ist tatsächlich schon da. Sie trägt eine enge schwarze Hose und einen grünen Kapuzenpullover ohne Aufdruck. Er kommt sich overdressed vor mit seinem Jackett und seinem gebügelten Hemd, aber was soll Horatio mit seinem cremefarbenen Anzug sagen?

»Die Herren«, sagt Mi-Ra und sieht sie streng an. Er ist froh, dass sie da ist.

»Mi-Ra, wie schön«, sagt Horatio und nimmt zur Begrüßung theatralisch seinen Hut ab.

»Ich bin schon seit einer Weile hier …«, sagt Mi-Ra, während sie sich auf den hohen, aber ziemlich verwitterten Grabstein Nummer 663 stützt, dessen untere Hälfte in zwei schräge Hälften zersplittert ist, in Form eines Blitzes. Er steht nur deshalb aufrecht, weil er auf der Rückseite versiegelt ist. Er selbst hat zusammen mit Baran die Versiegelung erneuert.

»… und finde diesen Riss nicht«, sagt Mi-Ra. »Warum kann *ich* ihn nicht finden, sondern nur Sie?«

»Sie sind für Ihr Leben gerne misstrauisch, nicht wahr?«, sagt Horatio.

»Nur Ihnen gegenüber«, sagt Mi-Ra.

Horatio setzt seinen Hut wieder auf. »Vermutlich ist das eine kluge Herangehensweise. Ich traue mir ja selbst nicht.«

Mi-Ra starrt Horatio Beeltz unverwandt an. *Komm zur Sache,* soll das wohl heißen.

»Ich will mich aber nicht um die Frage nach dem Riss drücken«, sagt Beeltz, und Mi-Ra setzt ihre Kapuze auf wie einen Helm.

»Ich beschäftige mich seit Jahrzehnten mit sogenannten Zeitrissen. Beziehungsweise der Möglichkeit, dass es sie gibt. Ich weiß, wie sie riechen müssten, wo sie auftreten könnten und wie sie sich anfühlen würden. Nur sehen kann ich sie nicht, genauso wenig wie Sie, falls Sie sich das fragen.«

»Wo haben Sie denn etwas über Zeitrisse gelesen? Oder mit wem haben Sie diskutiert? Oder woher wollen Sie wissen, wie sie riechen müssten?«, fragt Mi-Ra. »Woher kommt die Fachliteratur?«

»Das ist eine gute Frage, werte Mi-Ra. Vielleicht haben Sie ja selbst ein bisschen im Internet danach gesucht. Und sind in einem Doctor-Who-Forum gelandet.«

»Punkt für Sie«, gibt Mi-Ra zu.

»Es wird dadurch nicht weniger dubios, wenn ich das jetzt sage, aber es gibt da eine geheimwissenschaftliche Gruppe, die sich auch *kosmologische Vereinigung* nennt. Natürlich ist das nicht der volle Name. Den erspare ich Ihnen. In diesen Kreisen wird zu dem Thema publiziert und diskutiert.«

»Waren Sie selbst auch Kosmologe, und hat man Sie rausgeworfen?«, will Mi-Ra wissen.

»Ja, ich war einer«, sagt Horatio.

Mi-Ra lächelt selbstzufrieden, so als hätte sie Beeltz bei etwas ertappt.

Artur fragt sich mittlerweile, ob sich Horatio nicht absichtlich ständig von Mi-Ra sezieren lässt, um ihr Vertrauen zu gewinnen. Doch Horatios Geduld mit ihr scheint grenzenlos zu sein. Aber gut, er braucht sie ja auch. Sie beide.

»Ist Ihre Neugier schon gestillt?«, fragt Horatio.

»Fürs Erste«, sagt Mi-Ra. »Gehen wir an die Arbeit.« Sie schaut jetzt Artur an und setzt die Kapuze wieder ab. Er hält ihrem Blick stand.

*

Sie haben sich im Halbkreis versammelt, zwischen Esther und Beile. Horatio Beeltz hat offensichtlich keine Angst, sich seine beigefarbene Anzughose mit Schlag dreckig zu machen. Er sitzt im Schneidersitz vor ihr und Artur, sein Hut liegt neben ihm. Die zerkleinerten Pilze hat er auf sein lila Einstecktuch gelegt, das er in ihrer Mitte ausgebreitet hat.

»Damit ihr beide nicht wieder mit einer so großen Skepsis einsteigt, will ich noch mal versuchen, euch den Riss zu zeigen.«

Wie er das »R« in Riss ausspricht, lässt das Wort doppelt so bedeutungsschwanger wirken. Mi-Ra liegt eine Bemerkung über seinen Akzent auf der Zunge, aber sie schweigt.

Horatio streckt seine Hand aus. »Wenn ihr jetzt meine Hand nehmt, dann könnt ihr ihn zumindest fühlen.«

Sie strecken die Hand aus. Berühren Horatios raue Handflächen. Was für ein merkwürdiges Bild sie hier abgeben. Eine Frau im grünen Kapuzenpulli, der Friedhofswärter von Słubice in weißem Hemd und Jackett und ein älterer Herr im cremefarbenen Siebzigerjahre-Anzug, die im Halbkreis auf dem alten jüdischen Friedhof zwischen zwei Grabsteinen sitzen und Händchen halten.

Doch bevor sie weiter auf ihrer Metaebene bleiben kann, spürt sie, wie sich ausgehend von ihrer Hand eine Art Spannung, eine klar wahrnehmbare Energie über ihren gesamten Körper ausbreitet. Erst ist es kalt, dann folgt ein Wärmegefühl.

»Spürt ihr das?«, fragt Horatio, und ihr fällt auf, dass sie die Augen zuhat. Sie nickt und hört Artur »Ja« sagen.

»Das ist er«, sagt Horatio, und Mi-Ra zieht ihre Hand weg. »Bevor wir anfangen, noch ein letztes Mal die Frage: Wisst ihr genau, wohin ihr wollt?«

Mi-Ra wirft Beeltz einen Blick zu. Das scheint ihm als Bestätigung zu reichen. Artur nickt, aber es wirkt nicht ganz überzeugend.

Beeltz wickelt die Pilze aus der Alufolie aus und reicht sie weiter. Dazu eine Wasserflasche. Erst nimmt Mi-Ra die Pilze, dann Artur. Während sie auf den ledrigen Teilchen herumkaut und den furchtbaren Geschmack aushält, steht Horatio auf und entfernt sich ein paar Meter. »Keine Angst, ich passe auf euch auf. Viel Glück«, sagt er.

Mi-Ra konzentriert ihren Blick auf das Blütenornament auf dem Grabstein von Esther, prägt sich die Form noch mal ein und schließt die Augen. Ihr ist noch ganz warm von der Berührung mit dem Riss, und sie riecht kandierte Nüsse und Zitronenbäume.

14

Artur macht die Augen auf. Er muss kurz eingeschlafen sein. Hat einen komischen Geschmack im Mund. Sein Blick fällt auf die Wanduhr mit dem Bär in der Mitte, der einen Marienkäfer auf seiner Pfote trägt. Es ist 23:37 Uhr. Vermutlich ist er von einer Silvesterrakete aufgewacht. Natürlich wird auch hier lange vor Mitternacht geschossen. Vorm Fenster hängt Rauch in der Luft.

Mila ist endlich eingeschlafen. Er hat ihr sehr lange vorgelesen, aber irgendwann hat ihn die Kraft verlassen. Er hat gemerkt, wie er zwischen einzelnen Wörtern eingenickt ist. Teilweise hat er Unsinn vorgelesen, der da nicht steht. Irgendwann hat er ihr das Tablet gegeben, und sie hat so lange die *Gummibärenbande* angeschaut, bis sie eingeschlafen ist. Da es hier kein Internet gibt, hat er ihr zu Hause eine Zwei-Stunden-Version aus diversen Folgen zusammengeschnitten und sie auf dem Tablet gespeichert. Und die Gummibärenbande läuft immer noch, während ihre kleine linke Hand den Rand des Tablets berührt. Vorsichtig zieht er das Tablet weg.

Trotzdem merkt sie etwas, dreht sich auf die Seite. Liegt jetzt wieder auf den Kabeln und Schläuchen. Er schaut auf die Anzeige des Infusionsständers, aber es läuft alles, wie es soll. Er hofft, dass sie nicht wieder aufwacht und sich übergeben muss. Manchmal ist ihm das auch peinlich, weil es das andere Kind im Zimmer aufweckt, aber dieses Mal haben sie ausnahmsweise ein Einzelzimmer bekommen.

Weil Silvester ist und die Station nicht voll. Aufgrund von Pflegekräftemangel hat sich ihre fünfte Chemotherapie so weit nach hinten verschoben, dass sie an Silvester durchgeführt werden muss, sonst wären sie nicht mehr im Zeitplan. Noch drei weitere Einheiten und sie kommen nach Essen ins Strahlenzentrum.

Er schlägt die Decke mit den Pinguinen zurück und sieht den Fleck. Es ist alles nass. Man wird das Bett neu beziehen müssen. Spätestens dann wird sie aufwachen. Er wartet noch, bevor er die Schwester ruft. Er streicht ihr über den kahlen Kopf, ein leichter Schweißfilm hat sich darauf gebildet. Die Stelle, wo sie den Port implantiert haben, diese seltsame Beule, lässt er aus. Als könnte er dort etwas kaputt machen, wenn er sie anfasst. Darüber kann die Chemo direkt ins Gehirnwasser laufen. Es gibt noch einen anderen Anschluss an Mila, einen anderen Zugang, der sitzt in der Brust. Die Ärzte nennen es einen Broviac. Es sieht aus, als befände sich ein kleines Lego-Teil unter ihrer weichen Kleinkindhaut.

Dann wickelt er Mila, muss sie umdrehen. Sie seufzt, und sein Herz bricht. Zum vierhundertsten Mal. Erst dann drückt er den Knopf für die Schwester.

Die Bärenuhr sagt, es ist 23:49 Uhr, als das Bett neu bezogen ist. In der Zwischenzeit hat er Mila auf dem Bettrahmen sitzend im Arm gehalten. Sie ist kurz wach geworden, hat ein bisschen geweint und gefragt, ob sie etwas essen kann. Er hat ihr ein Stück von der Maiswaffel gegeben. Dann hat er sie in das frisch gemachte Bett gelegt, vorsichtig, damit er keins der Kabel herauszieht und keinen der Schläuche abquetscht. Im letzten Monat ist es zu einem Zwischenfall gekommen. Beim Anschließen des Brustzugangs ist ein bisschen Chemo ausgetreten und Mila auf die Brust getropft, hat ein Stück Haut verätzt. »Wenn Sie später mal ihren Prinzen findet, wird der darüber hinwegsehen«, hat einer der älteren Ärzte gesagt. Er solle das

Krankenhaus verklagen, hat ein Bekannter Artur geraten, doch die Schwester, der das passiert ist, kennt er als freundlich und zuverlässig. Es ist nicht ihr bester Abend gewesen, es hat ihr ja selbst unendlich leidgetan.

Heute Nacht wirkt die Station wie verlassen. Er steht von seinem Klappbett auf, legt sein Buch beiseite und öffnet die Tür zum Krankenhausflur. Fünf Minuten noch bis Mitternacht. Natürlich fliegen längst Raketen. Und er hört, wie jemand im Flur Gläser abstellt. Er geht in das kleine Badezimmer, pinkelt, wäscht sich die Hände und kämmt sich mit den Fingern die Haare. Dann öffnet er die Tür zum Flur, weil er sonst das Gefühl hat, vollkommen allein zu sein. Schräg gegenüber von Milas ist das Schwesternzimmer, aus dem er gedämpftes Gelächter hört. Es beruhigt ihn. Dann geht er zurück zu Mila, lässt die Tür zum Krankenhausflur geöffnet. Er stellt sich ans Fenster, sieht den Rauch, hört die Stadt immer lauter werden. Um Mitternacht explodiert Warschau in einem Lichterregen.

Er fragt sich, ob er das vielleicht nur träumt. Doch er ist wirklich hier auf der Station der Kinderonkologie des Marie-Curie-Instituts in Warschau, er kann das Fensterbrett berühren, die Sporttasche, in der Milas Leggins und T-Shirts sind, die Kekspackung, er kann sein Telefon in die Hand nehmen, doch gleichzeitig erinnert er sich an den warmen Mittag auf dem jüdischen Friedhof, an den ranzigen Geschmack der Pilze aus Kasachstan, an das Gesicht von Mi-Ra, an ihr hübsches Kinn, ihre großen weißen Zähne, ihren skeptischen Blick und an den Frieden, den sie ausstrahlt, sobald sie mal ihre ewig wachsamen Augen zumacht. Er erinnert sich an Horatio Beeltz, der sicher ein paar Meter entfernt von ihm an einem Baum lehnt und seinen Hut leicht ins Gesicht geschoben hat, damit die Sonne ihn nicht blendet. Und trotzdem ist Artur ganz sicher hier im Marie Curie und wacht an Milas Bett. Nähert sich ihr jetzt von der anderen Seite, damit er nicht über ihr Bett klettern muss. Er drückt sich an dem Infusionsständer vorbei und kann jetzt ihren Kopf berühren. Er ist glücklich, dass sie da ist. Dass er sie wiedersieht. Dass er sie berühren kann. Vielleicht ist das nur ein Traum, vielleicht nur sein Trip. Er hofft, dass er sich zumindest daran erinnern wird, wenn er aufwacht. An die Berührung. Wie sich ihr kahler, warmer Kopf anfühlt. Ihre warmen Wangen. Die Stelle, wo die Augenbrauen waren. Die Knochen darunter.

Er ist wirklich hier, denkt er, immer noch verblüfft. Er ist hoffentlich mehr als nur ein Zeit-Tourist, der wieder abreisen muss, wenn die Wirkung nachlässt. Vielleicht kann er dieses Mal hierbleiben. Er kann ja sogar die Uhr lesen. Die Wanduhr mit dem Bären und dem Marienkäfer. Sie zeigt ungefähr zwei Minuten nach Mitternacht. Auch wenn die Zeiger leicht zu wackeln scheinen.

Er will etwas ausprobieren, nimmt sein Telefon und ruft Carolina an. Es dauert ein wenig, bis sie abhebt.

»Artur? Ist was mit Mila?«

»Nein, alles gut, sie schläft.«

»Was ist denn los?«

»Ich wollte dir nur ein frohes neues Jahr wünschen.« Er hört sich selbst den Satz sagen, und er ist sicher, dass er ihn auch genauso sagen will. Er ist nicht Zeuge, sondern Autor seines eigenen Satzes.

»Deshalb rufst du an?« Sie klingt beruhigt und genervt zugleich. »Na gut, dann wünsche ich dir das auch.«

»Meinst du, es wird ein besseres Jahr?«, fragt er.

»Das weiß ich nicht«, sagt sie.

Eine längere Stille.

»Meinst du, es wäre besser, wir hätten uns nie kennengelernt?«, fragt er.

»Was soll das denn jetzt?«

»Dann hätten wir Mila nicht bekommen. Und ihr das erspart.« Er ist ganz klar der Verfasser dieser Sätze. Die hat es so in der anderen Version dieser Silvesternacht nicht gegeben. Er ist fast sicher.

»Mein Gott, das ist doch müßig jetzt. Du, ich möchte bitte gerne schlafen, ich soll dich doch morgen um acht ablösen, und da brauche ich Schlaf.«

»Kannst du denn schlafen bei dem Lärm?«, fragt er.

»Ich konnte es, bis du angerufen hast.«

Er wartet.

»Ist noch was, Artur?«

»Ich liebe dich, Carolina«, sagt er.

Nichts kommt am anderen Ende. Noch nicht mal ein Atmen. Sie hält still. Sie hält aus. Das kann sie gut.

»Dann schlaf gut«, sagt er schließlich.

»Du auch.« Sie legt auf.

Er weint leise und fragt sich, ob es die Wahrheit gewesen ist, als er gesagt hat, dass er sie liebt.

Dann fällt sein Blick wieder auf Mila. Und er weiß nicht, ob es wirklich heute Nachmittag war, als sie ihr einen neuen Zugang gelegt haben und sie *Hilfe! Zu Hilfe!* gerufen hat. So laut, dass der junge Assistenzarzt mit den freundlichen Augen sich sichtlich erschrocken hat. Vermutlich hat sie das in einer ihrer Kindersendungen gehört oder bei der Gummibärenbande. *Zu Hilfe!*, hat sie geschrien, als die Nadel in ihre kleine Vene eingedrungen ist. Und mit der einen Hand hat sie seine festgehalten und mit der anderen nach dem jungen Arzt geschlagen. Sie haben sich alle erschrocken. Der junge Arzt, die anwesende Medizinstudentin und die Schwester, die draußen auf dem Flur vorbeigegangen ist. Und er. Dieser Hilfeschrei. Vielleicht haben sie da alle gleichzeitig verstanden, was es für ein Kind bedeuten muss, wenn es ständig aus seinem Zuhause gerissen wird, ins Krankenhaus verfrachtet und dort gestochen und angeschlossen. Alle paar Wochen, manchmal alle paar Tage.

Vor der allerersten Operation hat er mal einen der Oberärzte gefragt, wie Mila das alles aushalten soll. Und der hat eher desinteressiert mit den Schultern gezuckt und gesagt, einem Kind sei einfach nur wichtig, dass die Eltern dabei sind, an den Rest gewöhne es sich. Doch jetzt hat Mila *Zu Hilfe!* geschrien – obwohl er bei ihr war.

Manchmal fragt er sich ... Nein, andauernd fragt er sich, ob sie weiß, dass sie sterben wird. Oder es zumindest ahnt. Oder sogar physisch spürt, es aber nicht benennen kann. Ob sie sich vor dem Tod fürchtet. Der Gedanke ist nicht auszuhalten. Nicht auszuhalten.

Was soll er jetzt mit seiner Zeit anstellen? An Schlaf ist nicht zu denken, oder? Kann er es riskieren, zu schlafen? Verliert er dadurch den Zugang zu dieser Realität und wacht auf dem Friedhof auf? Es ist immer noch sehr laut draußen, obwohl die größten Explosionen vorbei sind. Er fragt sich, ob er etwas von dem Whiskey trinken soll, den er sich in einem Einwegglas mitgebracht hat, denn Alkohol ist auf der Station verboten. Soll er noch lesen? Oder eben doch schlafen und einfach hoffen, dass er auch in ein paar Stunden noch hier bei Mila ist? Am 1. Januar in Warschau wach wird.

Er entscheidet sich zunächst für den Whiskey im Einwegglas. Die scharfe erste Begegnung mit dem Gaumen, dann die Hitze im Hals und gleich darauf im Magen. Er riecht das Desinfektionsmittel im Spender bei der Tür. Alles ist real. Draußen nimmt der Raketenverkehr langsam ab. Auch das Gelächter im Schwesternzimmer ist überwiegend verstummt, ein letztes sachtes Anstoßen, dann wird es langsam ruhiger. Artur legt sich auf sein Klappbett und schließt die Augen.

*

Mi-Ra weiß ganz genau, wohin sie will. Zum Strand.

Es ist der erste Samstag im Juli, sie steht im Bad und putzt sich die Zähne. Sie weiß genau, wo sie ist. Sie weiß genau, um welchen Tag es sich handelt. Sie hat zwar nicht erwartet, dass es schon morgens anfängt, aber das soll ihr recht sein. Es ist vermutlich sogar sinnvoll, den ganzen Tag noch einmal passieren zu lassen, um mehr Kontrolle auszuüben oder einfach nur, um sich in Ruhe einzufinden und in der richtigen Situation zu reagieren. Trotzdem hat sie Angst vor diesem Tag.

Während sie sich die Zähne putzt, testet sie, ob sie die Reise auch kurz unterbrechen kann. Sie quasi ein- und ausschalten. Sie tastet mit der einen Hand nach der sandigen Erde auf dem Friedhof, mit der anderen putzt sie weiter. Doch sie fühlt nichts als die vibrierende elektrische Zahnbürste in ihrer rechten Hand.

Sie weiß, dass er gleich vom Klo kommt. Sie hört, wie er spült. Er sitzt immer viel zu lang auf dem Klo. Und vergisst anschließend zu lüften. Allein deswegen hätte sie sich schon trennen sollen. Es ist jetzt schon so verdammt heiß, dass ihr beim Zähneputzen der Schweiß den Rücken hinunterläuft. Und sie schwitzt wirklich nicht besonders leicht.

Wenn es ein anderer Tag wäre, könnte sie sich vielleicht darüber freuen, noch einmal hier zu sein. Jost hat sie auf einem alten sizilianischen Bauernhof in den Hügeln über Agrigent einquartiert, der aussieht, als wäre er auf etruskischen Ruinen erbaut. Tatsächlich ist er im Stil eines Bauernhofs aus dem 19. Jahrhundert erbaut, wirkt von außen wie ein antiker Bäderkomplex und von innen wie ein Wellnesshotel. Man kann vom Bauernhof aus auf das Tyrrhenische Meer blicken. Oder Afrikanisches Meer, wie sie es nennt. Und wenn man die üppige und immer frisch gewässerte Gartenanlage durchquert, muss man durch großzügig angelegte Heckentore laufen – es hat etwas von einem Irrgarten. Außerhalb der Mauern der Anlage ist das Land felsig und tot. Und schön.

Sie ist fertig mit Zähneputzen, nimmt die Bürste ab und wäscht sie aus. Dann reibt sie mit einem kleinen Handtuch über den Griff und stellt beide Teile getrennt voneinander auf die steinerne Ablage über dem Waschbecken.

»Guten Morgen«, sagt er. »Na?«

Sie hasst es, wenn er nur »Na?« sagt, weil ihr das sofort die gesamte Verantwortung für das Gespräch aufhalst, ohne dass er sich überhaupt die Mühe für eine vollständige Frage macht.

»Muss gleich los zur Arbeit«, sagt sie.

»Ich dachte, heute ist Samstag.« Er hat nur eine kurze rote Strandhose an, in der er auch geschlafen hat. Sein Brusthaar ist grau, und es passt überhaupt nicht zu dem auf seinem Kopf, das er färbt. Er ist so viel größer als sie, und sie fragt sich, ob sie das immer schon als bedrohlich empfunden hat.

»Ich muss erstens noch etwas mit Alberto besprechen. Das ist der Ausgrabungsleiter.« Das fügt sie schnell hinzu, um seiner Eifersucht zuvorzukommen. »Und zweitens wird heute gegraben, da kann ich nicht einfach Strandurlaub mit dir machen. Dafür bezahlt Jost mich nicht.«

»Jost«, sagt Georg, schüttelt abfällig den Kopf und zieht sich die rote Strandhose hoch, sodass sie an den Oberschenkeln viel zu kurz wird.

An der Südküste Siziliens hat ein Forschungsprojekt aus Florida in Luftaufnahmen entdeckt, dass die Villa des römischen Hauses Durrueli viel größer war als zunächst angenommen. Ausgegraben hat man sie 1907, 1980 haben die Japaner noch mehr Wohnfläche gefunden, aber erst die University of South Florida hat kürzlich die vollständigen 5.400 Quadratmeter freigelegt und beweisen können, dass die Villa aus dem 2. Jahrhundert stammt und bis zum 7. Jahrhundert durchgehend bewohnt war. Zahllose neue Mosaike religiöser Art sind aufgetaucht.

Was von der Villa übrig ist, steht am Strand von Punta Grande, und besonders gern mag sie den zentralen Innenhof mit seinen Säulen toskanischer Ordnung und den verzierten Marmorplatten. Manche Räume haben noch ihre wasserdichten Marmorböden und polychromen Mosaiken mit den Meeresgottheiten, einige sind nur noch einzelne Steine.

»Bitte nicht wieder die Jost-Debatte«, sagt sie.

»Ich sag doch gar nichts«, sagt er.

Er ist ihr einfach hinterhergereist. Vermutlich wegen seiner ewigen Eifersucht, nicht weil er sie wirklich vermisst. Sie hätte einfach Nein sagen sollen. Stattdessen hat sie gehofft, es schreckt ihn ab, wenn sie sagt, dass sie die ganze Zeit arbeiten muss. Was auch stimmt. Gestern hat man in der Villa angefangen, ein Fußbodenmosaik freizulegen, das dem der Villa Romana del Casale im Landesinneren ähnelt. Mit kleinen erotischen Abbildungen, großäugigen Putten, auch Amorini genannt. Kinder von Eros, dem großen Liebesgott. Für den sich offensichtlich auch Georg hält. So selbstverständlich, wie er ihr hinterhergereist ist und ihr »wunderschöne sizilianische Abende« versprochen hat. Er hat sich einfach spontan Urlaub genommen und sich in ein Flugzeug nach Palermo gesetzt.

Aber es ist auch ihre Schuld, dass sie das zulässt. Wenn sie ihn sogar als zweiten Gast auf dem Bauernhof anmeldet und für ihn bezahlt, weil sie nicht will, dass er auf Josts Kosten hier wohnt. Und es ist auch ihre Schuld, dass sie schon am ersten Abend mit ihm schläft, weil er ihr keine Ruhe lässt. Es ist alles ihre Schuld.

»Ich muss mal«, sagt sie, damit sie allein sein kann. Sie nimmt ihr Handy mit aufs Klo und versucht, ihre SMS zu lesen, doch es fällt ihr schwer, die Buchstaben tanzen und verschwimmen. Es ist, als hätte sie etwas im Auge.

15

Horatio Beeltz ist zufrieden.

Zufrieden mit seinen beiden Schülern. Während Mi-Ra noch im Schneidersitz verharrt, hat Artur sich auf die Seite gelegt, sein Atem hat sich stark verlangsamt, es ist, als ob er schliefe. Mi-Ra ist vermutlich noch wacher, sie hat noch einen Fuß in der Realität.

Er hat natürlich lange überlegt, die Pilze selbst zu nehmen, hier in der temporalen Fraktur, aber es ist ihm zu riskant. Er hat Angst, nicht mehr zurückzukommen – gleichzeitig wäre das auch seine Hoffnung. Er kann es einfach noch nicht riskieren.

Er erinnert sich noch sehr gut an das erste Mal, als er Pilze genommen hat. Es ist in einer Berliner Wohnung gewesen. Vermutlich die Siebziger. Er hat sich damals die Haare gefärbt und den Schnauzbart abrasiert, um ein bisschen jünger zu wirken, um jüngere Frauen und Männer kennenzulernen. Es muss Sommer gewesen sein, denn er hat ein Paar, eine Architektin und einen Arzt, beim Baden am Tegeler See kennengelernt und ist mit ihnen nach Hause gegangen, wo sie die Pilze genommen haben. Es waren nicht die Pilze von heute, aber es war die Sorte, die Kosmologen zu der Zeit kultivierten und an ihre Mitglieder ausgaben. Es hat 57 Minuten gedauert, bis es begann, er hat auf die Uhr gesehen. Hat angefangen mit einem völlig grundlosen Lachanfall, dann hat er gesehen, wie sich Faye Dunaways Gesicht auf dem Chinatown-Plakat permanent verändert hat. Wie es morphte von einer jungen zu einer greisen Faye Dunaway, wie es plötzlich Annas Gesichtszüge annahm, dann die seiner Mutter und irgendwann auch seine eigenen. Anfangs haben er und das Pärchen sich ein bisschen angefasst, aber die sexuelle Phase war schnell beendet. Irgendwann hat er die Augen geschlossen und ist in eine Art Tempellandschaft abgetaucht. Altägyptische Symbole mischten sich mit etruskischen Tempeln und aramäischen Götterfiguren wie der *Thronenden Göttin*. Und überall Bilder und Symbole von Anna als Königin oder Pharaonin, und er war ihr Hohepriester oder vielleicht auch ihr Großwesir. In der dritten Phase des Trips konnte er die Erde dann verlassen. Überall vor seinen Augen entstanden neue Sternenkonstellationen und Galaxien, ständig zerfiel das Universum und entstand in konzentrischen Kreisen neu vor seinen Augen. Und er ist in einem engen silbernen Raumschiff durch den Kosmos gerast, den er selbst erschaffen hat.

Irgendwann musste er dann lachen. Laut und ungehalten. Aber nicht grundlos. Denn er hat das Gefühl gehabt, endlich alles verstanden zu haben und die Antwort auf alle Fragen zu kennen, und sie war so schrecklich banal. O Gott, sie war so banal. Es war beinahe eine Enttäuschung, wäre es nicht so unfassbar komisch gewesen.

»Das ist also der Urwitz«, hat er laut gesagt, während er nackt zwischen dem Pärchen gelegen hat. Und hat wie verrückt gelacht. »Der Witz aller Witze. Der erste Witz aller Zeiten. Und der letzte.«

»Was ist der Urwitz?«, hat die Architektin gefragt.

»O Gott, es ist so einfach«, hat Horatio gesagt. »Es sind einfach nur die Gegensätze.«

»Die Gegensätze«, hat die Architektin wiederholt, ohne dass es wie eine Frage klang.

»Ja! Das ist tatsächlich alles. Mehr ist es nicht. Das ist der Witz. Dinge, die sich widersprechen. Oder sich unserem Empfinden nach grundlegend unterscheiden. Die dem widersprechen, was man glaubt.

Oder noch viel wichtiger: was man erwartet und hofft. Einfach das Gegenteil!« Vor Lachen hat er sich verschluckt und eine Weile gehustet.

»Aber wo ist die Pointe?«, hat die nackte Architektin gefragt, während der nackte Arzt die Beine hochgestellt und an die Wand gelehnt hat.

»Die Gegensätze selbst sind die Pointen. Gegensätze sind nur ein einziger kosmischer Witz. Sie sind zum Lachen gedacht. Und doch gehen wir an ihnen zugrunde. Sie sind der Grund für unsere ganzen Sorgen. Doch es ist so unglaublich einfach, den Schmerz zu beenden, wenn man erkennt, dass die Gegensätze nur ein Witz sind. Es gibt sie gar nicht. Alles ist einfach so, wie es ist. Jemand hat die Gegensätze einfach erfunden und lacht sich tot, während wir darunter leiden.«

»Ach komm, Horri, was für eine Scheiße«, hat der Arzt gesagt und eine Art Kerze an der Wand gemacht. Aber Horatio hat sich nicht aus der Ruhe bringen lassen.

»Wir wollen nicht krank werden. Wir wollen nicht verhungern oder von einem Säbelzahntiger gefressen werden. Wir wollen niemanden verlieren, nicht arm werden und nicht unglücklich verliebt sein. Wir wollen nicht, dass es uns schlecht geht, und vor allem wollen wir nicht sterben. Alles in uns schreit: Sorg dafür, dass es dir gut geht. Dass du nicht stirbst. Aber das Leben und das ganze Universum sind ein permanentes Sterben und Vergehen. Das ist doch unübersehbar! Es ist völlig normal. Aber wir halten das nicht aus, wir wollen, dass es uns immer gut geht. Denn wir haben den Witz nicht verstanden. Wir halten den Widerspruch nicht aus, dass es uns nicht andauernd gut gehen kann. Und das ist zum Schreien komisch, weil nur dieser Widerspruch überhaupt der Grund dafür ist, dass es uns manchmal eben doch gut geht, dass wir glücklich sein können.«

Horatio hat weitergelacht, wenn auch leiser jetzt, und die Architektin hat um ein bisschen mehr Ruhe gebeten, während der Arzt mit den Beinen an der Wand eingeschlafen ist.

Die vierte Phase war wieder planetar. Er kam zurück auf die Erde. Doch der Kanal zum Weltall war noch geöffnet. Er stand auf einem Hügel in einer Stadt in der Wüste und sah, wie die Raumschiffe eine Art antiken Weltraumhafen verließen. Und auch, wie welche dort eintrafen. Es war ein konstanter Strom von Raumschiffen, der wie ein Strahl mit zwei Spurrichtungen von einem ägyptischen Tempel aus in den Himmel stieß.

Wenn er die Augen aufgemacht hat, war da immer noch das Ehepaar, doch wenn er sie wieder schloss, wusste er, dass er bereits Tausende Jahre unterwegs war. Und noch sein würde. Ich habe die Zeit besiegt, hat er gedacht. Jetzt kann sie mir nichts mehr. Egal wie viel älter ich noch werde oder nicht. Egal wie und wann ich sterbe, ich bin der Zeit entkommen, hat er gedacht. Ihre Parameter gelten nicht mehr für mich. Ich habe die Zeit besiegt.

Er hat gewusst, dass es nur noch ein, zwei Stunden dauern würde, bis er wieder ihren irdischen Regeln unterlag, aber das hat ihm keine Angst mehr gemacht. Die Menschen brauchen ihre Sekunden und Minuten, ihre Stunden und Tage und Jahre. Sonst werden sie wahnsinnig, hat er gedacht. Nur ein paar Tage ohne Zeitgefühl lassen sie schon verzweifeln. Sie sind Zeitbeamte, sie haben ihre eigene Zeit erfunden, um überhaupt existieren zu können. Doch in Wahrheit kennen sie nur einen Bruchteil von dem, was sie Zeit nennen. Deshalb nehmen sie auch an, dass die Zeit nach ihren Regeln vergeht. Wenn es ihnen gut geht, wollen sie, dass sie bleibt. Geht es ihnen schlecht, soll sie schnell vergehen. Die Leute sind gegenüber der Zeit im Widerstand, sind nie zufrieden mit ihr, deshalb zwingen sie ihr diese Regeln auf.

Die fünfte Phase war die Sterblichwerdung. Stundenlang hatte er weder Wärme noch Kälte, weder Hunger noch Durst gespürt, nichts geschmeckt und nichts gerochen. Plötzlich war da wieder ein Geschmack in seinem Mund. Schwer und metallisch, aber äußerst interessant. Und er ist in die Küche gelaufen und hat sich ein Baguette genommen, bereit für die Enttäuschung darüber, wie irdisch und fad es schmecken würde. Doch auch interessiert an eben dieser Enttäuschung. Er hat wissen wollen: Wie fühlt es sich an, enttäuscht zu sein? Als Kosmos-Reisender, als Gott, hat er das vergessen. Wie fühlt es sich an, wieder die Gegensätze zu spüren? Den Widerstand gegen die Zeit? Wie würde es sein, plötzlich den Urwitz nicht mehr zu verstehen? Er war so interessiert an seinem Nüchternwerden und so begeistert von der alten Realität. Der er vor ein paar Stunden noch so gern entkommen war. Er war sehr interessiert an den langweiligen Farben und Mustern dieses Bettbezugs, dieser Wohnung, an dem langweiligen Paar aus Arzt und Architektin, am Alltag. Er hat gedacht: Auch diese Welt hat ihre Berechtigung und sogar ihre Vorzüge, ihre Farben und Muster, man muss sich nur für sie begeistern können. Und mit dieser Begeisterung hat er in das Baguette gebissen, und es hat geschmeckt, wie nichts je zuvor geschmeckt hat. Mit jedem Bissen zwar weniger spektakulär, doch selbst das hat ihn begeistert. Denn die Enttäuschung über das immer weniger spektakulär schmeckende Baguette war Teil dieser wundervollen Sterblichwerdung, über die er sich so gefreut hat. So muss es sein, wenn ein Gott zu den Menschen herabsteigt, hat er gedacht. Als Außenstehender fragt man sich doch immer bei den Mythen, was Götter an diesem elendigen Menschsein reizt, an Krankheit, Hunger und Durst. Doch es sind die Gegensätze, die einen Gott faszinieren müssen. Und die seltsame, höchst spezifische Wahrnehmung von Zeit. Er verstand jetzt die Götter.

Irgendwann ist ihm kalt geworden, er war ja die ganze Zeit nackt. Doch selbst für die Kälte war er dankbar. Und dann ist ihm aufgefallen, dass er Anna immer noch sehr vermisst. Das ist der größte Widerspruch in seinem Leben. Vielleicht der einzige, über den er nicht lachen kann.

Die Erkenntnisse aus Pilztrips sind nie wieder so grundlegend gewesen wie an diesem späten Sommernachmittag nach dem Baden am Tegeler See. Und doch hat er gelernt, wie funktional die Pilze sind, um sich all der Gegensätze zu entledigen. Dem leidigen Zeitgefühl, dem Zeitdruck. Die Pilze sind ein legitimes Mittel, um sich kurz durch den Zeitzoll zu schmuggeln und herauszufinden, welche Rolle man wirklich einnimmt im Gefüge der Partikel, und die Antwort hat immer wieder gelautet: keine und jede. Und er ist sich irgendwann sicher gewesen: Gibt man den Widerstand gegen die Zeit auf, kann man sie nicht nur besiegen, sondern auch kontrollieren. Doch dazu benötigt man eine stabile temporale Fraktur. Einen Riss in der Zeit, der eine Weile offen bleibt. Einen Ort, an dem die Zeit verletzt worden ist. An dem sie heilt. In der Zwischenzeit kann man hindurchschlüpfen, es ist wie eine unerwartete Abkürzung, die es sonst nicht gibt.

Er hat viel darüber gelesen und diskutiert. Mit den Kosmologen, mit Anna – als sie noch da war –, mit Wissenschaftlern und Journalisten. Bis er die Kosmologen Ende der Siebziger verlassen hat. Sie sind sich immer einig gewesen, dass es diese Orte gibt. Dort, wo das Unvermögen der Menschen, Gegensätze auszuhalten, für kolossale Verwirrung und Verwüstung gesorgt hat. Für Verlust und Vernichtung. Doch einen Riss haben sie nie gefunden. Gesucht haben sie auf ehemaligen Schlachtfeldern, in Kirchen, Moscheen, in Tempeln, die im Laufe der Jahrhunderte verschiedene Konfessionen beherbergt haben, an Grenzen, auf Bergen und auf dem Meeresgrund, in Schluchten und Kratern, in Theatern und Krankenhäusern und vor allem an verlassenen Orten, Ruinen, Ausgrabungsstätten. Auf Friedhöfen. Wie diesem. Irgendwann haben sie aufgegeben. Sich einen Irrtum eingestanden. Der keiner war, wie er jetzt weiß. Was für eine unglaubliche Begebenheit, dass ausgerechnet er den Riss gefunden hat. Hier in seinem alten Frankfurt. Das kann ja auch kein Zufall sein, denkt er. Vielleicht hat er den Riss selbst miterschaffen. Vielleicht war er immer dazu bestimmt gewesen, ihn zu finden. Vielleicht ist er deswegen haltbar, vielleicht lief immer alles nur auf diesen Riss hinaus.

Lange hat Horatio auch gehofft, ein Zeitriss würde ihm die eigene Haltbarkeit plausibler machen, doch irgendwann hat er den Riss nur noch als Möglichkeit gesehen, zu Anna zurückzukehren. Sie ist das Ziel. Sie ist der eigentliche Riss, das wird ihm jetzt bewusst.

Und doch hat er die Reise bisher nicht selbst angetreten, sondern mit Mi-Ra und Artur eine Art Erkundungstrupp vorausgeschickt. Weil er Angst hat, an den falschen Ort zu reisen, Anna nicht zu finden. Und dann zurückzukehren in eine Realität, in der er keine Möglichkeit mehr hat, sie wiederzusehen. Seine einzige Chance verpasst zu haben. Das Risiko ist zu groß. Vielleicht ist er auch nur alt und ängstlich geworden. Doch er hat eine sehr talentierte Schülerin und einen guten Schüler, da ist er sich sicher, sie werden wertvolle Erkenntnisse mitbringen. Außerdem fängt er an, sie zu mögen.

*

Artur weiß, dass alle Augen auf ihn gerichtet sind, als er aus den Arkaden hervortritt und die Stufen des Stadions hinunterläuft. Auf dem Rasen erwarten ihn der Politiker Wontor, Sportbeauftragter der Woiwodschaft Lubuskie, der Bürgermeister von Słubice und der Chef der Baufirma Hydro, der auch die lokale Fußballmannschaft sponsert und den Ausbau und die Privatisierung des Golfplatzes betreibt. Auch in Sydney haben sie gefeiert, haben sie *ihn* gefeiert, zumindest ein bisschen, aber sein Trainer hat ihm prophezeit: *Mit dem siebten Platz wirst du zu Hause wie ein Goldmedaillengewinner empfangen.*

Aber selbst wenn jetzt alle Augen auf ihn gerichtet sind, sind es nicht besonders viele Augen an diesem lauwarmen Oktobernachmittag, an dem man ohne Probleme mit einem T-Shirt und kurzen Hosen herumlaufen kann. Vielleicht ist es nur das: Vielleicht sind das schöne Wetter und der Samstagnachmittag schuld daran, dass kaum jemand ins Stadion gekommen ist, um bei seiner Auszeichnung dabei zu sein. Gekommen sind neben seinen Eltern und etwa zwanzig Anwohnern seine Cousine Daria und sein Onkel Simon. Mit seinen kleinen, immer leicht geschwollenen Augen und dem roten Raucherhals. Ein geselliger Mensch, dem man aber schon im Jahr 2000 hätte ansehen können, dass er die nächsten zehn Jahre nicht mehr vollständig erleben wird.

Bei seiner Cousine Daria steht ihre beste Freundin Carolina. Eigentlich dürfte er noch nicht wissen, wie sie heißt. Er muss sich zwingen, sie nicht anzuschauen, während er schon fast ganz unten auf dem kurz gemähten Rasen ist, aus dem trotzdem schon wieder der Rotklee wächst. Er schafft es nicht. Sie trägt die dunkelblonden Haare ziemlich kurz, nur bis knapp über die Ohren. Diese leicht abstehenden Ohren, die immer einen Tick zu groß für ihren zierlichen Kopf wirken. Die kurzen Haare betonen ihren kantigen Unterkiefer. Sie trägt eine leichte weiße Stoffjacke über einem hellgrünen Hemd und einen längeren Jeansrock, dazu braune Stiefel. Er kann nicht anders, als auf das kleine Stück Haut zwischen Stiefel und Rocksaum zu achten. Dann zwingt er sich endlich wegzuschauen, doch das kommt zu spät. Sie hat schon bemerkt, wie er sie gemustert hat. Und kann sich nicht ganz entscheiden, ob sie lächeln oder ihn ignorieren soll. Irgendwo in der Mitte zwischen diesen Optionen verharrt ihr Blick. Und aufregende Mitte, denkt er, während er auf den Politiker, den Bürgermeister und den Chef der Baufirma zugeht. Seine Cousine Daria winkt ihm zu, er kann es aus den Augenwinkeln sehen, und es wäre unhöflich, nicht zurückzuwinken. Deshalb winkt er und winkt damit auch Carolina zu. Und sie winkt zurück.

Cholera!

Er nimmt die Auszeichnung entgegen, sanfter Applaus von den wenigen Leuten. Es sind noch ein paar Stunden bis zum Abend, dem Abend, an dem er dann endgültig handeln muss. Er fragt sich, ob er auch kurze Zeiträume überspringen kann. Wenn es mit ganzen Jahrzehnten geht, dann doch sicher auch mit Stunden. Er schließt die Augen, fühlt den Holzrahmen seiner Urkunde ganz deutlich zwischen den Fingern, den leichten Wind, das, was von der Sommersonne im Oktober noch übrig ist, riecht den Rasen des SOSiR-Stadions, den Rotklee und frisch gebackenes Brot. Als er die Augen wieder öffnet, hört er laute Musik.

It's My Life. Das lief auch in Sydney andauernd. Auf den verbotenen nächtlichen Feiern.

Sein Miniatur-Zeitsprung hat wohl tatsächlich funktioniert, er steht nicht mehr auf dem Rasen des Stadions, er ist im Keller des Café Krucza. Das Krucza ist eigentlich eine Bäckerei. Direkt über ihnen erschlägt einen die Vielfalt aus süßem Gebäck, Hochzeits- und Festtagstorten und tausendfarbigen Plätzchen. Er hat sich schon als Kind gefragt, ob in Słubice tatsächlich so viele Menschen gleichzeitig heiraten, um diese Bandbreite an Torten im Krucza zu rechtfertigen. Doch der Besitzer ist ein landesweit ausgezeichneter Konditor und Tortenfanatiker, der sich fast täglich an neuen Rezepten und Dekorationen ausprobieren muss und bis nach Świebodzin oder rüber nach Frankfurt liefert. Gefallen haben Artur die Torten im Krucza nie besonders. Ihm fällt eine Torte ein, auf der eine gesamte Familie als gut gekleidete Schweine dargestellt ist. Der Schweinevater trägt einen Zylinder, die Mutter einen Blumenstrauß, die Schweinekinder halten einen Fußball und eine Schweinepuppe in den Händen.

Doch heute stellt das Krucza keine Torten und Plätzchen, sondern seinen Partykeller zur Verfügung, damit Słubice seinen Heimkehrer und Meisterschwimmer gebührend feiern kann. Es sind mehr Leute gekommen als am Nachmittag auf den Sportplatz. Es fehlen zwar der Politiker, der Industrielle und der Bürgermeister, dafür sind seine Schwester Amelia und sein Schwager Erhardt aus Potsdam, sein alter Freund Peter und eine Menge halb bekannter Menschen aus Słubice da. Und seine Cousine Daria und ihre Freundin, deren Namen er noch nicht wissen kann. Mit der er nicht tanzen darf, daran muss er sich halten. Er hat ein Glas Bier in der Hand und stößt mit Peter an. »Auf dich. Das ist jetzt deine Zeit«, sagt Peter.

Und diese Zeit vergeht schneller, als er denkt. Ehe er genau weiß, wie das passiert ist, findet er sich in einem Gespräch mit Daria wieder, und neben ihr steht Carolina, immer noch in ihrer weißen Stoffjacke und dem hellgrünen Hemd, und versucht, ihnen zuzuhören. Über einen Abba-Song hinweg.

»Das ist Carolina, sie kommt aus Warschau«, sagt Daria, als Artur noch überlegt, wie er sich aus dem Gespräch zurückziehen und wie er es vermeiden kann, auf Carolinas schöne Ohren zu starren.

»Hallo, Carolina«, hört er sich sagen und sieht sich selbst dabei zu, wie er seine Hand in ihre Richtung ausstreckt. Sie nimmt sie, aber drückt sie nicht.

»Was machst du so?«, fragt er, weil es unhöflich wäre, jetzt gar nichts zu sagen.

»Ich studiere Grafikdesign in Warschau. Und du?«

»Ich bin …« Er will *Leistungsschwimmer* sagen, aber dann versteht er, dass das ein Scherz ist. »Ich bin Konditor«, sagt er stattdessen und kann sich nicht mehr erinnern, ob er das auch im Original gesagt hat.

»Dann ist das dein Café?«, fragt sie.

Er nickt. »Ich hab meinen Partykeller heute für irgendeinen Loser zur Verfügung gestellt, der nur Siebter bei den Olympischen Spielen in Sydney geworden ist. Der Bürgermeister hat mich quasi gezwungen. Bei Bronze hätte ich es freiwillig gemacht und bei Silber oder Gold noch ein bisschen Geld für einen vernünftigen DJ draufgelegt, aber Siebter, ich bitte dich.«

»Unglaublich«, sagt Carolina. »Aber jetzt hat dieser Olympiasiebte genau den DJ, den er verdient.«

Ist es dasselbe Gespräch wie damals? Das fragt er sich. Wenn er sich nur an den genauen Wortlaut erinnern könnte, würde er etwas anderes entgegnen als damals. »Ja, aber wir müssen leider mit dem leben, was wir haben. Immer dem Siebtbesten. Egal ob DJs oder Leistungsschwimmer«, sagt er. »Słubice-Style.«

Sie lacht und nimmt seine Hand, zieht ihn auf die Tanzfläche. Das Lied kennt er in- und auswendig. Es ist als ihr Kennenlernlied in die Geschichte eingegangen. *Pure Shores* von All Saints. Es gibt diese eine Stelle, an der das Lied aus seiner Behäbigkeit ausbricht.

I move it, I feel it – I'm coming, not drowning …

Es ist die Stelle, an der Carolina auf der Tanzfläche zum Leben erwacht. Hat sie eben noch ein bisschen schüchtern im Stand vor sich hin getanzt, hebt sie jetzt die Hände, singt laut mit und bewegt ihre Beine. Sie zieht ihn zu sich und lässt sofort wieder los, schreit in sein Ohr: »Ich bin schon ein bisschen betrunken, es tut mir leid.«

»Ich hab auch schon was getrunken«, sagt Artur.

»Ich muss morgen nach Warschau zurück«, sagt Carolina. »Wir könnten uns zum Frühstück treffen. Oder spazieren gehen. Wie wäre das, Konditor?«

»Das wäre schön«, schreit er zurück. Er muss ja nicht kommen, er kann sie versetzen. Er muss nicht mit ihr spazieren gehen und sie zum Abschied küssen. Und am darauffolgenden Wochenende gleich zu ihr nach Warschau fahren. Und überhaupt kann er jetzt sofort aufhören, mit ihr zu tanzen.

»Versprich es«, sagt sie und hält ihm die Hand hin.

Er schlägt ein. »Versprochen«, sagt er. Und als hätte eine fremde Macht von ihm Besitz ergriffen, schreit er ihr ins Ohr: »Du hast schöne Ohren.« Nur ist in dem Moment leider das Lied aus, und alle hören den Satz mit den schönen Ohren und schauen die beiden an. Und es ist ihm wieder genauso peinlich wie beim ersten Mal.

*

Natürlich hat Georg sie zur Villa Durrueli begleitet und beim Gespräch mit Alberto ganz nah bei ihnen gestanden, um jedes Wort mit anzuhören. Es ist genau, wie sie es in Erinnerung hat, und je mehr Zeit vergeht, desto hilfloser fühlt sie sich, desto mehr Angst hat sie vor dem, was kommt.

Kann ich mich wirklich frei bewegen? Frei entscheiden? Oder ist das alles eine Illusion? Ein Traum? Ein Trick von Beeltz?

Natürlich hebt sie die Hand, wenn sie die Hand heben will, und sie kann stehen bleiben, wenn sie stehen bleiben will, doch der Tag scheint dennoch völlig ungerührt in seiner ursprünglichen Form abzulaufen.

Sie schließt erneut die Augen und macht sie wieder auf, aber da ist kein Friedhof und kein Horatio Beeltz, da ist nur der Strand von Punta Grande und das türkisblaue Afrikanische Meer, auf das die Mittagssonne scheint und jeden blendet, der zu lange auf die kleinen Wellenhügel schaut. Jeden, der den sanften Schaumrändern dabei zuschaut, wie sie auf den mit Zweigen und Muschelresten überzogenen Sand vor der Villa treffen und sich mit ihm verbinden.

Georg fragt Alberto irgendetwas in korrektem, aber deutsch klingendem Englisch, und Alberto antwortet in einem deutlich sympathischeren Englisch mit italienischem Akzent. Sie versucht, nicht zuzuhören, sie weiß ja eh, was sie reden, sie erinnert sich plötzlich an alles. Und sie hat mit jedem Wort mehr das Gefühl, das alles nicht aufhalten zu können.

Vielleicht ist das auch der falsche Ort. Und der falsche Zeitpunkt. Vielleicht hätte sie weiter zurückgehen müssen. Vielleicht ist es hier schon zu spät. Vielleicht hätte sie verhindern sollen, dass sie Georg überhaupt kennenlernt. Zurück ins erste Semester an der Uni Köln hätte sie gehen sollen. Als es ihr noch gut ging. Als sie ihre erste eigene Wohnung gefunden hat und sogar eine Gruppe neuer Freundinnen. Als sie das erste Mal das Gefühl gehabt hat, es reicht, was sie tut. Es ist genug. Sie ist genug. Das hat sich geändert, als sie Georg kennenlernte. Auf einer dieser Studentenpartys am Zülpicher Platz. Er ist mit ihrer Dozentin für Byzantinistik aufgetaucht, sein Date, wie sie später erfahren hat. Bei einem Gespräch mit und über Erdbeerbowle hat sie erfahren, dass er Neurologe ist. Zwei Jahre vor seinem Burnout war das. Zwei Jahre, bevor er nur noch wissenschaftlich gearbeitet hat. Auf der Party hat er ihr etwas über psychosomatische Aspekte bronchialen Asthmas erzählt. Und darüber, wie Erinnerungen funktionieren. Für das Gehirn ist das Aufrufen einer Erinnerung eine Art Zeitreise, hat er gesagt. Das fällt ihr jetzt erst wieder ein.

»Das Gehirn hat da eine clevere Strategie, denn zunächst ruft es nur allgemeine Erinnerungen ab, die dann wiederum Erinnerungen an immer mehr Details aufrufen, bis das gesamte Aktivitätsmuster wiederhergestellt ist, wobei hier eine hohe Fehlerwahrscheinlichkeit herrscht, weil das Gehirn dazu neigt, Lücken imaginativ aufzufüllen. Deshalb sind übrigens auch einzelne Zeugen vor Gericht so gut wie nichts wert«, hat er ihr gesagt.

Vielleicht hätte sie in jenen Abend reisen sollen und ihm sagen, dass sie sich weder für psychosomatisches Asthma noch neurologische Erinnerungsmuster interessiert, statt sich mit ihm auf einen Kaffee zu verabreden. Gefallen hat er ihr schon, hauptsächlich weil er so groß war und so großzügig.

Jetzt ist es zu spät, denkt sie. Jetzt steht sie hier am Strand von Punta Grande, auf dem nassen Sand vorm zentralen Innenhof mit seinen Säulen toskanischer Ordnung. Wenn sie jetzt gleich Alberto zum Abschied umarmt und er ihr einen Kuss auf die Wange gibt, wird das den Prozess in Gang setzen, der letztlich zur Katastrophe führt. Also reicht es doch vielleicht, wenn sie Alberto nicht umarmt.

Als es so weit ist, winkt sie ihm nur zum Abschied, hat sich schon halb abgewendet, während Alberto sie leicht erstaunt ansieht. Statt Küsschen von Mi-Ra bekommt er jetzt von Georg einen kräftigen Händedruck. Georg ist wie der Hulk, denkt sie. Zu groß und grobmotorisch, ein Ungetüm mit dem Hirn eines Wissenschaftlers und den Emotionen eines Kleinkinds.

Jetzt ist sie gespannt, wie es weitergeht. Ist diese marginale Veränderung diejenige, die alles zum Kippen bringt? Wenn Sie jetzt nach Słubice zurückkommt, gibt es dann die alte Mi-Ra Kim nicht mehr? Ist es dann weg, dieses Gefühl, nie auszureichen? Ist es dann weg, dieses Gefühl, immer im Halbdunkel zu sitzen? Die traurige Taubheit. Ist es jetzt schon weg? Nein, ist es nicht. Hör auf, dich zu bemitleiden, denkt sie.

Georg führt sie an der Hand über den Strand und über eine vom Sommer verbrannte Wiese an ein paar Pinien vorbei bis zur Landstraße, an der sie den Leihwagen geparkt haben.

»Wieso hat er dich so entsetzt angeschaut, als du ihm zum Abschied gewinkt hast?«, fragt er, nachdem sie beide eingestiegen sind.

»Wie bitte?«

»Ich wette, der hat eine andere Verabschiedung erwartet. Das konnte ein Blinder sehen.«

»Dann bin ich wohl ein Blinder.«

»Wie verabschiedet ihr euch denn normalerweise?« Er ist im Begriff gewesen loszufahren, hat sich schon angeschnallt, doch jetzt wartet er ihre Antwort ab.

»Keine Ahnung. Küsschen links, Küsschen rechts. Hand in den Schritt.«

»Haha«, macht er, und sie merkt, wie seine Hand die Gangschaltung noch fester umklammert, als wollte er sie herausreißen.

Scheiße, denkt sie. Es hat nicht gereicht. Sie muss noch hierbleiben. Sie schnallt sich an und denkt an die Meeresgottheiten auf den Mosaiken, an die Wasserschlange, die sich mit einem Oktopus duelliert, an die Muster und die Fische, an die tausend Jahre alten Symbole für Meeresschnecken und Seesterne, die ihr Hoffnung vermittelt haben, als sie sie das erste Mal hier gesehen hat. Dass solche Dinge über tausend Jahre überdauern und nichts von ihrer Schönheit und Bedeutung verlieren, verschafft ihr eine Ruhe und Genugtuung, die sie nur schwer in Worte fassen kann. Man stirbt und hinterlässt. Und es reicht noch tausend Jahre danach Archäologen und Wissenschaftlern. Am Ende ist es genug, seinen Fußboden ordentlich gefliest zu haben. Die Struktur hat gesiegt.

*

Nach Arturs öffentlicher Durchsage über sein Faible für Carolinas Ohren passiert etwas Gefährliches. Sie lachen. Zusammen. Um genau zu sein, können sie sich vor Lachen gar nicht mehr halten. Artur erinnert sich jetzt ganz deutlich, wie sehr sie am Anfang eine gewisse Albernheit verbunden hat. Wie sehr sie sich gegenseitig zum Lachen gebracht haben. Irgendwann hat das nachgelassen, aber dann haben sie zusammen Mila zum Lachen gebracht und umgekehrt.

Es ist eigentlich ein ziemlich schöner Tag im Mai gewesen, als sie das mit Milas Tumor herausgefunden haben. Am Vortag hat es noch geregnet, und er ist bei der Kinderärztin mit ihr gewesen, die ihm geraten hat, zum Kinderorthopäden zu gehen. Oder zum Osteopathen. Weil Mila eben den Kopf so schief gehalten hat. Dass sie sich seit ein paar Tagen morgens übergab, hat er der Kinderärztin unterschlagen. Weil er sich auch nicht sicher gewesen ist, ob sie nur Schleim heraufwürgte, der von einer Erkältung stammte. Sie hatte ziemlich oft Schnupfen. Sie war entweder immer ausgesprochen fröhlich und gesund oder krank und fürchterlich quengelnd. In beiden Fällen war sie laut. Sie brennt an beiden Enden der Kerze hell, hat Carolina sie mal beschrieben. Nachdem die Kinderärztin also nichts gefunden hat, ist er abends mit einem Freund im Kino gewesen, es lief ein Horrorfilm, in dem ein Pärchen in Los Angeles zu einem Gesellschaftsabend eingeladen wird, der sich als geplanter Massenselbstmord herausstellt. Nach dem Kino hat er eine Sprachnachricht von der Kinderärztin abgehört, in der sie ihn gebeten hat, am nächsten Tag im Krankenhaus ein MRT machen zu lassen, sie würde ihm eine Notfallüberweisung an die Rezeption legen. Nur um sicherzugehen, weil sie sonst kein gutes Gefühl habe. Artur hat Carolina gebeten, das zu übernehmen, weil er ja schon den Arztbesuch am Vortag absolviert hat. Er hat nicht geahnt, dass die beiden fast den ganzen Tag in der Klinik verbringen würden – warten, testen, Dinge unterschreiben, wieder warten. Schließlich haben sie Mila in Narkose versetzt und das Ergebnis erhalten, dass da etwas ist. Er erinnert sich, wie er den Anruf gegen Abend entgegengenommen hat, als er sich gerade Nudeln mit Knoblauch gekocht hat. Er hat zirka achtmal nachgefragt, ob er richtig hört. Dann hat er sich aufs Fahrrad gesetzt und ist durchs abendliche Warschau Ende Mai gefahren, an der Weichsel entlang, vorbei am Park mit den elektrischen Fontänen, einer beleuchteten Brunnenlandschaft am Flussufer mit Laserstrahlen, Musik und Touristen. Noch ist es nicht dunkel gewesen, die ersten Laser sind noch blass ausgefallen im Vergleich zur blutroten Abendsonne. Doch die Leute haben sich schon vor den Brunnen versammelt, haben Bier und Cola getrunken, auf Decken gesessen, haben Eis oder Kebab gegessen und auf den Sonnenuntergang und die Lasershow gewartet. Er hat ein Pärchen laut lachen gehört, alles ist ihm wie in Zeitlupe vorgekommen auf seiner letzten Fahrradfahrt im alten Leben.

Mit Tränen in den Augen, die er auf den Lachanfall schieben kann, holt er Carolina noch ein Bier. Er ist erstaunt, wie viel sie verträgt. Sie stößt mit ihm an, sie fährt ihm mit den Fingern über die Augen.

»Du weinst ja.«

»Das sind Lachtränen.«

»Ich würde dir ja auch gerne vor allen Leuten sagen, dass du schöne Ohren hast, aber deine sind klein und langweilig.«

»Ich weiß«, sagt er und lacht wieder. Und noch im Lachen küsst er sie.

Nach Himbeeren und Bier. Parfüm und Zigaretten. Das fühlt sich alles richtig an. Oder unvermeidbar.

Erst als sie kurz aufs Klo muss und er ein paar Minuten hat, bevor ihm Peter mit der feuchtesten Aussprache der Welt zu seiner »Goldmedaille im Aufreißen« gratulieren wird, hat er die Gelegenheit, darüber nachzudenken, was er da gerade getan hat. Und was er eigentlich tun wollte. Er hat sich hinreißen lassen. Es ist, als hätte ihn etwas gesteuert. Oder sucht er nur eine Ausrede? Er merkt, wie betrunken er ist, obwohl er gar nicht dabei war, als er den Großteil des Biers getrunken hat, das ihn gerade so betrunken macht. Was passiert, wenn er den Abend so laufen lässt und einfach nicht nach Warschau fährt am nächsten Wochenende? Oder sie morgen nicht zum Frühstück trifft. Hat er es dann aufgehalten? Und kann er überhaupt noch so lange in der Reise bleiben? Vermutlich nicht.

Er sieht auf die Uhr, aber kann sie kaum lesen. Seinem Gefühl nach müsste es fast zwölf sein. Er fühlt sich müde, schließt kurz die Augen: Jetzt ist da der Friedhof in der trägen Nachmittagssonne, er sieht Mi-Ra dort sitzen. Ihre Haare fließen wie eine schwarze Flüssigkeit über ihre Schultern. Und da hinten ist Beeltz und liest ein Buch, nimmt keine Notiz von ihm.

Schnell macht er die Augen wieder auf und ist noch im Partykeller vom Café Krucza. Er sieht sich die niedrige Decke an. Über ihm ist immer noch die Bäckerei mit ihren Hunderten von Plätzchen und ihren merkwürdigen Hochzeitstorten, am Ende des Raums geht es immer noch zur Toilette, wo Carolina gerade ist, links an der Wand steht immer noch ein Kühlschrank mit Bier und rechts gegenüber hat sich der DJ ein Pult aus einer orangefarbenen Bierbank aufgebaut, darunter steht sein Case mit CDs. Gerade läuft *Freestyler*, das gefällt ihm. Er geht zum DJ und schüttelt ihm über den CD-Player hinweg die Hand.

Peter kommt ihm hinterher, will ihn in ein Gespräch verwickeln. Artur weiß schon, worum es gehen wird. Peters Ex-Freundin Silvia aus Dresden. Sein Blick fällt auf die schmale schwarz lackierte Holztür hinten, wo der Partykeller sich zu einem Schlauch verengt. Dort, wo das Klo ist.

»Im Aufreißen hast du die Goldmedaille, Art«, lallt Peter. »Also wenn ich nicht noch so an Silvie hängen würde, dann könnte ich auch –«

»Ich weiß, Peter.« Artur spürt, dass seine Zeit abläuft. Wenn er jetzt zurück zum Friedhof gezogen wird, dann hat er gar nichts verändert. Er wird am nächsten Wochenende zu Carolina nach Warschau fahren und zahllose Wochenenden danach. Er wird in einem Jahr nach Warschau ziehen, und sie werden eine großartige Zeit haben. Carolina wird ihren Abschluss machen und Art Directorin bei einem Start-up werden. Er wird noch ein paar Wettbewerbe schwimmen und sich schon nebenbei um den jüdischen Friedhof in der Wincentego kümmern. Sie werden erst mal nicht an Kinder denken. Und es dann doch probieren, und es wird lange nicht funktionieren, dann endlich. Dann wird Mila da sein. *Mila*.

Das alles ist nicht mehr aufzuhalten, wenn er jetzt nicht noch hierbleibt und etwas Gravierendes unternimmt. Er schaut erneut auf die Uhr, kann sie nicht lesen, die Zeiger vibrieren und die Ziffern schrumpfen, es ist, als wollte das Ziffernblatt sich selbst einsaugen.

Die schwarz lackierte Tür geht auf, und Carolina kommt heraus. Er küsst sie, fasst ihr Gesicht an, als müsste er sich überzeugen, dass sie noch keine Erinnerung ist.

»Bist du okay?«, fragt sie, »musst du irgendwohin?«

»Vielleicht können wir uns nicht wiedersehen«, sagt er.

Sie befreit sich aus seiner Umarmung. »Wieso sagst du das jetzt?«

»Das kann ich dir nicht erklären.« Jedes einzelne Wort kostet ihn so viel Kraft, als würde er eine 30-Kilo-Hantel über den Kopf heben.

»Du hast eine Freundin, ja?« Sie scheint vor seinen Augen zu wachsen, ihn zu überragen. Oder wird er nur kleiner?

»Nein«, sagt er.

Sie wird immer noch größer. »Ich bin halt nur selten hier. Und schon gar nicht in Warschau«, sagt er. »Ich reise viel.«

»Das ist mir egal«, sagt sie.

»Okay«, sagt er, und es kann sein, dass er das alles schon einmal genau so gesagt und gehört hat.

»Es tut mir leid.«

Sie kehrt zur Normalgröße zurück. Ihr Blick hellt sich auf. »Weißt du, Olympia-Konditor, wir müssen das auch gar nicht jetzt besprechen, denn ich denke, wir haben noch ein bisschen Zeit, bevor wir uns festlegen.«

Artur spürt, dass es nicht mehr lange dauert, bis die Zeiger der Uhr an seinem Handgelenk aus dem Ziffernblatt springen. Er kann schon den Friedhof riechen. Zitronen, kandierte Nüsse und das süßlich-schwere Aftershave von Beeltz.

*

Im renovierten sizilianischen Bauernhof auf den Hügeln über Agrigent läuft sie durch das Heckentor, ihm voraus, damit sie vor ihm in der Wohnung ist. Sie behauptet, sie müsse dringend aufs Klo.

Im Auto hat sie ihren Bruder angerufen, um nicht mit Georg über Alberto reden zu müssen. Es war schön, ihn zu hören. Sich vorzustellen, wie er in seiner kleinen Küche zwischen Hunderten von Gewürzen, Töpfen und vor einem vollgestopften Kühlschrank sitzt und mit ihr telefoniert. Er telefoniert immer in der Küche. Nachdem Min-Ho das Bergmannsfeld verlassen hat, ist er zum Super-Koch geworden. Was lustig ist, denn zu Hause hat er nichts in der Küche angerührt und sich auch nicht gerade durch eine Vorliebe für Lebensmitteleinkäufe ausgezeichnet. Doch sobald er ausgezogen war, hat er jeden Tag gekocht. Erst italienische Küche, aber irgendwann hat er sich all die koreanischen Gerichte beigebracht, die ihre Mutter nie hat kochen wollen. Mi-Ra hat mal zu ihm gesagt: Wer dich heiratet, wird nie wieder schlecht essen. Geheiratet hat ihn niemand und umgekehrt auch nicht, doch zumindest gibt es Daniel aus Münster. Den er bei einer Fortbildung kennengelernt hat. Auch Daniel kocht gerne. Mi-Ra nimmt an, dass die beiden kein Problem haben, falls ihnen jemals die Libido abhandenkommt. Denn die beiden haben Sex mit Essen. Es ist ein nie endender Dreier. Sie selbst hat die kulinarischen Defizite ihrer Kindheit nicht ganz so akribisch aufgearbeitet. Sie isst zwar auch sehr gern, aber am Kochen hat sie immer gestört, was für ein Chaos es produziert.

Als sie jetzt mit Min-Ho telefoniert, kennt er noch keinen Daniel aus Münster. Überhaupt hat er sich noch nicht ganz entschlossen, wen er mag. Es kann sein, dass er gerade noch mit Elisa zusammen ist, einer Theologiestudentin, die einmal im Monat sonntags mit ihm und seiner Mutter in die Kirche geht.

»Du hast mich angerufen, Micha«, behauptet sie.

»Ich hab dich nicht angerufen, Miranda. Vielleicht hab ich mich mit meinem fetten koreanischen Arsch auf mein Telefon gesetzt.«

»Don't call me Miranda.«

»Für jeden Micha eine Miranda.«

»Fair enough«, sagt sie. Es ist einer ihrer Scherze, sich gegenseitig deutsche Namen zu geben. Als Kinder haben sie sich geschämt, ihre Namen zu nennen, weil sie keiner aussprechen konnte und niemand sie sich merken wollte. Da hätten sie sich über deutsche Namen gefreut. Auch jetzt kann ihre Namen keiner aussprechen, und keiner will sie sich merken. Doch jetzt sind sie froh, dass sie nicht Elisa oder Georg heißen.

»Wo steckst du?«, fragt er. »Immer noch in Italien?«

»Sizilien«, sagt sie. »Bei der Ausgrabung noch, ja.«

»Ist er wirklich nachgekommen?«, fragt Min-Ho.

»Natürlich.«

»Das tut mir leid. Ich versteh wirklich nicht, was du gut an ihm findest. Er ist unsicher wie ein Kind. Du bist sicher auch ein Muttterersatz für ihn.«

»Hör auf«, sagt sie. »Wie läuft's in der Pharmaindustrie?«

»Es ist okay. Der Chef ist in Reha wegen Bandscheibenvorfall, gerade machen wir viele Raucherpausen.«

»Das sind doch mal gute Nachrichten.«

»Wie geht es *dir?*«, will er wissen.

»Ach, na ja. Die Ausgrabung ist fantastisch. Wir haben ein neues römisches Mosaik freigelegt. Interessiert dich das überhaupt?«

»Natürlich nicht«, sagt er.

»Hörma, Micha: Die römische Bodenmosaik-Kultur ist undenkbar ohne die Etrusker, das steht seit letzter Woche endgültig fest.«

»Ich werde die Welt ab heute mit anderen Augen sehen. Aus welcher Zeit stammen eure Funde?«

»Du fragst nur aus Höflichkeit. Aber egal, let me hit you with this: Sie stammen aus dem ersten Jahrhundert. Wusstest du, dass die Römer im ersten Jahrhundert bereits 100-teilige Operationsbestecke hergestellt haben?«

»Das weiß doch jeder.«

»Ich wollte nur sichergehen.« Es tut gut, mit Min-Ho zu reden.

»Hast du was von Mama gehört?«, fragt er.

»Ist das Meer blau?«

»Ich meine ja nur, immerhin hast du gerade deinen Magister gemacht. Ich hab ihr das erzählt.«

Min-Ho besucht sie immer noch regelmäßig im Philosophenweg. Freiwillig. Sie kann das manchmal kaum glauben.

»Und wie hat sie reagiert?«, fragt sie.

»Sie hat eine Augenbraue gehoben«, sagt Min-Ho.

»Wow, du konntest sie hoffentlich wieder beruhigen«, sagt sie und muss sich zusammenreißen, um nicht loszuheulen. Georg, der ihr natürlich aufmerksam zuhört, aber den Kontext nicht versteht, ahnt zumindest irgendwas und legt seine Hand von der Gangschaltung auf ihre. Sie hebt die Hand, sodass er loslassen muss.

»Es tut mir leid, Miri, das ist eigentlich nicht lustig, sei nicht sauer«, sagt er. »Wann kommst du wieder?«

»Ich glaube, von der gäbe es nicht mal Lob oder Anerkennung, wenn ich den Nobelpreis bekäme«, sagt sie. »Ich komme Mitte nächster Woche zurück.« Und als sie das sagt, spürt sie ein Ziehen in der Magengegend. Der Satz mit der nächsten Woche erinnert sie, dass sie nicht mehr viel Zeit hat. Die Uhr in Georgs Auto kann sie schon kaum mehr lesen.

Aber sie braucht unbedingt noch Zeit.

»Ich hol dich vom Flughafen ab«, sagt Min-Ho.

»Das wäre schön«, sagt sie und legt auf.

*

Artur hat nur noch ein paar Minuten.

Der Zitrusgeruch wird stärker.

»Komm doch mit mir nach draußen«, sagt er zu Carolina.

»Ich dachte, du fragst nie«, sagt sie und nimmt ihn bei der Hand.

Draußen vorm Café Krucza stehen ein paar Leute mit Bierflaschen und Zigaretten. Sie nicken ihm zu. Merken, dass jetzt nicht die Zeit für Smalltalk mit dem Olympia-Siebten ist. Carolina zieht ihn in den Hinterhof der Bäckerei. Zwischen Mülltonnen, einem Garagentor und dem Hinterausgang der Backstube, der von zwei frostharten Zierpalmen flankiert wird, küssen sie sich erneut. Für einen kurzen Moment spürt er die Uhr nicht mehr und riecht nur noch ihr Parfüm, das ihn an die teure Seife aus dem Luxus-Resort erinnert, in das man sie am letzten Abend in Sydney eingeladen hat.

»Was würdest du denken, wenn ich dir sage, ich kann in die Zukunft schauen und weiß, wie es mit uns weitergeht?« Er schämt sich schon bei der ersten Satzhälfte.

»Ich würde sagen, du hast das Doping nicht vertragen.«

»Aber würdest du's wissen wollen?« Er steckt seine Hände in die Hosentaschen, aus Angst, die Uhr könnte vor ihren Augen zerspringen.

»Natürlich nicht.« Sie weicht einen Schritt zurück, als er die Hände in die Hosentaschen steckt.

»Und wenn du wüsstest, dass uns was ganz Schlimmes bevorsteht, würdest du dann die Beziehung gar nicht erst anfangen?«

»Du hast wohl keine guten Erfahrungen mit Beziehungen gemacht«, sagt sie und lächelt.

Er zuckt mit den Schultern.

»Ich finde, unsere Bekanntschaft nimmt gerade eine komische Wendung, Artur Arkadiusz, aber ich beantworte dir trotzdem deine Frage: Ja, würde ich. Denn es kann mir auch was ganz Schlimmes passieren, wenn ich keine Beziehung mit dir eingehe. Und vielleicht will ich ja sowieso keine mit dir eingehen. Nach diesem Gespräch.« Sie lächelt noch, doch während er sie länger ansieht, vergeht ihr Lächeln, ihre Haut wird älter und die Knochen darunter kommen zum Vorschein. Sie verfällt vor seinen Augen. Er reißt sich zusammen.

»Ich hab wirklich zu viel getrunken«, sagt er, und er ist sich jetzt sicher, dass er dieses Gespräch damals so nicht mit ihr geführt hat. Sie haben sich im Hinterhof geküsst, aber er hat sie das nie gefragt. Es hat ihn viel Kraft gekostet, er kann nicht mehr reden, er kann eigentlich auch nicht mehr stehen.

»Ich glaube, ich muss mich setzen«, sagt er.

»So siehst du auch aus«, sagt sie und zieht ihn hinüber zum Garagentor und setzt sich vor ihm auf den Boden. »Komm hier runter.«

Er setzt sich neben sie. Sie legt den Arm um seine Hüfte. Er schließt die Augen.

Als er sie wieder öffnet, liegt er auf dem trockenen Waldboden des jüdischen Friedhofs. Auf der Seite. Mit dem Geschmack von Bier im Mund. Er spürt noch Carolinas rechte Hand auf seiner Hüfte. Setzt sich auf. Horatio Beeltz sieht ihm aufmerksam dabei zu. Beeltz kaut auf etwas herum und legt sein Buch aus der Hand.

»Wie lange war ich weg?«, fragt Artur.

»Das ist eine komplexe Frage«, lächelt Beeltz.

»Ich hab jetzt keine Lust auf Ihre Witze«, sagt Artur und ist selbst über seinen Ton erschrocken.

Beeltz nimmt seinen Hut ab und streicht die Haarsträhnen in der Stirn glatt, bevor er sie mit den Fingern zur Seite kämmt. »Entschuldigung, ich habe nicht auf die Uhr geschaut, wann Sie genau abgereist sind, Artur, aber jetzt ist es halb sechs, also gute fünf Stunden dürften Sie schon unterwegs gewesen sein.«

Sein Blick fällt auf Mi-Ra, die immer noch dasitzt. Ihr Rücken wird sicher höllisch wehtun, wenn sie wiederkommt.

»Geht es ihr gut?«, fragt er und nickt in ihre Richtung.

»Das nehme ich an. Sie sehen doch selbst, wie kraftvoll sie wirkt.«

Artur schüttelt den Kopf, nicht um zu verneinen, sondern weil er mit Beeltz nicht über Mi-Ras Aussehen sprechen will.

»Passen Sie auf sie auf«, sagt er.

»Das werde ich. Wohin gehen Sie?«

»Ich muss mich ausruhen.«

»Ja, tun Sie das, Artur. Bei diesen Trips arbeitet auch der Körper auf Hochtouren. Geht quasi über seine Leistungsgrenzen. Aber wem erzähl ich das? *Sie* sind ja der Olympia-Siebte.« Horatio lacht.

»Lassen Sie mich bitte gehen«, sagt Artur und weiß nicht genau, warum er so wütend auf Beeltz ist. Er würde gern bei Mi-Ra bleiben, doch sie ist noch nicht wieder da, und er muss unbedingt nach Hause.

*

Mi-Ra versteckt sich im Bad. Sie weiß, was passieren wird, sobald sie wieder zurückkommt. Was ihr dann *blüht,* wie man so unpassend sagt. Sie putzt sich die Zähne. Sie weiß nicht genau, warum, sie hat ja noch nicht mal zu Abend gegessen. Täuscht sie sich, oder schmeckt sie noch die Pilze? Den Geschmack von Eisen.

»Was machst du da?«, ruft Georg aus dem Schlafzimmer. Da ist eine finstere Ungeduld in seiner Stimme.

»Ich putz mir die Zähne.«

»Warum putzt du dir denn jetzt die Zähne?«

»Ich hab einen komischen Geschmack im Mund.«

Sie ist froh, dass er keine anzügliche Bemerkung darauf macht. Sie weiß, dass er von ihr erwartet, dass sie mit ihm schläft. Es ist wie ein Unwetter, das immer gegen Abend aufzieht, unvermeidbar kommt es näher, je später der Tag wird. Natürlich ist ihr klar, dass sie ihm so Sicherheit geben kann. Dass er Sex als Sicherheit braucht, dass sie ihn nicht verlässt. Das sind alte News. Aber – und das ist die schlimme, neue Erkenntnis – es gibt ihr auch selbst Sicherheit. Denn so hat sie Kontrolle über ihn. Fühlt sich ihm überlegen. Und ja, sie muss es zugeben: Sie spürt dann auch noch ihre Verbindung zu ihm oder das, was davon noch übrig ist. Dann fällt es ihr leichter, noch ein bisschen zu bleiben. Oder schwerer, zu gehen.

Aber heute ist der Tag, an dem sie die Kontrolle verlieren wird. In ein paar Augenblicken. Und sie kann nicht ewig Zähne putzen. Die elektrische Zahnbürste hat längst ihr Programm beendet, doch sie hat sie wieder eingeschaltet.

»Machst du eine professionelle Zahnreinigung?« Sie hört ihn lachen, aber das ist kein echtes Lachen.

»Ich komme gleich.« Sie schaltet die Zahnbürste aus. Schaut sich im Spiegel an. Findet sich nicht besonders hübsch. Immer wenn ihr jemand sagt, dass sie hübsch ist, kommt es ihr nur vor wie eine Aufforderung, als erwartete der andere eine Gegenleistung. Sie ist einverstanden mit sich, das schon. Vielleicht findet sie ihre Nase zu groß, ihr Kinn zu lang, ihr Gesicht einen Tick zu lang, aber das sind Eitelkeiten, die sie sich nicht erlauben will. Hübsch fühlen will ich mich eh nicht, denkt sie. Sie überlegt, ob sie jünger aussieht, als sie sich in Erinnerung hat. Jünger als heute Morgen im Spiegel ihrer Pension in Frankfurt. Vielleicht hat sie hier in Sizilien ein paar Falten unter den Augen weniger, aber sie kann es nicht mit Sicherheit sagen.

»Mir ist langweilig«, ruft Georg, spielt den Harmlosen. Den großen unbeholfenen Bären.

Sie zieht das T-Shirt so weit wie möglich über die Unterhose und öffnet die Tür, die direkt ins Schlafzimmer führt.

Er liegt auf dem Bett. Mit nacktem Oberkörper und seiner kurzen roten Strandhose. Mit seinen langen behaarten Beinen und seinen massigen Oberarmen, die kaum Muskeln aufweisen. Er ist nicht fett. Er ist einfach nur viel zu groß. Und er hat eine Erektion.

»Komm doch her, Miri«, sagt er.

Sie fragt sich, ob sie einfach weglaufen soll. Doch sie will das hier und jetzt zu Ende bringen. Sie weiß, dass ihr die Zeit davonläuft. Sie hat den Sog schon vor dem Spiegel im Badezimmer gespürt. Der sie zurück zum Friedhof zieht. Sie muss sich jetzt wirklich beeilen.

Sie weiß, dass sie gerade ihren Eisprung gehabt hat. Schon damals hat sie es befürchtet, und heute weiß sie es natürlich. Wann auch immer heute ist. Sie bleibt kurz vor dem Bett stehen und schließt kurz die Augen. Hofft und fürchtet zugleich, dass sie den Grabstein von Esther, Tochter des Schlomo Pollack, vor sich sieht und unter sich das trockene Gras spürt. Doch als sie die Augen wieder öffnet, sieht sie die weißen Laken, die weiße Bettdecke. Das Kopfteil, zwei hohe Wellen aus dunklem Holz hinter Georgs Kopf. Darüber ein kleines gerahmtes Bild einer stillenden Maria mit ihrem Baby-Jesus. Die *Madonna Litta,* ein falscher Da Vinci, aber zumindest in seiner Werkstatt entstanden. Marias blauer Umhang hat dieselbe Farbe wie der Himmel in den gewölbten Fenstern hinter ihr. Die Madonna wirft einen wohlwollenden Blick auf ihr Kind, während Baby-Jesus ziemlich benommen in die Kamera schaut, als hätte er was geraucht oder sei grade erst wach geworden. Im Hintergrund sieht man eine Berglandschaft. Sie mag das Bild, sie mag das Schlafzimmer, den ganzen alten Bauernhof, es ist vielleicht die schönste Ferienwohnung, in der sie je gewohnt hat. Zumindest bis Georg ihr nachgereist ist.

Während sie sich zu ihm ins Bett legt, denkt sie darüber nach, ob sie ihn zu dem Zeitpunkt noch mag. Also irgendwie, irgendetwas an ihm. Und wenn ja, was das ist. Er ist immer noch großzügig, denkt sie. Von Anfang an hat er für sie gekocht und ungefragt alle Rechnungen übernommen. Aber sie will keine Männer, die sich kümmern. Und er hat sich doch auch nur gekümmert, um sie an ihn zu binden. Sie möchte autark sein. *Du magst ihn gar nicht,* hört sie ihren Bruder sagen. *Und der Typ ist so anhänglich, der wird dich immer mögen.*

Sie legt sich in seinen Arm und schließt die Augen. Sie stellt sich ihn vor, damals auf dieser Studentenfeier am Zülpicher Platz. Versucht, ihn noch mal mit den Augen von damals zu sehen. Oder wenigstens mit den Augen dieses späten Nachmittags in Sizilien. Er legt den Arm um sie. Der Arm liegt schwer auf ihrem Bauch.

»Was läuft denn jetzt wirklich mit diesem Alberto?«

Es ist genau so, wie sie es in Erinnerung hat. Er macht sogar dieselben Atempausen.

Sie beschließt, genauso zu antworten wie damals. Sie weiß gar nicht genau, warum, vielleicht ist sie nur neugierig, wie weit sie gehen kann, bevor sie abspringt.

»Da läuft gar nichts. Und ich mag es nicht, wenn du eifersüchtig bist, das weißt du.«

»Das bin ich nicht. Ich bin nicht eifersüchtig. Ich hab nur eine harmlose Frage gestellt.«

»Du fragst nur ganz harmlos, was mit Alberto läuft, ohne etwas damit zu insinuieren, richtig?«

»Ganz richtig.« Er klingt jetzt schon ein bisschen wütender. »Gut, vielleicht will ich ja doch etwas damit *insinuieren,* Frau Doktor Chef-Archäologin.«

»Und das wäre?« Es ist zugleich erstaunlich und furchterregend – sie hört sich genau dieselben Wörter wie damals sprechen.

»Ich hab gesehen, wie der dich ansieht. Der will dich.«

»Und selbst wenn es so wäre, Sherlock Holmes. Muss ich ihn dann auch wollen?« Sie rückt von ihm weg. So wie damals.

»So schaut man aber nur, wenn man eine Chance wittert. Oder sogar schon eine hatte«, sagt er und klingt jetzt wirklich sauer.

»Du hättest Verhaltensforscher werden sollen«, sagt sie.

Der Satz ist neu. Sie ist stolz auf sich. Aber was hat sie erreicht? Sie hat ihn vermutlich nur noch wütender gemacht.

»Lassen wir das«, sagt er. Zumindest er hält sich ans Skript.

»Ja, lassen wir das«, sagt sie und ist nun auch wieder im alten Text. Es ist gar nicht mehr die reine Erinnerung, sie kann jetzt genau fühlen, wann sie abweicht und wann nicht. Ihre Zeilen aus dem alten Drehbuch entstehen wie von selbst, fühlen sich selbstverständlich an und kommen ihr leicht über die Lippen. Jede Abweichung ist dagegen ein Kraftakt.

Sie versucht, vom Bett aufzustehen. Sobald sie nur den Fuß zur Seite bewegt, verkrampft sich alles in ihr. Erst als sie den Fuß wieder zurückzieht, beruhigt sie sich wieder. Sie weiß, was jetzt kommt: Als Nächstes wird sie die Musik hören. Ihr Blick fällt auf die verglaste Tür zur Terrasse. Sie ist gekippt, genau wie sie es in Erinnerung hat. Jemand auf dem etruskischen Bauernhof hört Musik. Es ist italienische Popmusik, sie spricht nicht gut Italienisch, aber ein bisschen was versteht sie. *Ma c'è qualcosa di grande tra di noi*. Heißt so was wie: Da ist was Großartiges zwischen uns.

Auf einem Hocker neben ihrer Seite des Bettes liegt ihr hellblaues Kleid, dahinter ein Schreibtisch aus ähnlich dunklem Holz wie das Bett. Auf dem Schreibtisch steht eine Karaffe mit Wasser, daneben zwei Gläser. Neben dem Schreibtisch auf dem Boden ein kleiner Zitronenbaum im Übertopf.

»Wir wollten doch noch miteinander schlafen«, sagt er, nachdem er eine Weile beleidigt geschwiegen hat.

»Ja, aber ich wollte auch mit dreißig meinen Doktor machen.«

»Was soll der Ton?«, fragt er.

»Was soll *dein* Ton?«, fragt sie.

Er setzt sich jetzt auf, beugt sich über sie. »Du bist aggressiv zu mir.«

Der Hohn dieses Satzes. Doch darüber kann sie nicht weiter nachdenken. Jetzt muss sie sich konzentrieren.

»Ich will mich trennen«, sagt sie und beißt sich danach auf die Zunge, damit nichts mehr hinterherkommt, was sie eigentlich nicht sagen will. Der Satz tut ihr physisch weh, geht in die Schläfen, verursacht sofort einen stechenden Kopfschmerz.

Er erschrickt sichtbar. Sein Oberkörper zuckt leicht, dann lehnt er sich zurück. Doch auch sie ist erschrocken, weil sie sich plötzlich doch nicht mehr sicher ist, ob sie das nicht auch in Version 1 gesagt hat. Wie kann sie das nicht mehr wissen? Sie denkt angestrengt nach, versucht sich zu erinnern, aber ihr ist schwindlig, der Kopf tut weh, Worte und Erinnerungen führen einen arrhythmischen Tanz auf in ihrem Kopf.

»Come on, Miri, du trennst dich doch nicht. Was soll die Scheiße? Wir wollten eben noch miteinander schlafen, und jetzt kommt so was.«

»Genau. Das ist ein idealer Zeitpunkt für Sex. Du hast völlig recht. Ich nehme alles zurück. Fick mich, bitte.« *Warum provoziere ich ihn weiter?*

Jetzt reicht es ihm, er packt sie bei den Handgelenken und presst sie auf die Matratze. Sie weiß, dass sie viel stärker ist als früher. Sie hat trainiert. Jahrelang. Doch ist sie die Mi-Ra von jetzt oder von damals?

»Lass mich los«, sagt sie.

»Ich mache gar nichts«, sagt er. »Du magst es doch, wenn ich dich festhalte.«

»Ich mag es aber jetzt nicht«, sagt sie und wundert sich, warum sie ihn noch nicht anschreit.

Er legt sich auf sie. Es ist ihr unbegreiflich, wie er jetzt eine Erektion haben kann. Er zieht an ihrer Unterhose, und sie fühlt den Sog. Georg kann jetzt jeden Moment verschwinden, das ganze Szenario wäre zu Ende, und sie wäre erlöst, noch bevor alles passiert. Sie wäre wieder auf dem Friedhof bei Artur und Beeltz.

Aber dann besinnt sie sich. Denn sie ist Mi-Ra Kim. Die Zeit kann ihr nichts anhaben. Und Horatio Beeltz wird sie nicht eher wieder zu Gesicht bekommen, bevor sie das Letzte aus diesem beschissenen Pilztrip herausgeholt hat.

»Au, du tust mir weh, du Wichser!«, schreit sie.

Und für einen kurzen Moment macht er sich leichter, hebt seinen Körper an. Und sie tritt ihn. Mit aller Kraft.

»Fuck«, sagt er, lässt ihre Handgelenke los, und bevor er weiter reagieren kann, springt sie auf und läuft zur Balkontür. Reißt sie auf und holt sie dabei halb aus den Angeln, weil sie noch gekippt ist. Eine halbe Sekunde staunt sie über ihre Kraft.

Dann läuft sie los, über die Terrasse hinein in den Irrgarten aus Pflanzen und Bäumen, Sträuchern und Steinen. Vorbei an dem langen hufeisenförmigen Pool, bis sie zu einem der Heckentore kommt. Sie schaut sich nicht um, sie will gar nicht wissen, ob er ihr hinterherkommt. Sie merkt, wie der etruskische Bauernhof um sie herum verschwimmt, die Konturen der Mauern und Bäume werden unklar. Dahinten ist das Meer. Das Afrikanische Meer. Dahin muss sie es schaffen.

16

Artur ruft auf dem Weg nach Hause seine Eltern an. Das tut er äußerst selten. Seine Mutter ist ihm zu pessimistisch, sie sieht alles im Untergang begriffen, und seit Milas Krankheit hat sich ihr Misstrauen gegenüber der Welt vertausendfacht. Er fühlt sich schuldig, dass er sie da hineingezogen hat. Sie hat Mila wirklich sehr gern gehabt und viele Schichten in der Klinik übernommen. Aber wenn sie schon vorher alt und angeschlagen war, dann ist sie jetzt uralt und gebrochen. Obwohl sie noch keine siebzig ist.

Mit seinem Vater redet er ganz gern, aber man muss es erst mal durch die Grenzkontrolle seiner Mutter schaffen, bis man den Vater am Telefon hat. Sein Vater ist geradezu kriminell sorglos. Als er seinem Vater gesagt hat, Mila habe einen Tumor, an dem sie irgendwann sterben werde, hat der geantwortet: *Ich kenn jemand, der hat den Krebs überwunden und ist jetzt siebzig und kerngesund.* Er hat entgegnet, dass diese seltene Tumorart, dieses Blastom, so tödlich sei, dass es niemand bisher überlebt habe. Darauf sein Vater: *Dann ist Mila eben die Erste.* Artur nennt ihn den ignorantesten Optimisten der Welt. An manchen Tagen ist seine Mutter fast leichter auszuhalten. Er fragt sich oft, wie die beiden sich überhaupt miteinander verständigen können. Sie sieht überall nur Wolken aufziehen, und er badet den ganzen Tag im süßen Leugnen der Welt.

Auch jetzt geht die Mutter ans Telefon. So schnell, dass man denken könnte, sie bewacht den ganzen Tag das Festnetztelefon oder hat es umhängen.

»Hallo, Mama.«

»Artur, es ist nie ein gutes Zeichen, wenn du anrufst. Es ist nie ein gutes Zeichen, wenn ein Bestatter anruft.«

Sie meint das vermutlich ernst. Selbstverständlich hat seine Mutter es immer für ein schlechtes Omen gehalten, dass er auf dem Friedhof arbeitet. Aber gut, auch das Schwimmen hat sie nie gutgeheißen. Nicht als Kind, nicht nach einem vierten Platz bei der Europameisterschaft und auch nicht nach Sydney. Leistungssport ist kein Beruf, hat sie gesagt. Und: Du machst dich schon so früh kaputt.

»Hallo, Mama. Wie geht es dir? Wie geht es Papa?«

»Du Scherzkeks, wie soll es uns schon gehen? Wir warten, bis das nächste Unglück passiert. Bis dahin essen wir, gehen spazieren und wieder ins Bett.«

Er hat bis heute nicht genau herausfinden können, ob sie so etwas wie einen Sinn für Ironie oder sogar echten Humor hat. Er tendiert zu Ja, denn sonst wären einige ihrer Aussagen ungeheuerlich, aber sicher ist er sich nicht.

»Hat sich Carolina bei euch gemeldet?«, fragt er, während er in die Kazimierza Wielkiego einbiegt, wo ihr Mehrfamilienhaus steht. Falls er da überhaupt noch wohnt.

»Wer?«, fragt seine Mutter, und für einen Moment bleibt ihm fast das Herz stehen.

»Carolina. Meine Frau.«

»Warum soll die bei uns anrufen? Diese Frau vergisst doch sogar meinen Geburtstag.«

»Diese Frau heißt Carolina«, sagt Artur.

»Das hast du zumindest immer behauptet.«

»Alles klar, Mama. Ich muss eh noch was arbeiten«, sagt Artur.

»Deshalb hast du jetzt angerufen? Weil du wissen wolltest, ob deine Frau bei uns angerufen hat? Du wirst auch immer verrückter. Aber gut, du bist ja auch das Kind deines Vaters.«

»Do widzenia, mamo«, sagt er, und sie legt natürlich trotzdem als Erstes auf.

Als er die Wohnung aufschließt, kommt ihm keine Jackie O entgegen. »Carolina«, ruft er, aber keine Antwort. Er sieht sich um, die Wohnung ist immer noch so eingerichtet wie heute Morgen. Nein, das stimmt nicht. Ein paar Pflanzen fehlen. Er geht ins Schlafzimmer. Carolinas Schrankhälfte ist deutlich leerer. Ihr Laptop ist weg. Im Bad fehlen ihre Zahnbürste und diverse Kosmetikartikel. Er schaut noch mal auf sein Telefon, ob er eine SMS oder eine E-Mail von ihr übersehen hat. Nichts. In der Wohnküche, auf der Ablage, liegt ein Zettel.

Es tut mir leid, Artur.
Ich muss hier weg. Ich bin bei meinen Eltern in Warschau und hab den Hund dabei. Ich weiß, ich hätte dir Bescheid sagen sollen, aber offenbar willst du ja auch weg. Zwei Tage bist du im Grunde nicht nach Hause gekommen. Ich glaube, es tut auch dir gut, wenn du mal alleine bist. Vielleicht triffst du dich ja mit der Archäologin. Wir beide gehen uns nicht verloren, da mache ich mir keine Sorgen. Wir haben immer ein Kind, das uns verbindet. Und wir haben das Café Krucza. Wir reden bald, es braucht ein bisschen Zeit.
Deine Carolina

Artur ist noch zu benommen, um genau zu verstehen, was sie da schreibt. Was ihn erschreckt, sind die *zwei Tage,* die er angeblich weggewesen ist. Das kann nicht stimmen. Er war doch jede Nacht zu Hause. Oder nicht?

Und es ärgert ihn, dass Carolina abgehauen ist. Weil er sie jetzt nicht fragen kann, wie ihre letzten zwanzig Jahre verlaufen sind. Ob sich etwas verändert hat. Er wählt ihre Nummer, aber sie geht nicht ran. Er vermisst Mi-Ra und verspürt den Drang, zum Friedhof zurückzukehren, aber etwas in ihm sagt, dass sie ihn jetzt nicht sehen will. Dass er keinen Platz in ihrer Geschichte hat. Und auch er ist im Grunde noch nicht fertig mit dem Horatio-Projekt. Er muss erst nach Warschau und sich selbst überzeugen.

*

Mi-Ra ist wach.

Sie ist wütend auf Beeltz. Auf sich. Warum hat sie das mit sich machen lassen? Warum hat sie das gemacht? Was auch immer das für Magic Mushrooms aus Kasachstan sind, was auch immer es mit diesem ominösen Zeitriss auf sich hat – es hat sie nur daran erinnert, wie beschissen ihr Leben bisher gewesen ist. Wieso ist sie so unglaublich naiv gewesen und hat diesen Zeitreise-Schwachsinn geglaubt? Daran, dass sie etwas ändern kann? Ihr Rücken tut weh. An ihr kleben Erde und trockenes Gras. Ihre Haare sind staubig. Sie hat geschwitzt, obwohl sie eigentlich nie schwitzt. Der Geschmack in ihrem Mund ist unerträglich. Es schmeckt nach Blut. Und riecht sie noch das Aftershave vom Ex oder bildet sie sich das ein? Und wer ist eigentlich dieser gottverdammte Horatio Beeltz, der über ihr steht, die Hände in den Hosentaschen seines cremefarbenen Anzugs und so fucking gönnerhaft zu ihr herunterlächelt. Wer ist das eigentlich?

»Lassen Sie mich in Frieden, Beeltz«, sagt sie und steht auf.

»Wenn ich Sie enttäuscht habe, tut es mir leid. Wie kann ich Ihnen helfen? Was brauchen Sie jetzt, Mi-Ra?« Horatio Beeltz reicht ihr die Hand. Sie ignoriert sie und steht allein auf.

»Ich weiß gar nicht, warum ich bei dieser Farce mitgemacht habe.« Sie wischt sich die letzten Grashalme von der Hose.

»Natürlich wissen Sie das. Aber zur Not können Sie mich immer noch in Ihren Artikel einbauen. Ich gebe Ihnen gerne ein Interview, ich weiß alles über diesen Friedhof.« Beeltz' Gesicht bleibt ausdruckslos.

»Danke, dass Sie mich an den Artikel erinnern. Ich hatte schon fast vergessen, was ich an diesem trostlosen Ort wollte.«

»Jetzt tun Sie dem Ort Unrecht, Mi-Ra. Der Ort kann ja nichts dafür. Auf ihm wird seit Jahrhunderten herumgetrampelt, jeder nutzt ihn für seine eigenen Zwecke. Auch wir. Und trotzdem bleibt er freundlich und gelassen. Er bleibt ein guter Ort, daher sein Kosename.« Beeltz sieht sie väterlich besorgt an. Das provoziert und beruhigt sie gleichermaßen.

»Hauptsache, Sie haben Ihren Spaß, Beeltz. Und Ihre Erkenntnisse. Warum machen Sie nicht selbst die nächste Pilzreise? Wovor haben Sie Angst?« Sie schüttelt ihre Haare aus, aus denen ein paar Birken- und Ahornsamen zu Boden fallen.

Etwas in seinen Pupillen bewegt sich ruckartig, so scheint es. Dann beruhigt sich sein Blick wieder, verwandelt sich in ein Starren. Seine Stimme ist jetzt leiser: »Es ist so, dass ich über nicht so viel akute Trauma-Erfahrung verfüge wie Sie beide. Ich bringe nicht dasselbe Potenzial für Veränderung mit. Sie beide sind besser geeignet.«

»Entschuldigung, aber das ist Schwachsinn. Allein Ihre ständige betonte Gelassenheit ist doch Anzeichen genug, dass Sie etwas ganz Gewichtiges verdrängen. Sie sind auf aggressive Weise gelassen.«

Beeltz atmet tief ein und wieder aus. Es scheint, als müsste er sich zum nächsten Satz zwingen. »Das kann schon sein.« Sein Starren verwandelt sich in einen eher resignierten Blick. »Vielleicht unterschätze ich Sie, Mi-Ra.«

»Da wären Sie nicht der Erste«, sagt sie, steht auf und klopft sich noch mal mit einer solchen Energie den Staub aus der Kleidung, dass man denken könnte, sie schlägt sich selbst. »Dann trauen Sie sich doch jetzt mal, Beeltz. Ich bin gerne Ihr Tripsitter. Es ist doch sicher noch was übrig vom guten Stoff ihres Dealers aus Nur-Sultan. Da drin vielleicht?« Sie deutet auf sein Jackett.

Beeltz ignoriert das. »Darf ich Sie etwas zu Ihrer Reise fragen?«

Sie schüttelt erst den Kopf, aber sagt dann: »Was denn?«

»Hast du nicht gefunden, was du suchst?«

Der willkürliche Wechsel von Sie auf Du macht sie in einem unachtsamen Moment zugänglich.

»Was soll ich denn gesucht haben?«

»Eine Weiche, die man stellen kann. Eine konkrete Mechanik in deiner Biografie. Einen Hebel, einen Knopf. Eine Eindeutigkeit?«

»Vielleicht.«

»Und denkst du, dass es ein Ergebnis gibt?«

»Ich denke, es gibt kein anderes Ergebnis als das Hier und Jetzt. Aber Sie können jetzt auch wieder aufhören, den Therapeuten zu spielen, ich werde nichts weiter unternehmen, bis Sie sich hinsetzen und selbst Ihre eigenen Pilze nehmen und ich Ihnen dabei zusehen kann, wie Sie durch Ihren glorreichen Zeitriss fallen. Ich bleibe so lange hier sitzen, bis Sie wieder da sind und mir erzählen, wo Sie waren. Wenn Sie überhaupt so ehrlich sein können.«

Beeltz weicht einen halben Schritt zurück. Zieht an seinem fliederfarbenen Einstecktuch. »Ich weiß nicht, ob ich damit mehr Schaden anrichte als Nutzen. Und nicht nur bei mir.«

»Was meinen Sie damit?«

»Ich kann es nicht genau erklären. Es ist eher ein Gefühl. Ich bringe ein paar Eigenschaften mit, die den Zeitstrahl in Unordnung bringen könnten.«

»Ausrede. Vor allem, weil es Ihnen zufolge doch unendlich viele Varianten und Paralleluniversen gibt. Ich stelle mich jetzt so lange neben Sie, bis Sie die Pilze genommen haben.«

»Und wenn ich mich weigere?« Horatio Beeltz' Schatten scheint länger zu werden, während er das sagt.

»Dann gehe ich in meine Pension zurück und denke, Sie sind nicht nur ein Scharlatan, sondern auch ein Feigling.«

»Und warum sollte mich das interessieren?«

»Sie sind wahnsinnig eitel. Sie können es nicht aushalten, wenn man Sie nicht ernst nimmt. Es macht sie wütend. Das können Sie nicht hinter Ihrer angelernten Großzügigkeit verstecken.«

»Ich will dir gar nicht widersprechen, geschätzte Mi-Ra, aber in meiner Branche ist es fast unmöglich, uneitel zu sein. Ein gewisser Narzissmus ist quasi die Voraussetzung.«

»Bitte sparen Sie mir Ihre Vorlesung zum Thema *Das Ego des Verlegers im Wandel der Epochen*. Ich sage, Sie nehmen jetzt die Pilze, denn das können Sie nicht auf sich sitzen lassen. Dass Sie jemand feige und fake nennt.«

Beeltz lächelt. »Das geht zum einen Ohr rein und zum anderen –«

»Nein, nein, nein. Dass *ich* Sie feige nenne«, berichtigt sie sich. »Das macht Sie fertig.«

»Was soll das mit dir zu tun haben?« Seine Neugier ist echt. Es ist fast, als trauten sich seine grünen Augen aus ihren tiefen Höhlen.

»Ich denke, ich erinnere Sie an jemanden.«

Beeltz wartet einen Moment, bevor er antwortet. Er reibt an seinem Kinn. »Das stimmt vielleicht. Du erinnerst mich an jemanden. Aber nicht wegen deines Aussehens. Es ist die Dringlichkeit, mit der du alles angehst. Die Dringlichkeit und die Präzision. Die Furchtlosigkeit. Ich bewundere das. Bei dir und auch dieser anderen Person.«

»Erzählen Sie mir doch gerne später von Ihren Ex-Freundinnen. Zum Beispiel Anna Wünsch.«

Beeltz nimmt die Hand vom Kinn. Atmet ein und atmet aus. Dann zwingt er sich zu einem Lächeln. »Du bist gut, Mi-Ra Kim. Wirklich gut.«

Sie ignoriert das Kompliment: »Meine Meinung: Sie nehmen jetzt die Pilze. Ich bin sicher, dass Ihre Ex das auch von Ihnen erwarten würde. Statt uns hier als Laborratten zu missbrauchen.« Sie bindet sich Ihre Haare wieder zusammen. Vielleicht einen Tick zu energisch, denkt sie, sie muss sich mal bremsen. Ihr ist schwindlig, sie würde sich gerne hinsetzen, aber die Genugtuung, sie erschöpft zu sehen, gönnt sie Beeltz nicht.

»Gut. Du hast mich überzeugt«, sagt Horatio und setzt sich ganz langsam. Dann schaut er zu ihr hoch. »Ich hätte das von Anfang an selbst tun sollen, statt euch vorzuschicken.«

»Oder Ihren Freund mit der Zigarre«, ergänzt Mi-Ra.

»Zehn Euro in die Wortspielkasse«, sagt Beeltz.

Sie muss widerwillig lachen.

Horatio Beeltz schaut sie schuldbewusst an, während er der Innentasche seines cremefarbenen Jacketts die restlichen Pilze entnimmt und sie aus der Folie wickelt. Er beißt ab und kaut angestrengt darauf herum. Trinkt den letzten Schluck aus der Wasserflasche.

»Schmeckt scheiße, oder?«, fragt sie.

Er nickt.

Sie setzt sich zu ihm.

17

Die große weiße Kuppel der Spanischen Stadt hat das entsättigte Rot des kühlen Abends angenommen. Die weiblichen Skulpturen auf ihren beiden vorderen Türmchen sehen bei Tageslicht aus, als tanzten sie, doch am Abend werden aus den tanzenden Mädchen mit den Schellen in der Hand Töchter eines Sonnenkults, die die letzte Energie des Tages in sich aufnehmen und für die Spanische Stadt aufbewahren, damit sie es warm hat über Nacht.

Die Oktobernächte sind ziemlich kalt an der englischen Ostküste, und die Nordsee wird von Woche zu Woche rebellischer. Er hat Anna im Arm, sie sind auf dem Weg ins Pavilion Electric Theatre, dem Lichtspielhaus neben der Spanischen Stadt, in deren großem Kuppelsaal sie mit den anderen zu Abend gegessen haben. Der Strand leert sich mit jeder Minute ein bisschen mehr, doch ganz vorne am Wasser sitzen noch ein paar Familien auf Decken. Pärchen umarmen sich und blicken auf das Meer, das seine Farbe von Graublau zu Schwarz ändert. Das Licht in Whitley Bay schafft es bald nicht mehr durch die Wolken über der Nordsee, es kommt dann nur noch von den blinkenden Leuchtschriften und Scheinwerfern der Pleasure Gardens. Das Klappern der hölzernen Wagen auf den Schienen der Achterbahn gibt den Lichtern den Rhythmus vor, wie eine Lichtorgel. Ein frostiger Abendwind bemächtigt sich der Promenade, und er holt einen Arm aus dem Ärmel seines Mantels und legt die rechte Mantelhälfte über ihre Schulter.

Die anderen sind ins Casino gegangen, denn das ist die Spanische Stadt in der Hauptsache. Sie hingegen haben sich für *Cleopatra* mit Theda Bara in der Hauptrolle entschieden. Sie haben noch etwas Zeit, setzen sich auf eine Bank, schauen aufs Meer. Horatio zieht seinen Mantel jetzt ganz aus, deckt Anna damit zu. Sie bedankt sich mit einem Nicken. Der dunkelbraune Fellkragen seines Mantels vermengt sich mit den kurzen Haaren in ihrem Nacken, und er ist erleichtert, als sie sich zurücklehnt. In seinen Mantel. In die behagliche Tiefe seines Pelzkragens. Für einen Moment schließt sie die Augen, ihre langen Wimpern zeigen in den rotgrauen Himmel. Er liebt ihre hervorstehenden Wangenknochen. Er liebt ihr spitzes Kinn, die langen Finger und den stark riechenden Lack auf ihren Nägeln.

»Fühlst du dich warm?«, fragt er sie.

Sie nickt. »Und du? Du hast ja keinen Mantel mehr an.«

»Ich habe ja dich. Du bist mein ewiger Ofen.«

»Charmant, HB.« Sie öffnet die Augen und schaut an ihm vorbei auf die Spanische Stadt.

»Warum hat man dieses Monstrum dahin gebaut?«, fragt sie.

»Findest du es monströs?«, will er wissen.

»Es passt nicht in diese Zeit«, sagt sie, als wäre das damit geklärt.

»Ich passe auch nicht in diese Zeit«, sagt er.

»Das stimmt«, sagt Anna und streckt die Beine aus unter ihrem langen grünen Kleid mit dem Pfauenmuster und den schwarzen Fransen, über dem sie einen eigenen leichteren schwarzen Mantel trägt.

Er räuspert sich. »Ich gebe zu, ich liebe die Spanische Stadt. Robert Burns Dick hat seine Fantasie spielen lassen.«

»Seinen Größenwahn meinst du. Sein Familienname deutet es ja schon an«, sagt Anna, und sie müssen beide lachen.

Horatio hebt die Hände. »Ich ergebe mich deiner virtuosen Schlagfertigkeit. Auf dem Symposium genau wie hier auf der Promenade.«

Die Gruppe hat den Speisesaal im Rex Hotel gemietet, für das Jahrestreffen. Drei Viertel aller ihm bekannten Kosmologen sind erschienen, die meisten davon sind gerade mit ihnen beim Abendessen gewesen.

»Albert war großartig heute, oder?«, sagt Beeltz, als nichts weiter von ihr kommt.

»Er ist nicht gerade der begnadetste Redner«, sagt sie, doch als sie merkt, wie er widersprechen will, fährt sie fort: »Gut, seine Visionen machen den Unterschied. Er kann mit wenigen Sätzen davonfliegen und uns hier auf der trostlosen Erde zurücklassen.«

»Genau das meine ich«, pflichtet er ihr bei. »Er hat einen geradezu kosmischen Witz. Es ist schade, dass du nichts über den heutigen Nachmittag schreiben darfst.«

»Und wenn ich mich nicht an euer höchst verschwörerisches Verschwiegenheitsding halte?« Sie bohrt ihm den Zeigefinger auf Herzhöhe ins Jackett.

»Dann kennen wir genug Leute, um dich oder zumindest deinen Artikel zu diskreditieren. Oder sogar die Veröffentlichung zu verhindern.« Er lächelt, aber sie merkt, dass es ihm ernst ist.

»Dein kosmologischer Herrenclub kann einfach nicht über sich selbst lachen.«

»Das trifft nicht auf alle zu.«

»Gut, dann nehme ich Albert aus«, sagt sie, ohne zu lächeln.

»Aua«, sagt er, »es ist gleich Zeit für *Cleopatra*.« Er zwingt sich, keine Eile aufkommen zu lassen, denn erstens ist der Moment schön und zweitens hasst Anna es, wenn er sie antreibt. Sie schaut aufs Meer, aber ihr Blick hat jeden Fokus verloren. »Ist alles in Ordnung?«, fragt er sie und bereut es sofort. Denn das hasst sie noch mehr. Wenn er sie fragt, ob alles in Ordnung sei, erreicht er damit nur, dass sie sich das selbst fragt. Und meistens auf kein gutes Ergebnis kommt.

Sie dreht den Kopf und sieht ihn an. Das Make-up unter ihrem linken Auge hat winzige Risse, die man nur erkennt, wenn man ganz genau hinschaut, so wie er im Moment.

»HB, ich weiß, du hörst das nicht gerne, aber ich denke nicht, dass ich noch länger mit dir reisen werde. Ich will nach Hause.«

»Das kannst du doch auch.« Er hat befürchtet, dass dieser Satz kommt.

Warum habe ich sie nur gefragt, ob alles in Ordnung ist. Ich weiß es doch besser.

»Ich meine ganz nach Hause. Ohne dich. Ohne die Kosmologen«, sagt sie und senkt den Blick. »Und ich komme dann auch nicht zurück.«

»Wie meinst du das?« Er hat das Bedürfnis, das gerissene Make-up unter ihrem Auge glatt zu streichen, es zu reparieren, die Fasern wieder miteinander zu vereinen, doch er steckt seine Hände noch fester in die Taschen seines Jacketts.

»Ach, HB. Ich klinge jetzt vermutlich undankbar. Aber das bin ich nicht. Im Gegenteil. Ich bin sogar sehr dankbar. Dass du mich mitgenommen hast. Dass du mich hast teilhaben lassen. All die Jahre. Das hat auch meine Perspektive verändert.«

»Ja, hat es das? Du kommst mir skeptischer denn je vor«, sagt er.

»Nein, nein. Das ist ein falscher Eindruck. All eure Theorien, all eure Entdeckungen, eure Experimente. Die Vorträge schlauer Männer, ihre Thesenpapiere, die Bücher und die kindliche Geheimnistuerei. Ich weiß das zu schätzen, auch wenn ich mich darüber lustig mache. Das alles hat mich weitergebracht.«

»Trotzdem klingst du, als hältst du die Kosmologen für eine Zirkustruppe. Mit der du mitgereist ist, um etwas Kurioses zu sehen.«

»Nein, das ist zu simpel. Aber ja, vielleicht kann ich nicht ganz verbergen, was ich fühle. Und ich glaube, du fühlst es auch.«

»Was fühle ich denn?«, fragt er, und jetzt ist ihm unglaublich kalt.

Anna verschränkt ihre Finger, lässt sie so laut knacken, dass er erschrickt. »Dass eure großen Entdeckungen, all eure großen Pläne nicht so wichtig sind, wie ihr denkt. Dass ihr euch nur ablenkt von den wesentlichen Dingen. Dass ihr euch im Grunde nur die Zeit vertreibt.«

»Und die wesentlichen Dinge wären?« Er muss zugeben, dass er sich ein bisschen provoziert fühlt von Anna. Dieser altklugen Anna, die nicht im Ansatz über seine Lebenserfahrung verfügt und redet, als hätte sie schon das Ende der Zeit gesehen und daraus die notwendige Conclusio gezogen.

Sie zieht den Kragen seines Mantels über ihren Nacken. »Vielleicht klinge ich überheblich, aber ich fühle, wie es mich wieder zu den kleineren Dingen zieht. Zu den alltäglichen. Ich will wieder malen. Es liegt vielleicht auch daran, dass meine Mutter krank ist und mein Vater noch nicht mal alleine Kartoffeln kochen kann, aber weißt du, HB, eure Ausführungen über Zeit und Raum sind für mich nicht mehr so glorreich, wie sie mir mal erschienen. Nicht mehr so aufregend. Ich habe auf unseren Reisen so viel gesehen, dass ich vielleicht eine Zeit lang weniger sehen will. Es mag sein, dass wir eine viel zu begrenzte Vorstellung von Zeit haben. Aber ganz ehrlich, ich kann meinen Kosmos doch so groß machen, wie ich will. Und meine Zeit so lang, wie es mir gefällt. Wie ich sie brauche und ertrage. Ist das nicht eigentlich das Großartige an ihr?«

Sie sieht ihn an, misstrauisch und fordernd zugleich, so als erwartete sie geradezu seinen Widerspruch. Sein Mantel rutscht über ihre rechte Schulter. Er sagt nichts. »… und irgendwie seid ihr wie Kinder, die mit einer Modelleisenbahn spielen. Einer wunderbar detaillierten Modelleisenbahn mit hunderttausend elaborierten Teilchen und Imitaten des echten Lebens. Aber letztlich bleibt es eine Modelleisenbahn. Die echte Eisenbahn hingegen fährt jede Stunde in den Bahnhof ein und wieder ab, wie es auf dem Fahrplan steht. Und diesem Fahrplan müsst selbst ihr euch unterwerfen, da könnt ihr in euren Büchern und Schriften die Zeit und das Universum hundert Mal durchschaut haben. Die Bahn kommt trotzdem dann, wenn sie kommt.«

Sie zieht die ausgestreckten Beine wieder ein, stellt sie sorgfältig nebeneinander, setzt sich aufrecht hin, sodass Horatios Mantel leblos über die Lehne der Parkbank fällt.

»Schöne Rede, die hättest du unbedingt auf dem Symposium halten sollen«, sagt er und muss den Impuls unterdrücken, sich zu rechtfertigen. Er fühlt sich naiv in ihrer Gegenwart. Unreif. Als wäre er selbst auf die Kosmologen hereingefallen. Nur sie schafft das. Alle seine Glaubenssätze auf den Kopf stellen und schütteln, bis auch die letzte Überzeugung herausfällt. Und eigentlich bewundert er sie dafür, dass sie das mit ihm machen kann. Er bewundert sie dafür, wie überlegen sie ihm ist, obwohl er ihr Jahrhunderte voraus sein müsste.

»Mach dich nicht lustig über mich, HB«, sagt sie und küsst ihn auf die Wange. »Insgeheim wünschst du dir doch selbst ein viel kleineres Leben.«

Er seufzt. Er vermisst sie schon jetzt so sehr, dass es wehtut. Er weiß, dass er sie dieses Mal nicht umstimmen kann.

»Ich mache mich nicht lustig. Jemand wie du ist genau das, was die Kosmologen gebrauchen könnten. Jemand, der sie auf die Erde zurückholt.«

»Lieb gemeint, aber nein danke«, sagt Anna. »Ich lande wieder auf der Erde, und du darfst weiter durchs All fliegen. Da gehörst du doch hin, mein Schatz.«

»Und wenn ich mitkomme? Zurück zur Erde?«, fragt er und legt seine Hand in ihren Nacken. Streicht über ihre kurzen Haare, die er so mag. Die sich seinen Fingerspitzen widersetzen – egal wo er sie berührt, sie spreizen und wehren sich.

»Wohin willst du mitkommen? Nach Frankfurt?«

»Wieso nicht?«

»Du hast dort keine Wohnung mehr.«

»Ich kann eine mieten. *Wir* können eine mieten.«

»Frankfurt ist dir doch viel zu klein. Du würdest genau eine Woche aushalten. Mach dir bitte nichts vor, HB. Wenn ich Glück habe, bleibst du ein halbes Jahr, bevor du wieder auf Wanderschaft gehst.«

»Ist es das? Dass ich immer auf Reisen bin?«

»Nein, natürlich nicht.« Sie reagiert nicht auf seine Hand in ihrem Nacken. Auch ihre Körperwärme scheint sich nicht mehr auf ihn zu übertragen.

»Was ist es dann? Die Frage kommt mir nur schwer über die Lippen, denn ich weiß, wie sehr du das Pathos verabscheust, aber … liebst du mich nicht mehr?«

Sie nimmt seine Hand aus ihrem Nacken, richtet sich noch weiter auf, ihr Gesicht nähert sich seinem.

»Liebst *du* mich denn, Horatio Beeltz?«

»Mehr denn je.«

Sie lächelt, ihr Gesicht bleibt ganz nah. »So geht es mir auch.« Sie hält kurz inne, und sie weiß, dass er weiß, dass jetzt das alles vernichtende Aber kommt.

»Nur vielleicht ist das ja nicht so ausschlaggebend dafür, wie wir unser Leben leben. Vielleicht darf es das nicht sein. Oder positiv formuliert: Vielleicht ist unsere Liebe eine Urkraft, die ohnehin nicht versiegen kann. Die längst keine physische Verbindung mehr braucht. Siehst du, ich kann auch Pathos, nicht nur du.« Ihr Gesicht entfernt sich wieder, sie lacht und wirft ihren Kopf in den Nacken.

Ihm ist nicht nach Lachen zumute. Er fühlt die Schwere von Jahrhunderten auf sich, will sie jetzt küssen, damit er die Schwere nicht mehr fühlen muss. »Ich fürchte, das ist mir zu fortschrittlich«, sagt er leise. »Ich bin noch für die Physik.«

»Dann hast du aber nicht viel bei deinen Kosmologen gelernt«, sagt sie und küsst ihn. Nur kurz, aber das reicht, um ihn in eine innere Zufriedenheit zu bringen, die für den Rest seines Lebens reicht. Zumindest fühlt es sich so an.

»Und jetzt gehen wir ins Lichtspielhaus«, sagt sie, steht auf und nimmt ihn bei der Hand. »Cleopatra wartet.«

Die Sonne ist schon hinter die Kuppel der Spanischen Stadt gesunken, die Tänzerinnen mit den Schellen auf ihren Vortürmen haben ihre Farbe von Türkisblau zu Dunkelblau geändert, und der britischen Flagge auf der Spitze ist sowohl die Luft als auch die Farbe ausgegangen. Sie hängt fade herunter, als hätte sie keine Lust mehr auf ihre Aufgabe.

Im Dunkel des Lichtspielhauses zeichnen sich ihre langen Wimpern gegen das künstliche Licht des Projektors ab, das in ihre Rücken und darüber hinaus schießt. Die Stuhlreihen fallen steil zur Leinwand hin ab, es erinnert ihn an einen der Hörsäle, in denen er oft zuhört oder manchmal selbst spricht. Auf der Tafel zu Beginn des Films steht *William Fox presents: Theda Bara as Cleopatra – The Siren of the Nile – directed by J. Gordon Edwards*. Es gibt einen kleinen Orchestergraben, in dem ein Ensemble das Thema des Films spielt. In der Mitte eine Orgel, links die Streicher, rechts ein paar Holzbläser und dazwischen ein Dirigent. Das Theater ist voll, es ist erst die zweite Aufführung. Links neben ihnen sitzt ein älteres schwarzes Pärchen, das Händchen hält. Gerne hätte Horatio den Platz ganz links genommen, um sich ein wenig seiner Platzangst zu entledigen, aber die beiden sind ihm zuvorgekommen. Er fühlt sich nicht ganz wohl, wenn er nicht ganz links sitzt. Er fühlt sich dann der Möglichkeit beraubt, jederzeit aus dem Saal flüchten zu können. Doch dann fängt der Film an, und die Dunkelheit umspült ihn, und die Lichter und Musik versetzen ihn in eine vertraute Trance. Theda Baras grellweißer Teint erinnert ihn an Annas Haut. Ihr tiefschwarzer Kajal lässt ihre Augen gigantisch wirken. Die Ausstattung und die Kostüme des Films beeindrucken ihn. Es ist, als träumte er. Er greift nach Annas Hand, um sich irgendwo in der Realität festzuhalten.

Aber ist Anna die Realität? Das Electric Theatre? Die Spanische Stadt?

Annas Hand ist ganz warm, die Wärme tröstet ihn.

Das hier ist wirklich der Abschied. Ich kann es gar nicht aufhalten. Ich habe es nie aufhalten können.

Die Vorführung endet in stehendem Applaus. Das kleine Orchester samt seinem Dirigent verneigt sich, und für einen Moment ist Horatio versöhnt mit seiner Reise.

Ich wollte sie nur wiedersehen. Das reicht mir. Tut es das?

Er schaut sie an. Sieht, wie sie begeistert klatscht, zu laut klatscht, wie sie sich aufrichtig freut. Er sieht die Reflexion des Projektors auf ihrem grünen Pfauenkleid, das kleine Stück Haut, das an den Unterschenkeln aus ihrem Kleid hervorschaut, ihre langen Finger, die runden kurzen Fingernägel, ihre kurzen widerspenstigen Haare. Der Gedanke, das alles zu verlieren, bringt ihn um. Obwohl er grade eben noch zufrieden damit war, sie ein letztes Mal zu sehen.

Er beugt sich zu ihr und flüstert ihr ins Ohr: »Ich liebe dich.«

Sie klatscht weiter, sie stellt sich auf die Zehenspitzen, sie gibt ihm einen Kuss auf die Wange. Und er riecht ihr Parfüm, es riecht nach Zitrone und nach gerösteten Nüssen.

Ich will noch nicht weg.

Er strengt sich an, strengt sich so sehr an, wie er sich vielleicht noch nie angestrengt hat. Nimmt Annas Hand, zieht sie zu sich und sagt, obwohl sich alles in ihm dagegen wehrt: »Bitte geh nicht. Wenn du gehst, wirst du bald sterben, und zwar allein. Ohne mich. Ich werde nicht da sein.«

Erst sieht sie ihn ratlos an, doch dann hellt sich ihr Blick wieder auf, als verstünde sie jetzt genau, was er meint. »HB! Du hast es geschafft, oder? Du hast einen Riss gefunden. Du hast die Zeit besiegt. Hab ich recht, HB?«

Er weiß nicht, was er sagen soll. Ihm sind alle Worte ausgegangen. Er nickt nur, während die ersten Menschen das Lichtspielhaus verlassen.

»Oh, mein Schatz. Mein uralter, schlauer, schlauer Schatz. Ich bin so stolz auf dich! Ich bin ganz neu verliebt! Und so geschmeichelt, dass du ausgerechnet zu *mir* kommst, obwohl du vielleicht die wichtigste Entdeckung der Menschheitsgeschichte gemacht hast. Auch wenn das dumm und sinnlos ist, dass du zu mir kommst. Oh, mein lieber dummer Schatz!« Sie nimmt sein Gesicht in beide Hände. Ihre Hände sind ganz warm, doch ihm ist kalt.

»Du gehst trotzdem, oder?«, findet er seine Worte wieder.

Sie schüttelt den Kopf. »Nein. Ich bin doch da. Heute, gestern und auch noch morgen. Weißt du, HB, die Zeit ist nicht gerissen, sie war ja nie eine ebene Fläche. Mehr wie eine Jalousie. Das heißt, wir können uns immer wiedersehen. Wann wir wollen. Wann wir an uns denken.«

Horatio ist sich nicht mehr sicher, ob sie das wirklich sagt oder ob er das träumt. Der Applaus ist verhallt, das Licht im Saal geht jetzt vollständig an. Es blendet ihn. Er setzt sich und schließt die Augen.

Ich will noch nicht gehen.

18

Artur hält an einer leicht heruntergekommenen Raststätte an der Autostrada Wolności, der A2, kurz vor Poznań. Da sind ein Restaurant, eine kleine Pension mit zugezogenen weißen Vorhängen, eine Tankstelle und ein größerer Rastplatz. Artur steigt aus und läuft über ein paar gesprungene Betonplatten, deren Ritzen sich mit Regenwasser gefüllt haben, zum Restaurant Mała Cisza, wo er sich einen Kaffee bestellt und sich allein an einen viel zu großen Tisch setzt. Er ist müde, aber warum auch nicht, die Nacht bricht herein. Er hat das Datum überprüft, er hat auf die Uhr gesehen – es ist immer noch der Tag, an dem er die Pilze genommen hat. Kein weiterer Tag ist vergangen. Obwohl er nur auf dem Friedhof gelegen hat, fühlt er sich, als wäre er stundenlang gelaufen. Er würde sich am liebsten in den Scirocco legen und schlafen, aber er will heute Nacht noch nach Warschau. Deshalb trinkt er diesen großen schwarzen Kaffee.

Als er ihn geleert hat, ist es draußen endgültig dunkel. Es gibt da dieses Lied aus seiner Kindheit, das er seit ein paar Stunden nicht mehr aus dem Kopf bekommt, das er auch Mila im Krankenhaus vorgesungen hat. *Kotki dwa dla maluszka,* zwei Kätzchen für ein Baby. Er hat sich oft gefragt, warum man Kinder mit einer so traurigen Melodie in den Schlaf entlässt, aber er hat es dann selbst adaptiert. Manchmal vergisst er das Lied für ein paar Wochen oder sogar Monate, aber dann ist es wieder da: *Kotki dwa dla maluszka.*

Natürlich konnte sie es irgendwann mitsingen. Dann haben sie es zusammen gesungen. Er fand sie sehr musikalisch, aber vermutlich findet man seine Kinder immer musikalisch, wenn man auf so etwas Wert legt. Seine Eltern haben ein Klavier zu Hause, wollten immer, dass er spielt. Er hat lustlos ein paar Stunden genommen und es dann nie mehr angerührt. Später hat er es bereut, wenn er Carolina dabei zugehört hat, wie sie bei seinen Eltern Bach-Fugen auf dem Klavier spielte. Er erinnert sich, wie eine vollkommen kahle Mila danebengestanden und versucht hat, die komplexen Melodien der Fuge mitzusingen. Das kleine außerirdische Mädchen ohne Augenbrauen mit dem runden Port unter der Kopfhaut. Ihrer Steckdose, wie Carolina und er es genannt haben. *Kotki dwa dla maluszka,* zwei Kätzchen für ein Baby. Er würde jetzt gerne laut schreien.

Stattdessen sitzt er an diesem viel zu großen Tisch mit einer leeren Kaffeetasse und hört, wie sich zwei Männer am Nebentisch über Russland unterhalten. Ihre Frauen, falls es ihre Frauen sind, schauen in ihre Handys. Vermutlich gehören die Kinder dazu, die weiter hinten eine Spielecke verwüsten. Hätte er nur Klavier gelernt, sagt er sich. Dann könnte er sich ein Klavier für die ab jetzt viel zu große Wohnung kaufen. Der Nachbar Gerard hat ihm sogar sein altes angeboten, es müsse nur einmal der Stimmer aus Frankfurt kommen. Dann könnte er sich mit Bach-Stücken die Zeit vertreiben, sich darin verlieren, so wie Carolina das kann, wenn sie bei ihren Eltern ist. Früher hat Carolina oft über seine alte Stereoanlage die Glenn-Gould-CD gehört, in der er sich am Piano durch diverse Fugen *prügelt,* wie sie das genannt hat. Er hat die Musik zwar wahrgenommen, aber nicht wirklich zugehört. Und wenn er doch genauer zuhörte, hat er gehört, wie Gould die Melodien mitsummt, und das hat ihn irgendwie gestört, hat ihn nervös gemacht. Jetzt fehlt ihm Goulds Gesumme. Und Bach. Und Carolina. Und Mila. Während die Männer am

Nebentisch diskutieren, ob die polnische Justizreform notwendig sei, fragt sich Artur, ob er Carolina auch weiterhin so stark vermissen wird wie in diesem Moment oder ob das nur seiner allgemeinen Niedergeschlagenheit geschuldet ist. Er will an Mi-Ra denken, doch das scheint ihm so unangebracht, dass er es lässt.

Das Gespräch am Nebentisch geht weiter. Er hat das Gefühl, dass es sich gar nicht mehr wirklich gehört, über Politik zu diskutieren. Es hat fast etwas Verwerfliches. Es trägt nur zur allgemeinen Lautstärke bei, vor allem in Städten wie Warschau. Besser man macht seins, die Politiker machen ihrs, man geht irgendwann zur Wahl. Ansonsten soll es ruhig bleiben.

Vielleicht geht man mal auf eine Demonstration für den Klimaschutz. Oder gegen die Justizreform. Aber schon zwei Stunden später hat man es größtenteils wieder vergessen, weil man dann Abendessen macht. Oder die Nachtschicht im Marie Curie übernimmt und den Melodien der Überlebensmaschinen zuhört. Über Politik nachzudenken muss man sich auch leisten können.

Er überlegt, ob er etwas essen soll. Gołąbki sind im Angebot. Carolina ist seit ein paar Jahren Vegetarierin. Vielleicht hat er deswegen vorsätzlich noch mehr Fleisch gegessen. Jetzt ekelt ihn die Erinnerung an seinen übertriebenen Fleischkonsum in den letzten Monaten, und er entscheidet sich gegen die Gołąbki. Er weiß gar nicht, was er so spät in Warschau will. Der Friedhof ist geschlossen, er kann nicht nachts bei Carolinas Eltern klingeln, und zu den alten Freunden und Kollegen hat er keinen Kontakt mehr. Ihm wird nur ein Hotel bleiben. Er könnte höchstens seinen alten Trainer Jędrzejczak anrufen, doch dann müsste er sich erklären. Er entscheidet sich für ein Hotel. Er schreibt seinem Friedhofsgehilfen eine SMS, was morgen zu tun ist. Das ist ein Samstag, es ist nicht so viel. Der Rasen vor der Kapelle müsste gemäht werden. Eigentlich hat sich eine Familie aus Kunowice angekündigt, aber das kann er verschieben. Und dann wollte sich noch der Kammerchor der Musikschule melden und schon jetzt über den Auftritt an Allerheiligen reden.

Er trinkt den Kaffee aus, es sind nicht mehr als ein paar Tropfen, dann läuft er auf dem gesprungenen Beton über den nassen Parkplatz, holt seinen Wagen, tankt ihn auf und fährt in Regen und Dunkelheit nach Warschau.

Da er keine Lust hat, sich auf seinem Handy mit dem zu kleinen Display ein günstiges Hotel zu suchen, checkt er gegen Mitternacht einfach ins Best Western in Gocław direkt an der Weichsel ein. Nicht weit weg, in einem der Hochhausblöcke aus den Sechzigern, wohnen Carolinas Eltern in einer erstaunlich großen Wohnung im siebten Stock. Bis heute wundert er sich, wie sie das Klavier dort hineinbekommen haben. Ihre Wohnung ist mit dem Auto keine zehn Minuten von Powiśle entfernt, wo er mit Carolina gewohnt hat. Ein kleiner Stadtteil unterhalb der Weichselklippe, den man mittlerweile als hip bezeichnen könnte. Noch bis circa 2010 war Powiśle ein eher kaputtes Viertel mit Alkoholiker-Kneipen und ein paar wenigen alteingesessenen Lebensmittelläden. Es hat ihm immer schon sehr gefallen, wie die Poniatowskibrücke mit ihren Portaltürmen über das Viertel wacht, die Verbindung nach Praga und zum Rest der Stadt quasi über ihren Köpfen stattfindet, aber nicht in ihrem Teil der Stadt. Sie haben nichts mit dem Rest der Stadt zu tun, wenn sie nicht wollen. Die Brücke bewahrt sie davor. Zumindest vor ein paar Jahren war es noch, als wären sie eine Stadt in der Stadt, die nur Eingeweihte kennen. Wie eine Geheimschublade, die man nicht findet, wenn man nicht weiß, wo sie ist. Dann hat die Universität eine große und zugegebenermaßen sehr hübsche Bibliothek aus Metall, Glas und grünem Stein an die Weichsel gebaut. Ab da – zumindest geht so die Legende – sind die Cafés gekommen und die Mieten gestiegen. Ihn hat das aber nicht so gestört wie viele andere. Er ist froh gewesen, dass auch mal neue Leute nach Powiśle kamen. Jüngere Leute. Leute, die Spaß zu haben schienen. Plötzlich ist aus dem Poniatówka-Strand auch wirklich so was wie ein Strand geworden. Da waren jetzt andere als nur die knurrigen Angler in ihren dunkelgrünen Schlechtwetterjacken, plötzlich saßen hübsche junge Leute tagsüber im Sand oder waren am Abend zuvor dort eingeschlafen. Zumindest bis die Polizei stärker kontrolliert hat. Irgendwann hat dort jemand Liegestühle aufgestellt.

Zwischen Powiśle und Gocław liegt der jüdische Friedhof, um den er sich gekümmert hat. Und fast daneben der Cmentarz Bródnowski – auch Brodno genannt –, auf dem Mila liegt. Der alte Kirchhof existiert seit 1884, und während des Zweiten Weltkriegs hat man dort Waffen und Munition in den Gräbern aufbewahrt. Leute von der Gestapo wurden von der Friedhofsleitung hier versteckt. Auf dem Brodno steht eine graugrüne Stabkirche, in der Artur öfter gewesen ist, auch bei anderen Beisetzungen. Er hat sich für Mila eine Einäscherung und eine Nische im Kolumbarium gewünscht, doch Carolinas Eltern waren dagegen, und Carolina hat sich im letzten Moment umentschieden. Für eine Erdbestattung mit Sarg. Er hat gedacht, das würde ihn ärgern, aber letztlich hat er gar keinen echten Widerstand gespürt und auch nicht geleistet. Er hat gedacht, er hält das nicht aus, bei jedem Besuch auf dem Brodno daran zu denken, wie sein Kind ein paar Meter unter ihm verrottet, aber letztlich hat ihn der Gedanke sogar getröstet, dass sie da noch liegt. Dass sie dort schläft. Das war beruhigender, als sich ihre Asche in einem Behälter vorzustellen. Außerdem ist das neue Kolumbarium auf dem Brodno ohnehin bis heute nicht fertig geworden. Und dank der Erdwahlstelle haben sie auch einen Ort bekommen, an dem sie sitzen und mit ihr sprechen können, ohne dass ihre Worte über den Stein und den Marmor eines Kolumbariums an fremde Ohren hallen.

Morgen will er das Grab besuchen. Das heißt, wenn es das Grab überhaupt noch gibt. Oder jemals gab. Heute legt er sich nur noch in sein niedriges Hotelbett im Best Western, in diesem sterilen Zimmer, in dem kein einziges Bild hängt.

Am nächsten Morgen wacht er um sechs Uhr auf, und da ist dieses Gefühl wieder, das ihm mittlerweile so vertraut ist. Diese paar Sekunden – manchmal ist es sogar eine halbe Minute –, in denen er alles vergessen hat, was ihm je wehgetan hat. In denen er sich einfach an nichts erinnert, außer dass er gerade wach wird.

Mila hat nur einen einzigen Tag im Koma gelegen. Und selbst davor war sie nur gut eine Woche wirklich bettlägerig. Es ist alles so schnell gegangen. Da war eine Einblutung im Gehirn, sie ist plötzlich tagsüber andauernd eingeschlafen, hat sich übergeben und wieder eine Windel gebraucht. Und zwei Wochen später ist sie tot gewesen. Schon Jahre vorher hat er sich ihre letzten Monate in den schlimmsten Farben ausgemalt. Mehrere Ärzte haben ihnen ein Siechtum prophezeit. Dagegen hat er angebetet.

An ihrem letzten wachen Tag hat sie noch einmal die Gummibärenbande auf dem Tablet geschaut, obwohl sie dafür zu dem Zeitpunkt schon fast zu alt war. Irgendwie ist es ihr wieder eingefallen, sie hat nach der Gummibärenbande verlangt. Dann ist sie gegen vier Uhr am Nachmittag eingeschlafen, und der Schlaf ist unmittelbar ins Koma übergegangen. Man hat es daran gemerkt, dass sie sich spastisch verkrampft hat. Und wieder entspannt, wegen der Medizin, die ihr das Palliativ-Team verabreicht hat. Irgendwann hat er sich zu ihr gesetzt. Hat seine Mutter und die Mutter von Carolina aus dem Raum geschickt und sich neben sie gesetzt. Hat ihr die

Hand auf den Kopf gelegt, ihre Haare gestreichelt. Bis sie völlig entspannt schien. *Kotki dwa dla maluszka,* zwei Kätzchen für ein Baby, hat er ihr vorgesungen. Und gesagt: »Du kannst jetzt loslassen, Mila, ich bin nicht sauer, wenn du gehst. Und die Mama auch nicht.«

Und sie hat plötzlich so zufrieden gewirkt, als wäre sie tatsächlich zu der Einsicht gekommen, sich nicht länger ans Hier und Jetzt klammern zu müssen. Vielleicht hat ab da auch bei ihr das Vergessen eingesetzt, das er jeden Tag ein paar Sekunden nach dem Aufstehen erlebt.

Er selbst hat in jener Nacht wie üblich im Wohnzimmer geschlafen, Carolina lag mit Mila in ihrem gemeinsamen Schlafzimmer. Irgendwann ist Carolina zu ihm ins Wohnzimmer gekommen.

Mila ist jetzt tot.

Er hat zu seinem eigenen Entsetzen sofort eine große Erleichterung gespürt. Für die er sich selbst heute noch schämt. Womöglich hat er sogar so etwas gesagt wie: »Sie hat's endlich geschafft.« Er erinnert sich noch, wie Carolina ihn angestarrt hat, als würde sie ihn nicht kennen. Dann ist er allein ins Schlafzimmer gegangen, wo Carolina schon eine Kerze angezündet hatte. Da hat er begriffen, dass Mila schon eine Weile tot gewesen sein musste und Carolina nicht sofort zu ihm gekommen war.

Sie liegt auf dem Bett und hat die Augen halb geöffnet, sie wirkt genauso zufrieden und entspannt, wie er sie zuletzt gesehen hat. Sie sieht wissend aus. Weise fast. Hat ein weißes Kleid mit blauen Punkten an, liegt auf einer Wickel-Unterlage und auf ihrem Eulenkissen. Ihre Haare sind ganz lang und dunkel. Sie ist zuletzt so stolz auf ihre langen Haare gewesen. Obwohl sie so klein ist, kann sie sich daran erinnern, dass sie längere Zeit gar keine Haare gehabt hat. Er fühlt ihre Stirn, sie ist noch warm. Er weiß nicht, was er zu Carolina sagen soll.

Er steht von seinem Hotelbett auf, und ihm ist schwindlig. Er muss sich an dem kleinen modernen Sekretär gegenüber vom Bett festhalten, in dem auch ein Kühlschrank für die Minibar eingebaut ist. Er wartet ein paar Sekunden, dann geht es wieder. Er putzt sich die Zähne und rasiert sich, geht in den Frühstücksraum, trinkt einen schwarzen Kaffee und isst ein Croissant, das verbrannt schmeckt, auch wenn es außen ganz normal aussieht. Er fragt sich, ob er irgendwie noch unter dem Einfluss der Pilze steht.

Dann macht er sich auf den Weg zum Friedhof. Zu Fuß. Er wird sicher eine gute Stunde unterwegs sein, aber das stört ihn nicht, er kann die Zeit gebrauchen. Das Wetter ist gut, es riecht nach Sommer und Abgasen.

Unterwegs ruft er bei Carolinas Eltern an, weil sie selbst nicht an ihr Handy geht. Er lässt ihre Mutter nur kurz wissen, dass er zu Mila ans Grab geht und Carolina dort gern in circa anderthalb Stunden treffen würde. Als die Mutter nicht widerspricht, sagt er Danke und legt auf.

Milas Grab hat die Nummer 115K und liegt am Südende des Friedhofs vor einer Mauer, die den Friedhof vom bewaldeten Park trennt, an den ein anderer alter jüdischer Friedhof grenzt, der noch vor ein paar Jahren nur eine Art Grabsteindeponie war. Angeblich mal einer der größten jüdischen Friedhöfe der Welt mit 86 Sektoren, hier wurden insgesamt auf fünfzehn Hektar Land eine Viertelmillion Menschen beigesetzt. Die Nazis haben ihn vernichtet und die Kommunisten ihn nicht wieder aufgebaut.

Auf Milas Grab liegen frische Blumen, rot-gelbe Tulpen, aber das wundert ihn nicht, schließlich kümmern sich Carolinas Eltern um das Grab. Am linken unteren Rand wächst Efeu, doch er ist zugeschnitten. In der Mitte des Grabs wachsen lilafarbene Chrysanthemen, die ihm nicht besonders gefallen. Daneben ein paar Vergissmeinnicht und am Kopfende des Grabs, vor dem Stein, hellrosa Rhododendren, die findet er besser. Der grünweiße Naturstein glitzert in der Vormittagssonne, genau wie die Gravur. Er hätte am liebsten das Datum weggelassen, aber Carolina hat es unbedingt gewollt. Er findet es deprimierend, zu lesen, dass sie nur vier Jahre alt geworden ist.

Er steht eine Weile vor dem Grab und versucht, sich an sie zu erinnern, aber überall gelingt ihm das besser als an ihrem Grab.

»Hey«, sagt Carolina leise.

»Cholera«, sagt Artur. Weil sie sich so angeschlichen hat.

»Ich hatte in meiner Nachricht doch um ein bisschen Zeit gebeten«, sagt sie, aber es klingt nicht besonders vorwurfsvoll. Eher resigniert. Er sieht sie an, sie trägt Leggins und ein ärmelloses T-Shirt mit einer Kapuze. Dazu ihre Laufschuhe.

»Bist du hierher gelaufen?«, fragt er.

Sie nickt. »Seit wann bist du in der Stadt?«

»Seit gestern Nacht«, sagt er.

»Warum?«, fragt sie.

»Keine Angst, ich will dich nicht umstimmen. Bleib ruhig in Warschau. Die Auszeit tut dir gut.« Er kratzt sich am Kopf. Zu fest. Er hat sich das eigentlich vor ein paar Monaten abgewöhnt, als er sich ständig blutig gekratzt hat. Manchmal hat er eingewachsene Haare in der Kopfhaut, die sich wie Beulen anfühlen.

»Das ist keine Auszeit, Artur.« Sie bückt sich und bindet sich die Schnürsenkel, obwohl er sich fast sicher ist, dass sie nicht offen gewesen sind.

»Ich versteh schon. Ist ein bisschen kompliziert zu erklären, warum ich hier bin. Und vermutlich willst du es auch gar nicht hören.«

»Probier's trotzdem«, sagt sie im Knien, immer noch mit den Schnürsenkeln beschäftigt.

»Sag deinen Eltern Danke, dass sie sich um das Grab kümmern«, sagt er.

»Das hab ich schon ganz oft.« Sie steht wieder auf.

»Auch von mir, meine ich.«

»Auch von dir«, sagt sie. »Ich warte noch auf deine komplizierte Geschichte.«

»Also.« Er widersteht dem Drang, sich erneut zu kratzen. »Ich war gestern auf dem Friedhof. Auf dem jüdischen. In Słubice.«

»Mit der Archäologin.« Sie schaut an ihm vorbei.

»Sie war auch dabei. Aber sie hat damit nichts zu tun.«

Carolina bewegt sich nicht. Scheint noch nicht einmal zu atmen. »Wir haben ein Experiment gemacht.«

Wenn du auf eine Reaktion von mir wartest, wartest du umsonst, scheint sie ihm sagen zu wollen.

»Wir haben Pilze genommen.«

Da ist die Reaktion: Sie weicht einen Schritt zurück, sodass sie fast über die Grabumrandung von Mila stolpert. Die nicht aus Holz besteht, so wie er das gern gehabt hätte, sondern aus leblosem Granit. Friedhofsvorschrift.

»Es war eine Art Séance, und ja, ich weiß, wie das klingt. Hör kurz zu. Die Aufgabe war, sich so stark an etwas zu erinnern, dass es wie eine Zeitreise wirkt.« Nicht der richtige Anlass, um über einen Zeitriss zu sprechen, das ist ihm klar. »Ich habe mich an Mila erinnert. Aber auch an uns. Wie wir uns kennengelernt haben. Kannst du dich erinnern?«

Sie nickt. Zieht an ihrer Kapuze, als wollte sie sie gleich aufsetzen.

»An die Begrüßungsfeier nach Sydney. Im Café Krucza. Als wir getanzt haben. Und wir dann rausgegangen sind. Weißt du noch?«

»Was soll das, Artur? Natürlich kann ich mich erinnern. Daran, wie du gefragt hast, ob ich auch eine Beziehung mit dir anfangen würde, wenn ich wüsste, dass etwas ganz Schlimmes passiert. Was denkst du, wie oft ich über den Satz in den letzten Jahren nachgedacht habe.«

Für einen kurzen Moment vergisst er zu atmen.

Das kann nicht sein. Dann hat es also doch funktioniert?

Er schaut auf seine schwarzen Turnschuhe. Er schaut auf ihre Laufschuhe. Ihm fällt das Atmen wieder ein. Das kann nicht sein, denkt er. Vielleicht haben ihn die Pilze so irre gemacht, dass er nur gedacht hat, er ändere etwas, in Wirklichkeit hat sich alles immer schon genauso abgespielt, wie es sich abgespielt hat. Sein Kopf tut sofort weh, wenn er darüber nachdenkt.

»Bist du noch da?«, fragt sie und kommt jetzt wieder einen Schritt auf ihn zu.

»Entschuldigung. Ich hab mich nur gefragt, wie du heute entscheiden würdest, wenn du noch mal zu dem Abend zurückgehen könntest. Dem Abend im Krucza.«

»Die Frage ist eine Gemeinheit«, sagt sie leise.

»Wieso?«

»Weil du weißt, dass das nicht geht.«

»Aber wenn es ginge?«

»Das ist doch nicht ernst gemeint, oder? Das ist doch eine ziemlich grausame Fangfrage, oder?« Sie macht eine Pause. Verdreht die Augen. »Natürlich würde ich die Beziehung eingehen. Ich habe mich doch ganz furchtbar in dich verliebt damals. Und dann hätten wir doch auch nie dieses wunderbare Kind bekommen.« Wie sie bei *dieses wunderbare Kind* mit dem Kopf in Richtung Grab nickt, zerreißt ihn. Er schämt sich, dass er versucht hat, Mila zu verhindern. Carolina zu verhindern. *Hat er das wirklich versucht?*

»Ich hab eine Idee für uns«, sagt er.

»Ich habe keine Lust auf eine neue Beziehungstherapie. Oder eine neue Trauergruppe. Oder Séancen mit Pilzen. Ich möchte jetzt gehen.«

»Warte. Es ist anders, als du denkst. Es ist eher eine Art Meditation. Bei der man sich so stark auf etwas konzentriert, dass man es erlebt. Wir könnten so zusammen noch einmal Mila treffen.«

»Du sprichst tatsächlich von den Pilzen, oder?«, fragt sie. »Was ist denn mit dir los?«

Er senkt verschämt den Kopf. »Also. Ich hab ein paar mitgenommen. Beziehungsweise in meine Tasche wandern lassen. Nur ein paar Reste, aber ich denke, es könnte reichen.«

»Du tust mir leid, Artur«, sagt sie. »Wirklich. Ich will nicht, dass es dir so wehtut. Aber bitte behalte deine Pilze. Ich gehe jetzt.« Diesmal setzt sie die Kapuze auf.

Er unternimmt nichts, hält sie nicht auf. Er sagt nur: »Erinnerst du dich an dieses Wochenende, an dem wir mit ihr auf die Kostümparty deiner Freunde fahren wollten?«

»Es waren *unsere* Freunde«, korrigiert sie ihn, aber sie bleibt zumindest kurz stehen.

»Carla und Josef, ich weiß. Sie haben den Geburtstag ihrer Tochter mit einer Kostümparty gefeiert. Und wir haben Mila dieses Einhorn-Kostüm besorgt. Dieses weiße mit den Regenbogenstreifen. Und dem Stoffhorn auf der Kapuze.«

»Ich weiß, Artur. Ich weiß das alles.« Sie wirkt erschöpft, aber er glaubt, dass sie ihm noch ein paar Sätze geben wird.

»Und dann haben wir doch auch für uns Einhorn-Kostüme gekauft. Wir sind als Einhorn-Familie aufs Land gefahren. Das war in der Nähe von Jabłonna, soweit ich mich erinnere, oder?«

Sie nickt. Ihr Gesicht hat jetzt jede Farbe verloren.

»Drei Einhörner mit Kapuzen. So hat man auch nicht gesehen,

dass Mila keine Haare hat, denn sie war ja ein Einhorn. Ein Einhorn ohne Augenbrauen.«

Sie lächelt. Für eine Sekunde.

»Nur dann sind wir ja leider nie auf dem Fest angekommen.«

»Weil Mila im Auto Fieber bekommen hat. Und wir ins Krankenhaus mussten.«

»Ja, das beschissene Immunsystem hat sie wieder im Stich gelassen. Wegen dem Gift, das sie ihr jeden Monat eingetrichtert haben.« Er wird lauter, als er will.

»Das Gift, das ihr auch das Leben gerettet hat«, korrigiert sie ihn. »Oder es zumindest verlängert.«

»Auch das weiß man nicht«, sagt er, fängt sich wieder. »Aber es ist ja auch egal, jedenfalls sind wir nie auf der Kostümparty angekommen.«

»Was hat das mit deinen Pilzen zu tun?« So wach ist ihr Blick während der ganzen Begegnung bisher nicht gewesen.

»Ich denke, mit den Pilzen könnten wir noch mal versuchen, nach Jabłonna zu fahren. Wir drei Einhörner. Indem wir uns einfach erinnern.«

»Dann wird sie aber wieder Fieber bekommen und auf den Rücksitz kotzen. Denn so ist es gewesen.« Carolina bewegt unruhig ihre Füße. Gleich wird sie loslaufen.

»Dann ist das so. Aber wir sind dann noch mal die Familie, die wir immer sein wollten. Ein letztes Mal.«

»Warum ist dir das so wichtig?«, fragt sie. »Warum reicht dir nicht die normale Erinnerung?«

»Weil ich sie gerne noch mal sehen würde. Euch gerne noch mal zusammen sehen würde. Uns alle zusammen.«

»Vielleicht geht es dir wirklich viel schlechter, als ich immer dachte«, sagt sie und sieht jetzt sehr traurig aus. Sie hat aufgehört, mit dem

Fuß auf das kurze Gras vor Milas Grab zu tippen. Dann setzt sie ihre Kapuze wieder auf und dreht sich langsam von ihm weg.

»Überleg es dir. Ich bin noch zwei Tage hier im Hotel«, sagt er.

Sie ist schon ein paar Meter gegangen, da bleibt sie noch mal kurz stehen. Ohne sich umzudrehen. Leise sagt sie etwas. Es klingt wie: *Ich überlege es mir.*

19

Mi-Ra ist zurück im Philosophenweg.

Zwanzig Minuten von Essen-Hauptbahnhof mit der S1 in Richtung Dortmund. Ausstieg Essen-Eiberg, dann noch zehn Minuten durch das wahllos üppige Grün entlang des tristen Sachsenrings. Essen mangelt es nicht an Grün, nicht an Bäumen und Natur, die Stadt hat nur keinen Bezug dazu entwickelt, denkt sie. Das Grün taucht an den seltsamsten Stellen auf und erfüllt oftmals keinen Zweck. Selbst der Grugapark wirkt wie ein artifizielles Gewächshaus in einer Stadt, die Natur nur als Kuriosum kennt. Als hätte man ihr die Natur nur von oben aus verordnet. Die Waffenschmiede der Nation, denkt sie.

Mi-Ra läuft über das Gelände vom Sportverein Horst, genau wie früher, danach beginnt schon der Philosophenweg, er führt am Edeka vorbei. Und an satellitenartigen, müde roten, identischen halben Hochhäusern. Hier muss man sich die eigene Hausnummer gut merken, will man nachts nach Hause finden.

Die Siebzehn hat sie nicht vergessen. Es ist eigentlich schwer vorstellbar, dass ihre Mutter immer noch hier wohnt. Um zur Haustür zu kommen, muss man an der alten und seit Jahrzehnten kaputten Straßenlaterne entweder quer über den Rasen gehen, oder man biegt schon vorher in die Nebenstraße mit den länglichen Parkflächen ein. Wie früher nimmt sie die Grasfläche und läuft einmal ums halbe Haus herum, vorbei am Fenster ihres eigenen Jugendzimmers, in dem die Vorhänge zugezogen sind.

Es gibt mittlerweile eine Video-Gegensprechanlage, doch das »Kim« aus dem kleinen Lautsprecher ist immer noch stark verzerrt. Ihre Mutter klingt wie eine Maschine.

»Hier ist Mi-Ra«, sagt sie, obwohl ihre Mutter sie vermutlich über die Kamera sieht. Sie ist sich nicht sicher, ob ihre Mutter sie einlässt.

Eine paar Sekunden passiert nichts, dann hört sie den Buzzer. Wie lang ist sie nicht mehr hier gewesen? Jahre. Jahrhunderte. Sie weiß von ihrem Bruder, dass ihre Mutter immer noch hier wohnt und kocht und auf dem alten Sofa Fernsehen schaut. Dass sie nicht mehr arbeiten geht. Von Min-Ho weiß sie auch, dass die Mutter mittlerweile ausschließlich Koreanisch kocht. Und das sogar angeblich ganz gut. Am liebsten Kimchi-Pfannkuchen, dazu Gurkensuppe und Bulgogi.

Früher gab es meistens Tiefkühlkost, im Idealfall aus dem Asia-Supermarkt in der Innenstadt. Und Unmengen von Reis mit Sojasauce.

Alle wollen immer schnell essen. Hab keine Zeit zum Kochen, hat ihre Mutter gesagt.

Jetzt hat sie offensichtlich Zeit. Und vielleicht macht es ihr ja sogar Freude. Obwohl Mi-Ra die Vorstellung, dass ihrer Mutter etwas Freude macht, äußerst schwerfällt.

Sie erschrickt dennoch, wie freudlos und ausgemergelt ihre Mutter aussieht, als sie die Tür öffnet. Wie schwach. »Hallo, Mama«, sagt sie. Und dann: »Annyeonghaseyo.« Auch wenn das fremd aus ihrem Mund klingt. Als wäre es gar nicht ihre Stimme, die das sagt.

»Was machst du hier?«, fragt ihre Mutter. Mit ihrer rauen und zugleich hohen Stimme. »Gleich kommt die Nachbarin und hilft mir mit der Wohnung.«

In Mi-Ras Ohren klingt das wie:

Bitte geh wieder.

Du hilfst mir nicht, hast mir nie geholfen.

Selbst die Nachbarin hilft mir mehr.

Sie versucht, das aufkommende Gefühl universaler Schuld zu ignorieren, und geht auf ihre Mutter zu.

»Ich wollte nur sehen, wie es dir geht«, sagt sie.

Ihre Mutter zuckt mit den Schultern und weicht einen Schritt zurück. Mi-Ra nimmt es als Zeichen, dass sie eintreten darf. Sie folgt ihrer Mutter, die eine blaue Hose und Pantoffeln trägt. Darüber eine weiße Bluse mit gelben Blumen drauf und ein blaues Seidenhalstuch.

Es hat sich erschreckend wenig verändert. Neben den Haken für Mäntel und Jacken hängt immer noch das Hochzeitsbild. Die Mutter mit langen, geflochtenen Haaren. Mi-Ra kennt sie nur mit ihrer kurzen pragmatischen Frisur. Der Vater im schlichten Anzug, so wie jeden Sonntag in der Kirche. Seine Haare sind an den Seiten kurz und das Deckhaar streng in der Mitte gescheitelt. Dazu die Brille mit diesen dicken Gläsern, hinter denen seine Augen noch furchterregender aussehen. Er sieht aus wie ein koreanischer, klein geratener Stephen King. Sie stellt ihn sich als Religionslehrer in Korea vor. Sicher nicht der Lieblingslehrer für die meisten.

»Hast du mal wieder was von ihm gehört?«, fragt sie ihre Mutter und zeigt auf das Bild. Früher ein heikles Thema, aber was hat sie jetzt zu verlieren?

Die Mutter gibt nur ein verächtliches Geräusch von sich. Vielleicht auch ein koreanisches Wort, das Mi-Ra nur nicht versteht. Sie beschließt, es dabei zu belassen, und folgt ihrer Mutter ins Wohnzimmer. Kurz überlegt sie, ob sie in ihr und Min-Hos altes Kinderzimmer gehen soll, aber egal wie es darin aussieht, es würde ihr nicht guttun. Entweder es ist jetzt ein Bügelzimmer und sie sind wie ausgelöscht oder es hat sich exakt gar nichts darin verändert – auch eine bedrückende Vorstellung. Dass da immer noch ihr Gettoblaster neben dem Bett steht und ihr Cranberries-Poster an der Wand hängt. Und Min-Hos Fußballflagge. So als wäre die Zeit nur in dem einen Zimmer stehen geblieben. Als hätten die Uhren aufgehört zu ticken in dem Moment, in dem sie ausgezogen sind. Schauderhaft.

Andererseits hat die Zeit auch im Wohnzimmer nicht besonders viel Auslauf bekommen. Da steht immer noch der Tisch, an den sie sich lehnen musste für die Stockschläge. Da ist das Bücherregal mit den Konsaliks und Simmels und der koreanischen Bibel. Da ist die schwarze Kunstledercouch, aber immerhin: Der Fernseher ist neu. Flatscreen, ziemlich groß. Den hat ihr garantiert Min-Ho gekauft. Es ist zu warm in der Wohnung. Sobald es draußen wärmer wird, ist es fast irrelevant, ob man die Fenster aufmacht oder zulässt, es wird immer warm. Und mit jeder Woche ab Mitte Mai immer wärmer. Erst gegen Ende September kühlt der Beton im Bergmannsfeld nachts langsam ab. Sie bekommt Lust aufs Osti. Vielleicht sollte sie das machen. Mit Min-Ho mal wieder ins Osti gehen. Nur sie beide.

Die Mutter deutet mit ihrem spitzen Kinn, unter dem sich ihr rauer Hals faltet, auf einen Stuhl. Mi-Ra setzt sich auf die Couch.

»Wie geht es dir, Mama?«, fragt sie.

»Ich bin krank«, sagt ihre Mutter.

»Was fehlt dir denn?«

»Es ist nur Osteoporose«, sagt sie. »Kommt mit Alter. Wenn man so viel gearbeitet hat. Zu viel Arbeit.«

»Wie schwer?«, fragt Mi-Ra.

»Oberschenkelknochen ist gebrochen. Wird nicht mehr besser. Brechen immer mehr Knochen«, sagt ihre Mutter. Sie ist ja Krankenschwester. Sie hat keine Angst, Diagnosen auszusprechen.

»Bist du in Behandlung?«

»Haha«, macht die Mutter. »Ich koche dir etwas«, sagt sie dann unvermittelt.

Mi-Ra steht wieder von der Couch auf, nähert sich der Küche. »Brauch nichts, danke«, sagt sie. »Ich will nichts essen.«

»Das ist Unsinn«, sagt die Mutter und wendet ihr den Rücken zu. »Bist du noch beim Psychologen?«, fragt sie dann, während sie etwas auf einem Brett schneidet.

Sie fragt sich, woher ihre Mutter von ihrer Therapie weiß. Min-Ho sagt ihr doch so was nicht? Unterschätzt sie deren Verhältnis?

»Nein«, sagt sie.

»Du bist immer schon bisschen krank da«, sagt ihre Mutter und tippt sich an die Stirn.

Es ist die Sprachbarriere, sagt sich Mi-Ra. Sie meint es nicht so brutal, wie es klingt. Sie muss sich zwingen, nichts darauf zu sagen. Sie hätte in die Vergangenheit reisen sollen und verhindern, dass ihre Mutter mit ihrem Vater nach Deutschland, nach Essen ins Bergmannsfeld zieht. Oder ihn überhaupt kennenlernt. Das wäre die richtige Anwendung der Pilze gewesen. Es hätte ihnen allen das Schlimmste erspart.

»Was sagen die Ärzte?«, probiert sie es noch mal.

»Sagen immer zu wenig. Oder zu viel.« Sie lacht ein metallisches Lachen und dreht sich dabei zu Mi-Ra um. Sie hat ein langes Messer in der Hand, und ihr Unterkiefer wackelt seltsam beim Lachen, als säße er locker. Jemand muss ihn festschrauben, denkt Mi-Ra und schwankt zwischen Albernheit und Entsetzen.

»Du isst. Ich mach dir Galbi«, sagt die Mutter. Für ihre Verhältnisse redet sie viel. Mi-Ra nickt resigniert. Wer weiß, wie oft sie noch zusammen essen. Während die Mutter kocht, Gemüse schneidet, den kleinen Tischgrill vorheizt, das Fleisch in eine Marinade legt, die sie offenbar längst vorbereitet hat, streift Mi-Ras Blick durchs Bücherregal, vielleicht findet sie ja doch etwas Neues. Da ist ein neuer Ratgeber für innere Zufriedenheit, der auch genauso heißt. *Innere Zufrie-*

denheit – Ein Ratgeber. Dann steht da noch *Die sieben Geheimnisse der Schildkröte – Das Leben entdecken.* Schließlich landet sie doch wieder bei Konsaliks *Clowns* und nimmt es aus dem Regal. Setzt sich auf die Couch und liest darin, schlägt es im letzten Drittel irgendwo auf.

Nun kommt mit jeder Stunde das Unglück näher, dachte Norma, und jeder neue Tag ist ein weiterer Schritt dem Abgrund entgegen.

Fun stuff, denkt sie.

Als das Essen fertig ist, hilft sie ihrer Mutter, den Tisch zu decken. Dabei reden sie nicht. Auch nicht beim Essen. Ihre Mutter hat eine Flasche Fanta Light auf den Tisch gestellt. Limonaden, möglichst zuckerhaltig, sind immer Teil ihrer Kindheit gewesen, kein Anlass zur Klage. Heute sieht man das differenzierter mit dem Zucker für die Kinder, aber damals war es noch mit das Beste am gemeinsamen Essen. Auf der Mitte des Tischs steht der Teller mit den Rippchen, die auf ein breites, äußerst grünes Salatblatt gebettet sind. Die Marinade ist schwarz und süß und scharf. Die Beilagen sind Reis und Kimchi-Salat. Es schmeckt wirklich sehr gut, und obwohl sie kurz überlegt hat, ihre Mutter daran zu erinnern, dass sie Vegetarierin ist, seit sie fünfzehn ist, hat sie es gelassen und isst mit ihrer Mutter zum ersten Mal seit über sieben Jahren Fleisch. Als sie mit Janni schwanger war, hat sie mal in einen Hamburger gebissen, vermutlich wegen des Eisenmangels. Aber sie kann nicht leugnen, dass es ihr schmeckt, auch wenn sie weiß, dass sie später ein schlechtes Gewissen haben wird.

»Min-Ho kommt morgen. Er kommt oft«, sagt die Mutter irgendwann, nachdem beide eine längere Weile geschwiegen haben. Sie nickt. Ihre Mutter hat gar nicht erst versucht, den Vorwurf in ihrer Stimme zu maskieren.

Nach dem Essen weiß Mi-Ra nicht genau, was sie hier noch soll. Ihre Mutter scheint es auch nicht zu wissen.

»Ich gehe jetzt«, sagt sie.

»Kommst du bald wieder«, sagt ihre Mutter. Es ist kein Fragezeichen zu hören.

Mi-Ra kann die Tränen jetzt kaum unterdrücken. Sie steht so unglaublich hilflos vor ihrer Mutter im Flur, dass sie selbst dann nicht ausweichen könnte, käme jetzt ein Lastwagen in Zeitlupe auf sie zugefahren. Ihre Mutter scheint das zu bemerken, und jetzt passiert etwas sehr Merkwürdiges. Sie kommt mit ausgestreckten Armen auf Mi-Ra zu, und ihr Unterkiefer wackelt, sie hat was von einer Untoten, so ungern Mi-Ra das denkt. Aber dann umarmt sie Mi-Ra. Sie umarmt ihre Tochter, es ist surreal. Die Umarmung ist fest, fast grob. Aber es ist zweifellos eine Umarmung. Das ist noch der Pilztrip von Beeltz, sagt sie sich, und wenn sie jetzt die Augen öffnet, sitzt sie immer noch in Słubice auf diesem verdammten Friedhof. Es hat nie eine Zugreise nach Essen gegeben, bei der sie vier Stunden am Stehtisch des Bistros gelehnt hat und vor tausend vorbeilaufenden Leuten und dieser lauten Gruppe aus Bundeswehrsoldaten einen Nervenzusammenbruch unterdrücken musste. Es muss ein Traum sein. Wenn auch ein kurzer, denn die Umarmung ist so schnell vorbei, dass sie die Mutter noch nicht einmal zurückumarmen kann. Sie endet mit ein paar heftigen Klopfern, fast Schlägen, auf den Rücken.

»Kommst du bald wieder«, sagt ihre Mutter erneut, schiebt sie aus der Tür und macht sie zu.

*

»Was willst du denn hier?«, fragt er und stützt sich am Türrahmen ab, gleichzeitig versperrt er ihr so den Weg nach innen.

»Lässt du dir einen Bart wachsen?«, fragt sie.

»Seit zehn Jahren«, sagt er.

»Wo ist Janni?«, fragt sie.

»Wer?«, fragt der Ex.

Im Zug nach Essen hat sie lange überlegt, was sie macht, wenn er das sagt.

Wer?

Wie sie sich dann fühlen wird. Ob sie sich zu Tode erschreckt. Oder sogar erleichtert ist. Oder beides? Ob sie sich zutiefst schämt, sich wie eine Mörderin fühlt. Ob sie ihn erst recht umbringen will oder anerkennt, dass sie auch *ihm* Schuld erspart hat. Je weiter sich der Zug von Frankfurt an der Oder und danach Berlin entfernt hat, desto mehr sind diese Gedanken verblasst, desto mehr ist die Überzeugung, dass sie wirklich etwas verändert haben könnte, verblasst.

Ruhig bleiben, Mi-Ra, das *Wer?* ist ja noch kein Beweis. Sie atmet ein.

»Warum sagst du nichts? Was willst du überhaupt hier?«

Er wirkt gekränkt. Aber nicht akut. Vielmehr, als wäre die Kränkung längst mit ihm verwachsen, als wäre sie ein Teil von ihm, der bleibt. Der Bart macht ihn alt. Obwohl er schon immer alt war in ihren Augen. Und doch wirkt er noch viel älter als letzte Woche, als sie ihn das letzte Mal gesehen hat. Da hat er sich auch noch die Haare gefärbt. Jetzt sind sie grauer und länger. Doch eventuell gefällt ihr dieser verwahrloste Look auch besser, steht er doch nicht in so krassem Gegensatz zu seinem Charakter. Es ist jetzt einfacher zu erkennen, dass er nicht mit sich im Reinen ist. Keine Haarfarbe, keine Rasur und kein penetrantes Rasierwasser mehr, die das krampfhaft zu verbergen versuchen.

»Wie lange haben wir uns nicht mehr gesehen?«, fragt sie. Schaut auf seine nackten Füße. Auch seine Fußnägel pflegt er nicht mehr so pedantisch.

Die Frage bringt ihn zum Überlegen. Er fasst sich an die Schläfe. »Puh. Fast acht Jahre dürften das sein.«

»Was hab ich gemacht, als wir uns zuletzt gesehen haben?«, fragt sie.

»Ha!«, macht er, und es kommt Leben in ihn. »Du bist weggerannt. Auf Sizilien. Sag nicht, dass du das nicht mehr weißt. Ich hab alleine in diesem beschissenen Bauernhof-Hotel gesessen.«

Es ist so absurd, dass sie lächeln muss. Selbst jetzt tut er sich noch selbst leid. »Und danach haben wir uns nie mehr wiedergesehen?«

»Willst du mich jetzt verarschen, Miri? Ich hab dich mal in der S-Bahn gesehen. Dich auch mal angesprochen, aber du hast mich ignoriert. Genau wie alle meine Nachrichten, Anrufe und Mails.«

»Liegt vielleicht daran, dass du mich vergewaltigen wolltest.« Bei diesem Satz versucht sie, ihn anzusehen.

»Wie bitte? Du spinnst wohl. Wir hatten Beziehungsprobleme. Einen Streit. Vielleicht war ich eifersüchtig. Vielleicht hab ich dich grob angefasst, aber vergew–«

»Schon gut«, sagt sie. Sie merkt, sie ist nicht hier, um ihn zu bestrafen. Das tut er ja selbst zur Genüge, wenn sie ihn so anschaut. Er sieht aus, als würde er trinken. Die blutunterlaufenen Augen, die schwammige Haut. Doch sie bleibt dabei, diese Georg-Variante ist ihr lieber als die alte. Sie ist echter.

»Wie geht es dir?«, fragt sie, es interessiert sie wirklich.

»Mir?«, sagt er und weicht einen Schritt zurück. »Mir geht es ganz gut. Bin nur gerade zu Hause, weil meine Tochter krank ist und nicht in die Kita kann.«

»Du hast eine Tochter? Wie alt ist die?« Es ist zu absurd, zu interessant, um nicht weiter nachzufragen.

»Dreieinhalb.«

»Wie heißt sie?«

»Hella«, sagt er. Macht seine Augen ein bisschen weiter auf.

»Bist du alleinerziehend?«, will sie wissen.

Er nickt. »Teilzeit zumindest. Hast du Kinder?«, fragt er.

»Einen Sohn«, sagt sie. »Janni.«

»Schöner Name«, sagt er. Offenbar fällt ihm nicht auf, dass sie vor ein paar Minuten nach einem Janni gefragt hat. »Wie alt?«, will er wissen.

»Sieben«, sagt sie. »Ich bin auch alleinerziehend. Also, glaube ich zumindest.«

»Glaubst du?«, wiederholt er und sieht sie dabei an, als wäre sie nicht ganz dicht. So hat er sie auch während ihrer Beziehung oft angesehen, wenn sie sich von ihm abgewandt hat, wenn sie gestritten haben. Als wäre sie nicht ganz dicht, als hätte sie nur die irrsten Launen. Er hat nie verstanden, warum sie ihn manchmal mochte und manchmal verachtete. Sie hat es ja selbst kaum verstanden. Doch es hat nie lange gedauert, da wurde er flehend. Erst noch *Du bist doch irre, Miri,* aber schon kurz darauf *Lass mich nicht allein, geh nicht.* Sie weiß, es klingt gemein, aber seine Bedürftigkeit hat ihn dann noch hilfloser und gänzlich unattraktiv wirken lassen. Und doch hat es eine Seite in ihr gegeben, die ihn dann retten wollte, die für den armen riesigen Mann da sein wollte. Sie hat ihn durch ihre ruckartigen Wechsel zwischen Nähe und Distanz auch auf Dauer fertiggemacht. Aber das hat er verdient. Obwohl er ihr jetzt und hier auch leidtut. Aber selbst wenn er jetzt gebrochen wirkt, scheint es ihm doch insgesamt besser zu gehen als mit ihr.

»Dann geh mal wieder zu deiner Tochter«, sagt sie.

»Was willst du denn jetzt eigentlich hier?«

»Nur mal nach dir schauen. Ich denk gerade viel über früher nach.«

»Und was ziehst du für ein Resümee, jetzt, wo du mich gesehen hast?«

»Gar keins«, sagt sie und lächelt. »Gar keins.«

»Na dann«, sagt er und ist schon dabei, die Tür zu schließen.

»Papa, wer ist da?«, hört sie aus dem Hintergrund.

»Die Postbotin«, sagt er und dann noch mal zu ihr: »Danke für deinen Besuch.«

»Mach's gut, Georg.« Dann geht die Tür zu.

Während sie zurück zur Bushaltestelle geht, versucht sie, sich zu erinnern. An Janni. Und es ist immer noch kein Problem, es fällt ihr nicht im Geringsten schwer. Schon im Zug hat sie das festgestellt. Dabei dürfte es ihn gar nicht mehr geben. Gibt es noch ihre Wohnung? Die sie gemietet hat, nachdem sie bei Georg ausgezogen ist? Wenn sie in Słubice alles verändert hat, was ist dann noch übrig von ihrem Leben? Und wie soll sie das aushalten, wenn Janni zwar in ihrer Erinnerung lebt, aber nicht mehr in dieser Realität?

Sie nimmt den Bus 142. Am Stadtwaldplatz steigt sie in den 145er um und sieht aus dem Fenster, während der Bus sie langsam bergauf über die Heisinger Straße zu ihrer Wohnung bringt. Vorbei an umgeknickten Bäumen von dem großen Sturm im Vorjahr. Sie geht ihre SMS auf dem Handy durch. Da sind keine Nachrichten mehr von Georg. Aber noch etliche von ihrem Bruder. In denen es um die Mutter geht.

Ich kann mich an alles erinnern.

Sie steigt aus, muss noch gute zehn Minuten bergauf laufen, bevor sie in ihr Viertel kommt. Sie bleibt kurz stehen, lehnt sich an einen Stromkasten, ruft Beeltz in seinem Hotel am Kleistpark an, lässt sich an der Rezeption mit ihm verbinden.

»Mi-Ra Kim«, begrüßt er sie.

»Spekulatius Beeltz«, sagt sie.

»Du hast deinen Humor offenbar nicht verloren.«

»Ich hatte nie einen«, sagt sie und hört ihn lächeln.

Dann räuspert er sich, damit sie weiß: Jetzt kommt was Staatstragendes. »Danke für die Lektion.«

Sie läuft am Griechen vorbei, bei dem sie öfter Essen holt. »Was wäre das für eine Lektion gewesen?«

»Die einfachste der Welt. Die älteste der Welt.«

»Machen Sie es nicht so spannend, HB.« Sie weiß nicht, warum sie ihn plötzlich HB nennt.

»Mi-Ra, ich wollte es eine halbe Ewigkeit nicht wahrhaben – aber man kann die Zeit weder aufhalten noch zurückholen. Und schon gar nicht darin herumwühlen wie in einem Wäschekorb.«

»Unerwartete Metapher«, wirft sie ein.

»Egal wie sehr man sich anstrengt, man bleibt immer auf dem einen Weg. Egal wie willkürlich, wie chaotisch er einem vorkommt. Vielleicht ist die Zeit ja doch linear, vielleicht haben wir keinen Zugang zu irgendwelchen Paralleluniversen, vielleicht gibt es doch eine Art Vorherbestimmung. Vielleicht habe ich nur Unsinn erzählt.«

»Werden Sie jetzt auf Ihre alten Tage noch Determinist? Oder noch schlimmer: religiös?«, fragt sie.

»Vielleicht«, sagt Beeltz, und seine Stimme klingt jetzt ganz ruhig. »Ich glaube jetzt an die …«

»Sagen Sie jetzt nicht *Liebe,* bitte, sonst wird mir schlecht«, unterbricht sie ihn. Sie hört ihn laut lachen am anderen Ende.

»Die Zukunft, wollte ich sagen. Aber Liebe ist auch nicht schlecht.« Er lacht erneut. »Wie geht es dir?«

Sie ist jetzt fast da. »Es geht okay.«

»Das lässt viele Interpretationen zu«, sagt er.

»Dann greifen Sie zu. Welche Ihnen am besten gefällt.«

»Ich denke, du bist verunsichert, wie es jetzt weitergeht«, sagt er.

»Das ist ja wie ein Horoskop aus der Zeitung«, sagt sie. »Passt immer irgendwie.«

»Ich bin ein begeisterter Horoskop-Leser«, sagt er.

»Langsam schließe ich Sie ins Herz«, sagt sie, und vielleicht meint sie es sogar so.

Er sagt einen Augenblick gar nichts mehr.

»Jetzt hab ich Sie tatsächlich zum Schweigen gebracht?«, fragt sie ungläubig.

»Äh, ja. Also nein. Ich habe nur gerade einen Anruf bekommen, den ich wegdrücken musste.«

»Ach so«, sagt sie enttäuscht. »Das war sicher ihr Freund Freund.«

Er lässt den Scherz unbeantwortet. »Hast du Angst vor dem, was kommt?«, will er stattdessen wissen.

»Ich werde gleich schlauer sein«, sagt sie, während sie in ihre Straße einbiegt.

»Hast du doch etwas verändert?«, fragt er. Täuscht sie sich oder klingt er hoffnungsvoll?

»Ich weiß nicht. Es ändert sich ja jeden Tag etwas. *Ich* ändere jeden Tag etwas«, sagt sie, während sie auf ihre Haustür zuläuft und ihren Schlüssel hervorholt.

»Du bist wunderbar, Mi-Ra«, sagt er. »Ich hoffe, wir sehen uns wieder.«

Sie legt auf.

Als sie vor der Haustür steht, fragt sie sich, ob der Schlüssel überhaupt passt. Auf dem Klingelschild steht *Kim*. Es ist ein Anfang. Auch der Schlüssel passt. Ein Treppenhaus teilt die beiden Haushälften. Sie muss eine halbe Treppe hoch, dann kommt ihre Wohnungstür. Auch hier passt der Schlüssel. Sie schließt auf, doch bevor sie die Tür ganz öffnet, hält sie still und lauscht. Irgendwer ist da drin, sie hört das Klappern von Besteck. Keine Stimmen. Sie bahnt sich den Weg vorbei an der Garderobe, an der mindestens eine Lederjacke hängt, die sie nicht kennt. Und ein Mantel, der ihr gehören könnte, es aber nicht tut. In der Küche sitzen zwei Leute. Ihr Bruder und ein Kind. Sie sieht es nur von hinten.

»Miranda«, sagt ihr Bruder. Er trägt eine Baseballmütze der Boston Red Sox, die er sicher schon seit zwanzig Jahren hat. Das Kind dreht sich zu ihr um.

»Hallo, Mama«, sagt Janni.

»Hallo, mein Schatz«, sagt sie.

»Du warst aber lange weg«, sagt er gespielt vorwurfsvoll.

»Das stimmt«, sagt sie. »Und es tut mir leid.«

»Wir essen gerade«, sagt Min-Ho. »Was machst du hier? Ich dachte, du kommst dieses Wochenende noch nicht.«

»Ich hatte Sehnsucht nach euch.«

»Wir kommen schon klar. Wie immer. Was glotzt du denn das Kind so an?«

»Du glotzt mich an, Mama«, bestätigt Janni.

Sie hat immer die Ähnlichkeit mit Georg gesehen. Die Nase, die Haarfarbe. Die Wangenknochen. Die breiten Handflächen. Jetzt sieht sie das alles nicht mehr, obwohl er sich nicht verändert hat. Wer ist Jannis Vater? Das kann sie ihn ja schlecht fragen. Und ihren Bruder auch nicht. Sie braucht ein paar Hinweise. Später, denkt sie. Ich schaue später nach. Alte E-Mails, SMS, so was. Sie starrt weiter ihr Kind an. Sieht Janni wirklich noch genauso aus wie letzte Woche? Und wann war überhaupt letzte Woche? Sie ist über die Maßen verwirrt.

»Sorry, ja, ich glotze. Ich freu mich so, euch zu sehen.«

»Wann musst du wieder nach Frankreich?«, fragt Janni.

»Du meinst Frankfurt«, sagt sie. »Ich weiß es noch nicht. Vielleicht bin ich auch schon fertig.«

»Du meintest doch, der Auftrag dauert ein paar Wochen«, sagt Min-Ho.

»Aber ich kann Janni nicht so lange bei dir lassen, du verziehst ihn mit deinem Hochleistungskochen«, sagt sie zu Min-Ho, der jetzt seine Mütze abgenommen hat. Sein Haar wird schon grau. Und immer weniger in der Mitte. Wie bei ihrem Vater. »Er wird nie wieder mein Essen wollen.«

»Das will er doch jetzt schon nicht, oder Jay?« Er fährt Janni durch die Haare. »Außerdem koch ich doch auch, wenn du da bist.«

»Das stimmt«, sagt sie und fragt sich, wie lange sie brauchen wird, bis sie sich an alles gewöhnt hat. Und ob sie noch mal nach Frankfurt soll. Zu Artur.

Als würde Min-Ho ihr das alles ansehen, sagt er: »Du ruhst dich am besten erst mal aus. Siehst bisschen scheiße aus. Aber Farbe hast du bekommen. Und das im April. Warst du auf einem Schiff?«

»Auf einem Schiff«, wiederholt sie. »So fühle ich mich zumindest.« Sie denkt an ein Zitat aus dem Dracula-Film von Coppola, den sie mal heimlich mit ihrem Bruder gesehen hat, als sie klein waren. *Ich hab Ozeane der Zeit überquert, um dich zu finden,* sagt Gary Oldman darin zu Winona Ryder.

Sie nimmt Janni in den Arm.

Epilog

Der alte Bahnhof von Whitley Bay, aus roten Ziegeln und mit seinem seltsam hohen Uhrenturm, wird von einer Wolkendecke gerahmt, in die der Turm förmlich hineinsticht. Es wird jeden Moment regnen, und die Zeiger der Turmuhr zeigen halb zwei Uhr auf dem spinnennetzartigen Ziffernblatt an. Wenn man genau hinschaut, ist das Muster in Wirklichkeit ein Stern, in dessen Mittelpunkt die beiden Zeiger justiert sind, aber für ihn bleibt es ein Spinnennetz.

Horatio Beeltz ignoriert einen auffordernd grüßenden Taxifahrer und läuft die Station Road in Richtung Promenade, vorbei an einem Tätowierer und einem Sonnenstudio. Straßen, die zum Meer führen, merkt man an, dass sie zum Meer führen, denkt er. Man muss das Meer noch gar nicht sehen oder hören, man sieht es schon den Straßen an, dass sie ans Wasser führen. Sie führen in den Horizont, an ihrem Ende ist nichts mehr. Zu Beginn der Station Road sind die Geschäfte noch praktischer Natur, Supermärkte, Handyläden, so was – je näher man dem Wasser kommt, desto höher die Wahrscheinlichkeit von Cafés, Tabakläden und Läden mit Strandspielzeug.

Riechen kann er das Meer natürlich sowieso längst. Er hat es schon im Zug gerochen. Und spätestens als die Whitley Road die Station Road kreuzt und die zur Esplanade wird, kann er das Meer auch sehen. Es ist grau und wälzt sich, die Unruhe merkt man ihm schon von Weitem an.

Es fängt an zu nieseln, und kaum setzt der Regen ein, scheinen mehr Autos zu fahren. Menschen mit Schirmen kommen ihm entgegen. Menschen, die aussehen, als hätten sie nur darauf gewartet, dass es regnet, damit sie ihre schwarzen Schirme aufspannen und auf die Straße gehen können. Am Ende der Esplanade grenzt das Wasser direkt an die Promenade, hinter der es steil nach unten über ein paar Klippen geht. Doch schon ein paar Meter weiter in Richtung Nordosten tut sich der Strand auf. Der überwiegend leer ist. Keine halbe Meile mehr bis zur Spanischen Stadt.

Die Hauptstraße führt ihn fast bis dahin, wo früher der Haupteingang war. Jetzt ist da eine große Betonfläche. Am Rand des Gebäudes reihen sich gestapelte Stühle und Tische, mit dünnen Ketten verbunden. Zwischen Strand und Meer liegt noch immer der künstlich angelegte riesige Rosengarten. Bis vor ein paar Jahren, das hat er gelesen, verlief hier noch die Hauptstraße, die Spanische Stadt war von Wasser und Strand abgeschnitten. Er umrundet das Gebäude und findet den Haupteingang auf der ehemaligen Rückseite.

Die Spanische Stadt ist erst vor Kurzem komplett renoviert und wiedereröffnet worden, nachdem sie jahrzehntelang vor sich hin verfallen ist und sich vom Meer abgewandt hat. Jetzt ist sie wieder fast der alte Palast, eine Art luxuriöse Markthalle mit verschiedenen Restaurants, die sich unter der riesigen weißen Kuppel versammeln. Vom Pancake-House zum Fish-&-Chips-Restaurant bis hin zur Champagner-Bar und einer Teestube. Nur kein Casino mehr. Dem Veranstaltungsplakat auf der Glastür nach gibt es auch irgendwo eine Bühne, denn ein Freddie-Mercury-Imitator ist angekündigt.

Horatio setzt sich in den Seitenflügel in Valerie's Tearoom und bestellt ein Weißbrot-Sandwich mit Rührei, Mayonnaise und Wasserkresse, das in mehrere kleine Dreiecke zerlegt kommt. Dazu trinkt er einen Jasmintee. Hinter der Glaswand der großen Kuchen- und

Gebäckauslage wartet auch noch ein runder und tiefroter Strawberry-Cheesecake auf ihn.

Draußen haben sich die Wolken langsam aufs Meer verzogen, und die Angestellten entketten die Stühle und Tische der Außenbestuhlung. Von seinem Platz aus kann man das Meer sehen. Und die Bank, auf der er mit Anna gesessen hat. Die es nicht mehr gibt. Er sieht sie trotzdem.

Er fragt sich, ob er ein Idiot ist. Ob er wirklich nur an der Idee von Zeitreisen festhält, weil ihm Anna fehlt. Weil er so leer ist ohne sie.

Nach dem Essen unternimmt er einen Strandspaziergang. Steigt auf ein paar Gesteinsbrocken, rutscht beinahe ab, fängt sich, steigt noch mal hinauf, bleibt stehen, schaut aufs Meer. Geht wieder hinauf zur Promenade, wo jemand die Textzeile eines Dire-Straits-Songs in den Stein gehauen hat.

And girl it looks so pretty to me
Like it always did
Like the Spanish city to me
When we were kids

Er beschließt, sich die Haare schneiden zu lassen. Hier in Whitley Bay. Oder sich tätowieren zu lassen, vorne am Anfang der Station Road. Und vielleicht ein neues Instrument zu lernen. Vielleicht die kasachische Dombra, das hat er schon länger vor. Oder ein Studium der Sorabistik in Leipzig zu beginnen. Oder mit dem Schiff nach Neuseeland zu reisen. Oder mal wieder die Saigas zu besuchen. Irgendwas zu unternehmen gegen diese grauenhafte Langeweile.

Danke

Dieses Buch ist für Dich, Olivia. Das war eine kurze und wilde und wunderbare Zeit mit Dir. Dieses Buch ist auch für Ludwig, den großen Bruder. Der immer die Ruhe bewahrt. Danke auch an Barbara und an meine Familie. Danke an Angela Tsakiris und Jörn Morisse. Und danke vor allem an Coco, die mir ihre traurige und schöne Geschichte geliehen hat.

Sehr geholfen hat mir zudem das liebevoll gestaltete und sorgfältig den jüdischen Friedhof dokumentierende Buch *Makom tov – der gute Ort* von Eckard Reiß und Magdalena Abraham-Diefenbach aus dem Vergangenheits Verlag.

Von Berni Mayer sind bei DuMont außerdem erschienen:

Rosalie
Ein gemachter Mann

FSC
www.fsc.org
MIX
Papier aus verantwortungsvollen Quellen
FSC® C014496

Dieses Buch wurde klimaneutral produziert.

Klimaneutral
Druckprodukt
ClimatePartner.com/17531-2110-1001

Erste Auflage 2023

Umschlaggestaltung: Lübbeke Naumann Thoben, Köln
Satz: Fagott, Ffm
Gesetzt aus der Garamond und der Brandon Grotesk
Druck und Verarbeitung: GGP Media GmbH, Pößneck
Gedruckt auf säurefreiem und chlorfrei gebleichtem Papier
Printed in Germany
ISBN 978-3-8321-8184-0

www.dumont-buchverlag.de